Über das Buch:
Gunnar ist Ende zwanzig und arbeitet als Rettungssanitäter. Er teilt sich eine Wohnung mit Sandra, die zwar ihre Macken hat, aber bezaubernd aussieht und ihn schon ewig kennt. Seine Kollegen, die ihn oft höllisch nerven, sind zugleich seine besten Kumpels. Alles ganz entspannt – bis er eines Tages zu einem Einsatz gerufen wird, bei dem die Patientin stirbt und er sich dabei in ihre Tochter verliebt. Wie soll er bei der Gelegenheit nach ihrer Nummer fragen? Während er sich überlegt, wie er sie nun kennen lernen kann, taucht seine Ex-Freundin wieder auf, und plötzlich fragt sich auch noch seine Mitbewohnerin, wie sie eigentlich zueinander stehen und ob sie vielleicht mehr als Freunde sind.

Jörg Thadeusz erzählt mit ungeheurer Komik von der Spannung zwischen rauer Männerwelt und großen Gefühlen. »Rette mich ein bisschen« ist eine anrührende Liebesgeschichte, bei der einem schwindelig wird vor Lachen.

Über den Autor:
Jörg Thadeusz übernahm 1995 die Frühsendung des jungen WDR-Programms Eins Live und moderierte parallel die Kurier-Sendungen für NDR 2. Seit 1999 ist er Außenreporter für die WDR-Unterhaltungssendung »Zimmer frei« und moderiert beim NDR-Fernsehen das Satire-Magazin »Extra 3«. Für seine Reportagen wurde er in der Kategorie »Journalistische Unterhaltung« mit dem Grimme-Preis ausgezeichnet. »Rette mich ein bisschen. Ein Sanitäter-Roman« ist sein erster Roman.

Jörg Thadeusz

Rette mich ein bisschen

Ein Sanitäter-Roman

Kiepenheuer & Witsch

6. Auflage 2004

© 2003 by Verlag Kiepenheuer & Witsch, Köln
Alle Rechte vorbehalten. Kein Teil des Werkes darf
in irgendeiner Form (durch Fotografie, Mikrofilm
oder ein anderes Verfahren) ohne schriftliche
Genehmigung des Verlages reproduziert oder unter
Verwendung elektronischer Systeme verarbeitet,
vervielfältigt oder verbreitet werden.
Umschlaggestaltung: Barbara Thoben, Köln
Umschlagfoto: © getty images
Gesetzt aus der Sabon Roman
Satz: Pinkuin Satz und Datentechnik, Berlin
Druck und Bindearbeiten: Clausen & Bosse, Leck
ISBN 3-462-03249-6

Für Anna

In Erinnerung an Jürgen Herweg,
der nicht mehr zu retten war und deswegen
schrecklich fehlt. Jeden Tag.

1

Sandra keucht beim Sex. Wie ein feucht rasselnder Asthmaanfall. Wenn nur das Bett gegen die Wand hämmern würde, wäre es gar nicht so schlimm. Er hält einen sauberen Rhythmus, ich könnte mich an das dumpfe Bumpern recht rasch gewöhnen. Aber dieses Rasseln. Mal laut, mal leise. Zwischendurch textet Sandra irgendwas. Ich dachte vor ein paar Minuten schon, »Mach mich fertig« verstanden zu haben, aber das kann ich mir eigentlich nicht vorstellen. Nicht bei Sandra. Wäre ihr wahrscheinlich zu konventionell. »Primitive Männerphantasie«, würde sie sagen. Wild ist sie sowieso selten, wild ist länger her. Bei einer Schulparty in der Oberstufe hat sie mal mit Warzen-Waltraud geknutscht. Aber nur, weil sie total zugekifft war und Warzen-Waltraud, wie immer, alleine rumsaß. Erwin ist damals nach ein paar Minuten dazwischengegangen und hat Waltraud vor Sandras Mund gerettet.

Ihr Bruder Erwin war Waltrauds einziger Trumpf. Als erfolgreicher Mittelgewichtsboxer hatte er die nötige Autorität. Die Vornamen »Waltraud« und »Erwin« waren selbstverständlich niemals Thema. Wer Erwin nicht zur Körperverletzung ermutigen wollte, hielt sich auch besser zurück, wenn sich Waltraud mal wieder in einem Missgeschick verfing.

Ich bin heute noch stolz auf meine Selbstbeherrschung, als ich regungslos mit ansah, wie Waltraud bei einer Klassenfahrt in der Reisebustür stecken blieb. Die schnaufende Waltraud, das hilflose Zischen der Türhydraulik und Erwin, der mit gewohnter Grobheit an seiner Schwester riss. Pascal konnte sich nicht zurückhalten, er hat geschrien. Zuerst vor Lachen und dann vor Schmerzen, als Erwin ihm das Nasenbein gebrochen hat. Mit dieser Waltraud hat Sandra jedenfalls damals vor elf Jahren geknutscht. Drei Tage ist Sandra danach nicht zur Schule gegangen. »Unklares Erbrechen«, stand auf dem Attest des Arztes, das ich für sie in die Schule mitnehmen musste.

Als ich letztens von der Spätschicht nach Hause kam, saß Sandra mit ihren Studienfreundinnen zusammen. In der Küche fand ich die Reste einer Käse-Leiche. Sandras steinerweichend stinkender baskischer Lieblingskäse. Seit ich diesen Käse kenne, verstehe ich noch weniger, warum sich die Basken nicht einfach von Spanien abspalten dürfen. Riechen diese Spanier schlecht? Und ich hörte Sandra laut sprechen. Immer, wenn sie einen im Tee hat, glaubt sie, man könne sie in Zimmerlautstärke nicht verstehen. Deswegen hörte ich sehr deutlich, wie sie gerade von ihrer lesbischen Phase an der Schule referierte. Sie sei mit einer wunderschönen Frau in Grenzbereiche vorgestoßen und sie würde jeder anderen empfehlen, sich solchen Erfahrungen nicht zu verschließen. Damit hat Sandra bei ihren Sozialpädagogik-Freundinnen natürlich zwölf von zwölf möglichen Pluspunkten gemacht. Wow, lesbische Phase. Frauen mit Frauen, das stellen sich diese Mädels bestimmt als Paradies vor. Unkontrolliert zunehmen, zu Hause Hüttenschuhe tragen und erotisch ist das bestimmt auch toll, schnallt man sich da nicht irgendwas um? Klingt natürlich jetzt so, als wüsste ich, was Lesben unter sich machen. Ich kenne nur Waltraud und Martina Navratilova. Waltraud war nie wirklich lesbisch, zwangsläufig war sie eher nichts. Seit dem Coming-out von Frau Wer-hat-gesagt-Frauen-kön-nen-keinen-Bart-tragen-Navratilova hat für mich Liebe unter Frauen ihren verheißungsvollen Spanner-Zauber total verloren. Leider durfte ich an diesem Abend von Sandras Bekenntnis zu Waltraud nicht mitsprechen. Denn in unserer WG gilt das Gesetz, dass keiner sich in den Freundeskreis des anderen mischt. Hat, wie die meisten unserer WG-Gesetze, eine Geschichte. Sandra behauptet, es sei die Sache mit Thorsten gewesen. Sandra hatte damals eine Freundin zu Gast, deren Vater gerade gestorben war. Weil Sandra sich selbst unterstellt, dass sie eine total gute Zuhörerin ist, hatte sie die trauernde Freundin zum »einfach mal Quatschen« eingeladen. Thorsten und ich wussten davon nichts. Wir hatten Borussia Dortmund zur Meisterschaft gesungen, waren vielleicht übertrieben euphorisch, in jedem Fall unverkennbar angetrunken. Ich wollte nur Geld holen und Thorsten wollte aufs Klo. Als er von der Toilette kam, fand er es eine Riesenidee, mit runtergelassener Hose in Sandras Zimmer zu gehen und zu fragen: »Na Mädels, noch Bock auf 'n Tässchen Natursekt?«

Sandra war entsetzt. Ihre Freundin hätte gerade von der schrecklichen letzten Chemo ihres Vaters erzählt, und dann dieser Typ. Thorsten fand es am nächsten Tag am Telefon auch recht peinlich. Allerdings wollte er von mir kurze Zeit später die Telefonnummer dieser »Heulsuse«, wie er sie nannte. Die habe ihn auf schöne Gedanken gebracht. Auch wenn das nicht gut gelaufen ist, ich halte die Natursekt-Nummer für eine von Sandras vorgeschobenen Geschichten.

Sie hatte sich mal ziemlich in meinen Boxkumpel Oliver verknallt. An einem von mir veranstalteten Videoabend hatte es angefangen. Ganz gegen ihre sonstigen

Gewohnheiten war Sandra dann anschließend sehr schweigsam, was die Oliver-Geschichte anging. Ich weiß aber, dass die beiden sich getroffen haben, und ich weiß, dass Oliver für seine »Taxi ist da«-Nummer gefürchtet ist. Bis es das erste Mal ins Bett geht, gibt er gerne den künstlerisch ambitionierten Schlaumeier. Hat sich sogar den »Faust« draufgeschafft, und das als ehemaliger Stotterer. Wenn er dann mit »der Zielperson« (Oliver) geschlafen hat, dreht er sich irgendwann satt weg, drückt eine Taste am Telefon und brummt »Taxi ist da«. Für diese Geschichte hat ihm eine Frau einen Hundehaufen in den Briefkasten gestopft. Vielleicht ist Sandra auch von Olis Wohnung mit dem Taxi nach Hause gekommen. Ich weiß nur, dass ich ihr mal angekündigt habe, ich würde Oliver nach dem Training auf ein Bier mitbringen. »Das möchte ich nicht«, hat sie in einem Tonfall gesagt, in dem ein Pilot den totalen Triebwerksausfall in der Startphase feststellt. Mit knallender Tür ist sie, wohl zum Heulen, in ihr Zimmer verschwunden. Ist bestimmt schon zweieinhalb Jahre her. Und ich setze mich eben nicht dazu, wenn Sandras Freundinnen da sind. Ich möchte die auch gar nicht kennen lernen. Es reicht, deren Jacken zu riechen. Allesamt Jeans-Jacken mit dem schmantigen Touch der kalkulierten Unangepasstheit. Dönerbuden kann man aus diesen Jacken rausschnuppern und die blaugemachten Vormittage in den verpilzten Cafés rund um die Fachhochschule. Sandra ist ja nicht ohne Grund im 16. Semester, ohne Ende in Sicht. Offenbar ist sie im Moment nicht mehr Single. Die beiden sind entweder fertig oder machen Pause. Jedenfalls höre ich Sandras stampfigen Schritt. Wie kann eine schlanke, leichte Frau nur so erschütternd gehen? Und wie erwartet: Ich höre ihre Tür und es klopft.

Ich bin einfach zu weich, ein Volltrottel.

Wenn ich jetzt ankündige, dass mir so was zum allerletzten Mal passiert ist, glaube ich mir selbst nicht. Es war einfach angenehm, dazuliegen. Wenn man mal abzieht, dass ich alleine war, also ohne die schöne brünette Cellistin aus dem James-Bond-Film. Die würde mir auch an diesem Abend mal wieder nicht mit regelrecht kitzelndem tschechischem Akzent zum Einschlafen aus einem Märchenbuch vorlesen. Aber egal. Alleine einschlafen ist eigentlich die Regel, seit mir meine Mutter nicht mehr die Spieluhr aufzieht. Und danach habe ich mich in den letzten zwei Jahrzehnten nicht wirklich gesehnt.

Bei den anderen Kleinigkeiten erinnere ich mich nicht ans Einschlafen, sondern eher an das Aufwachen neben zerstört aussehenden Schönheiten, die aus dem Mund riechen. Die Sätze sagen wie: »Ich geh jetzt duschen, dann müssen wir mal reden.« Und dann so still am Frühstückstisch sitzen, dass man meint, der Radiosprecher schreit die gekochten Eier an.

Also war gestern im Rahmen meiner eigenen Möglichkeiten der perfekte Abend. Meryl Streep war da. In streifenfreien DVD-Bildern. »Die Brücke am Fluss« heißt der Film. Ein echter Schmachtfetzen, Clint Eastwood mit der Verheißung, dass wir Männer besser altern, wenn wir nur fein weitertrainieren. Und Meryl Streep mit dem Versprechen, dass es zumindest in Hollywood Frauen gibt, die auf ewig sexy bleiben und barfuß in einem Hausmütterchen-Kittel sofort unbedingte Gier entfesseln können. Ich gucke den Film allerdings zum Heulen. Weil sich danach alles so entspannt anfühlt. In der Regel spule ich bis zu den rührendsten Stellen vor. Ich bin danach üblicherweise noch ein paar Stunden beseelt. Oder melancholisch, könnte man auch sagen. Wenn ich an diesen Heul-

15

Abenden später beim Zähneputzen auf Sandras Wäsche-
ständer gucke, weiß ich, dass exakt ausgerichtete Baum-
wollruinen von Unterhosen die Liebe nicht verhindern.
Schließlich spielt die große Eastwood/Streep-Liebesge-
schichte mitten in der amerikanischen Provinz, es wim-
melt von unvorteilhaften Kleidungsstücken, aber es er-
eignet sich trotzdem großes Gefühl. Leider konnte ich
gestern nicht in Melancholie baden, denn im Nebenzim-
mer waren die handelnden Kleindarsteller mit Vögeln
fertig. Sandra mit erschöpftem, gerötetem Gesicht im
Türrahmen. »Kannst du wohl den Basti nach Hause fahren, der fühlt sich nicht so?«, fragt sie. Klar, denke ich,
der fühlt sich jetzt nicht so, weil du ihm ja gerade auch
eine Menge abverlangt hast, du doofe Kuh. Ich sage: »Ich
fühl mich auch nicht so.« Ich kann ja schlecht sagen, ich
würde mich gerade aufs gemütliche Abheulen freuen.
Der salzige Geschmack auf der nass geweinten Oberlippe
soll mein Geheimnis bleiben. Sie hilft nach: »Ich habe sogar das Blut aus den Hosen rausbekommen.« Na toll,
denke ich, die erste Maschine, die sie in den letzten 30
Monaten mitgewaschen hat. Und ich zahle drei Viertel
der Miete, weil sie es präzise auf die Quadratmeter um-
gerechnet hat. Müll zahle ich alleine, weil ich – wie sie
sagt – nicht richtig trenne. Nochmal sie: »Jetzt, Gunnar,
bitte.« Im Stil von »Reiß dich bitte zusammen, lass dich
nicht hängen«. Ich zeige meine Kapitulation, indem ich
mit gesenktem Kopf nicke, stöhne aber beim Aufstehen
vom Sofa anklagend.

»Darf ich mir bei dir einen durchziehen?«, fragt Basti,
als wir keine drei Meter gefahren sind. Auf die Frage, wo
er wohnt, antwortet der Zopf-Blödmann, er sei so ein
richtiger Vorstadt-Cowboy, und lacht schrill-meckernd
über seinen Scheiß-Scherz. Vorstadt heißt 24 Kilometer

eine Strecke, und gemeint ist der Außenbezirk der Nachbarstadt. Ungefragt vertraut er mir an, dass die Sandra »irgendwie einen ganz schönen Knall hat«. »Aber die geht voll ab und deswegen lassen wir es noch eine kleine Weile knattern, was, Alter?«, nuschelt er, zwischendurch kieksend, mit halb geschlossenen Augen. Als er beim ungelenken Aussteigen aus dem Auto die CD-Tasche aus dem Fußraum in eine Pfütze kickt, überrasche ich ihn mit der Botschaft, dass ich ihn für eine doof gekiffte Zopf-Schwuchtel halte. »Bleib cool, Alter«, mault er gelangweilt.

Den Weinbrand nach der Rückkehr merke ich jetzt noch. Zwölf Stunden später. Ich kriege einfach den Rhythmus nicht hin. Eigentlich ganz einfach. Ich drücke fünfmal, dann gibt Bernie Luft und ich drücke wieder fünfmal. So geht Wiederbelebung. Allerdings gibt es bei dieser Frau hier wieder mal nichts wiederzubeleben. Höchstens Mitte 50. Wie immer kann ich ihr Gesicht nicht wirklich sehen, weil ich so auf ihr Brustbein konzentriert bin. Zwei Finger über dem Brustbeinansatz liegt mein Handballen auf, der richtige Punkt für die Herzmassage, wie das in unseren Rettungssanitäter-Fibeln heißt. Tatsächlich drücken wir auf dem Brustkorb rum. Was man macht, wenn einem bei der Beatmung mit dem Beutel der Fuß einschläft, steht nicht in den Fibeln. So einen Rat bräuchte Bernie aber jetzt, denn er muss bestimmt gleich losprusten. Ich sehe es seinem Gesicht an. Der Notarzt pumpt Adrenalin in die Frau, damit das Herz vielleicht Lust hat, wieder von alleine zu schlagen. »Wie lange muss meine Frau wohl im Krankenhaus bleiben?«, fragt der Mann, der mit ihr in dieser Wohnung wohnt, der sogar höchstwahrscheinlich ihr Ehemann ist. Was soll die denn im

Krankenhaus, die kommt vorübergehend in die Box, zum Kühlen. Das wäre die richtige Antwort. Bernie wechselt mit einem eigenartig klingenden Seufzer endlich das Bein. »Vielleicht gehen Sie mal besser in die Küche, wir sprechen dann gleich«, sagt er und ich ziehe den Hut, wie gut mein Lieblingskollege doch immer wieder ablenken kann.

Die junge Frau, die neben dem Mann im Türrahmen steht, schickt Bernie nicht weg. Sie stellt keine Fragen, sie sagt überhaupt nichts, wir hören sie nicht, sie darf bleiben. Sie sieht auf uns herunter. Auf das, was da auf dem Fußboden mit einer Frau geschieht, die vermutlich wichtig für sie ist. Keine Ahnung, ob die beiden sogar verwandt sind. Um Namen geht es immer erst, wenn wir uns mit dem Patienten auf den Weg zum Krankenhaus machen. Vorher sind Namen völlig egal, es gibt nur Brustbeine, schnell angestochene Venen und hoffentlich gut zugängliche Luftröhren. Diese Frau hier werden wir nicht mitnehmen.

Wir werden einen Totenschein ausfüllen. Dann wird der Name der Hübschen eine Rolle spielen, denn sie ist Zeugin dieses Todes geworden.

Sie ist mir schon beim Reinkommen aufgefallen. Nur eine vage, flüchtige Beobachtung. Jetzt sehe ich ihre Waden. Sie steht so nahe, dass ich die blonden Härchen auf den Waden in Gegenrichtung streicheln könnte, sodass sie sich aufrichten. Ich versuche, mich stärker auf das Drücken, die Herzmassage, zu konzentrieren. Um Gottes willen, jetzt darf bitte keine Rippe knacken. Sonst hält sie mich für einen grobmotorischen Barbaren. Alles, was wir während einer Wiederbelebung machen, sieht brutal aus. Wir sperren mit dem Laryngoskop den Mund auf, um den Beatmungsschlauch einzuführen. Auch wenn es ein raffiniertes medizinisches Instrument ist, für den Laien sieht das Ding aus wie ein Zimmermannshammer. Eher wie der Hammer eines sehr eitlen Zimmermanns, denn das Laryngoskop ist komplett silbern. Nach den Stromstößen auf Brust und Rippenbogen riecht es verbrannt. Nach verbranntem Menschenfleisch. Alles notfallmedizinisch geboten, aber für beobachtende Angehörige der reine Horror. Die sehen uns nicht als Retter. Wir sind höchstens die letzte Hoffnung, die sich meistens nicht erfüllt. So sympathisch wie der Straßenbahnfahrer, der die Türen nicht mehr aufmacht, obwohl man es nach einem sagenhaften Spurt noch an sein Fenster geschafft hat und heftig trommelt. Wie der Lehrer, der nach Ablaufen der Klausur-Zeit die Hefte haben will, weil jetzt wirklich Schluss ist. Wie eine Politesse, die das Strafmandat schon unter den Scheibenwischer klemmt und mitleidlos mit den Achseln zuckt: »Zu spät.« Wir sind also wie die unsympathische Belegschaft eines schlecht laufenden Tages, nur noch schlimmer.

Die Waden sind hellbraun, wie ein Kaffee, wenn er genau die richtige Portion Milch hat. Die Waden laufen perfekt zum Knöchel hin zusammen. Eine solche Linie gibt ein Töpfer einer eleganten Vase nur an seinen wirklich guten Tagen.

»Fünf«, stöhne ich, damit Bernie weiß, dass er wieder Luft pusten muss. Mein Oberkörper ist verkrampft, weil ich nicht mein gesamtes Gewicht auf das Brustbein fallen lassen will, sonst sind gebrochene Rippen nämlich kaum zu verhindern.

Die Waden bewegen sich, die Schöne will offenbar aus dem Raum gehen. Ich sehe vorsichtig an ihr hoch. Geschmackvolle, figurbetonte Klamotten. Beige, oder heißt das in dieser Modesaison »schlammfarben«? Diesen

19

Farbton kenne ich nur, weil Sandras Frauenzeitschriften immer bei uns auf dem Klo liegen. Der Rock endet knapp über dem Knie. Damit kann ich mich aber nicht aufhalten, denn ich will das Gesicht sehen. Wahnsinnsaugen. Groß, braun, lange Wimpern. Zerlaufene Wimperntusche, aber gerade weinend scheinen ihre Augen in Bestform, für Melancholie gemacht. Ich bin ein kaltes Schwein, dass ich so etwas in diesem Moment denke. Ihr Gesicht ist schmal. Sie sieht nicht so aus, als würde sie mit ihrem Gewicht kämpfen müssen. Ihre gesamte Haltung macht den Eindruck, als würde sie Kalorientabellen für unwürdig halten. Sie ist ganz gerade. Nichts Zerbrechliches, keine bebenden Schultern, keine hektischen Flecken im Gesicht. Sie weint ganz still, es fließen einfach Tränen.

Sie hat noch kein Wort gesagt, aber ich bin sicher, dass sie nicht unseren westfälischen Akzent spricht. Weil der breit ist, unelegant, eben nicht grazil. Wahrscheinlich trinkt sie kein Bier aus der Flasche, und wenn, dann nur, um dabei einen Blick aufzusetzen, der die Provokation unterstreicht. Ich glaube fest daran, dass es die Sandalen-Frauen aus den Werbespots auch in der Realität gibt. Die ihre Riemchensandalen an die Hand gehängt haben, während sie im Morgengrauen barfuß durch eine frisch gereinigte Gasse einer Metropole gehen. Wobei ich mir unter diesen Metropolen eigentlich immer nur Paris und Rom vorstellen kann, weil in Berlin der Asphalt immer zu kalt ist.

Ich wünsche mir schon lange, dass ich der Fahrer eines Straßenreinigungsfahrzeugs bin, der einer solchen Frau frühmorgens begegnet und sie zum Frühstück in ein unprätentiöses Bistro einlädt. Später im Morgengrauen tanzen wir dann gemeinsam in der Gasse. Die Riemchensandalen-Frau und der Straßenreiniger im geöffneten Smoking-Hemd.

Ich will weiter die Waden ansehen, aber der Notarzt steht auf. Wie ein alter Mann, obwohl er noch keine 40 ist. Bisher hat er kurze Kommandos gegeben, Medikamente dosiert und das EKG abgelesen. Jetzt kommt der schwierige Teil. Er muss jetzt sagen, dass es ihm Leid tut. Bernie und ich müssen unser Zeug zusammenpacken und uns bemühen, möglichst unauffällig abzuhauen. Das tut mir Leid.

2

Ich starre wieder mal auf diese Schublade. Falsch beschriftet. Der Aufkleber, außen auf der Schublade, behauptet, es würde »Intubazion« heißen. Tatsächlich wird es »Intubation« geschrieben. In dieser Schublade unseres Rettungswagens liegt zum Beispiel das Laryngoskop, mit dem der Notarzt vor etwa sieben Stunden die Kiefer der erfolglos Wiederbelebten auseinander gehebelt hat. Wir haben es gereinigt und desinfiziert. Die kleine Lampe des Geräts hat vorhin schon wieder einen Rachen beleuchtet. Den eines kleinen Mädchens, das behauptete, eine Biene verschluckt zu haben.

Wir fahren, und hinten ist es, wie immer, sehr laut. Das Neonlicht ist gerecht, denn jeder sieht hier hinten gleich schrecklich aus. Bräune wirkt wie dilettantisch geschminkt, Blässe dagegen leichenfahl. Augenringe werden übertrieben herausgearbeitet. Ich habe den Sitz, von dem ich in Fahrtrichtung sehen kann. Das bedeutet nicht, dass ich weiß, wo wir sind. Denn in der Wand zwischen Führerhaus und Kabine ist nur ein zeichenblockgroßes Schiebefenster. Ich sehe also eine knappe Hälfte von Bernies Hinterkopf, hauptsächlich widerspenstige Naturlocken. Rund um das Fenster Schränke und Schubladen. Beschriftungen, die ich mit geschlossenen Augen aufsagen kann. »Amputatbeutel, mittel und groß«. In »mittel« passen Kinder- und Frauenarme, alles andere, vor allem Beine, wird in »groß« verpackt. Für Finger und Hände gibt es eine Thermobox. Die zeigt durch ein rotes Licht an, dass sie geladen und funktionstüchtig, also auf Körpertemperatur vorgewärmt ist. »Magenspülung, Trichter und Schlauch«, »Entbindung« und mein Lieblingsaufkleber auf der Schublade unten links »Kinderspielzeug, eingeschweißt«. O Gott, wann braucht man die denn?, habe ich mich gefragt, als mir ein Hauptberufler bei meiner Einweisung in das Auto die Beißkeile gezeigt hat. Zum Glück habe ich die Frage nicht laut gestellt, denn das war am Anfang meines Zivildiensts. Wer sich in dieser Phase zu ängstlich zeigt, hat schlechte Karten. Hat sein Image weg, heißt dann Weichei, Schwuchtel oder Frau Doktor. Ich habe Glück gehabt und oft genug die Klappe gehalten. Fast zwei Jahre Zivildienst und bald sieben Jahre hauptberuflicher Rettungssanitäter. Mittlerweile zeige ich neuen Zivis die Beißkeile und warte die Reaktion ab. Sie pressen die Lippen aufeinander, die Extremeren zittern sogar mit den Nasenflügeln. Bei manchen bildet sich zarter Schweiß auf der Oberlippe und ich weiß genau, was sie denken. Weil ich spätestens bei den Beißkeilen damals das Gleiche gedacht habe: Ich verpack das nicht. Dann werde ich immer sehr nett. Versuche, so zu klingen wie dieser brummende Bratwurstmoderator aus der Kindersendung »Pusteblume« und erkläre, dass wir diese Keile für Epileptiker brauchen, die sich auf die Zunge zu beißen drohen.

»Kate, mach das Tor auf«, brüllt unsere Fuhre. Und rappelt an den Gurten, mit denen wir ihn auf der Trage gefesselt haben. Jetzt noch einmal lauter, sein Ruf aus einem Paralleluniversum: »Kate, mach das Tor auf.« Wieder versucht er aufzustehen. Klappt nicht, Freundchen, denke ich mir. Denn ich habe die Fixiergurte an den Hand- und Fußgelenken schön festgezogen. Bernie, der Notarzt und die zwei Polizisten mussten ihn dabei festhalten. Wenn man ihnen den Rausch verbockt, werden diese Junkies gerne mal sauer. Sie haben eine Menge Geld dafür bezahlt und wir verkürzen ihnen mit einem einzigen Medikament die Zeit bis zum nächsten Affen. Ich mag diesen tätowierten Typ nicht. Weil er mir diesen Anblick zugemutet hat. In den verschrundeten Armen ging es nicht mehr, also hat er sich in die Penisvene gestochen. Das ist hart an meiner Grenze. Das heißt, die Finger- und Fußspitzen fangen an zu kitzeln, im Magen wird es sehr flau und ich weiß ganz genau: Jetzt lieber wieder weggucken, sonst passiert ES. ES kann bedeuten, dass du – harmloseste Variante – kotzen musst. Oder aber ES bedeutet, dass dir die Hände so zittern, dass du keine Spritze mehr aufziehen kannst. Oder ES bedeutet, dass du abklappst, also bewusstlos wirst. Schlimmste Möglichkeit, denn die Kollegen erzählen von einem Abklapper mitunter mehrere Monate.

Unser Zivi Ahasver Burgdorf hieß mehrere Wochen für alle nur noch Fräulein Burgdorf, weil ihm ES passiert war. Er sollte auf Anweisung des Arztes eine Frau umdrehen, die seit vier, fünf Tagen tot auf ihrem falschen Perser lag. »Fundleiche« nennen wir so was in unserem Einsatzbericht, »Konserve« im internen Jargon. Es gibt Grau als Gesichtsfarbe, habe ich mich wieder mal gewundert, als ich Ahasver ansah und merkte, dass er den delikaten Auftrag verstanden hatte. Die Frau klebte auf dem Teppich fest und Ahasver sackte neben ihr zusammen.

»Kate, mach …« »Du sollst die Schnauze halten, Kate ist hier nicht«, bellt der Herr Doktor. Hätte ich nicht gedacht, dass der nach geschätzten 31 Stunden Dienst noch so laut werden kann. Saß bis gerade eben zusammengesunken auf seinem Sitz. Dem schlechteren Sitz, auf dem einem leicht schlecht wird, weil man rückwärts zur

Fahrtrichtung sitzt. Weil sich der Patient von diesem Sessel besser erreichen lässt, ist es immer der Arztplatz, wenn wir einen Doktor mitnehmen müssen.

Manchmal tauchen unsere Schubladenaufschriften in meinen Träumen auf. In einem dieser Träume aß ich Softeis aus einem Amputatbeutel. Bernie im Traum, eigentlich schon schlimm genug, sagte: »Weißt du nicht, dass das pures Schweinefett ist?« Seit diesem Traum verzichte ich auf mein geliebtes Softeis. Am nächsten Morgen habe ich die doofen Gedichtmagneten weggeworfen, die Sandra auf unseren Kühlschrank geheftet hat. Sie fand es »irre spannend«, weil da jeder Besuch sein eigenes Gedicht kreieren könnte und wir das dann in ein schönes Heft schreiben würden. Tatsächlich hat irgendeine ihrer Mitstudentinnen einen einzigen Satz zusammengefummelt. »Der Frühling beißt mir in die BuntBrust.« Nicht wegweisend genug, nach meinem Urteil. Für mich sahen die zusammenhanglosen Wörter auf dem Kühlschrank aus wie unsere Schubladenaufschriften. Als müsse ich meinen geliebten Pfirsich-Maracuja-Joghurt durch den »Absaugschlauch, groß« schlürfen.

»Kate, Kate, liebste Kate!«, brüllt der Junkie, als würde Kate gerade auf dem Scheiterhaufen festgebunden. Sein schrilles Geschrei endet abrupt, weil der Arzt etwas zu fest zugeschlagen hat. Ich sehe den Arzt fragend an. Vielleicht will er den Mann aus der Bewusstlosigkeit zurückholen. Aber er winkt ab, ich kann also wieder entspannen.

Üblicherweise bin ich am Ende einer solchen Schicht ziemlich mürbe. Viele Einsätze, viel Geschleppe. Wenn ich danach im Bett liege, phantasiere ich immer, mein Rücken sei ein Keks. Hinter der nächsten Ecke wartet schon der Riese, der vorbeikommt, um sich den Keks mundgerecht zu zerbrechen. Wenn ich die Arme leicht anhebe, ist es wie immer. Die Nackenmuskeln brennen. Aber es ist mir egal, denn ich bin abgelenkt.

Ich denke an Melanie. Das ist ihr Name.

»Bicher, Melanie«, hat der Doc in den Totenschein eingetragen. Ihr Geburtsdatum auch. Sie ist 29, knapp ein Jahr älter als ich. Die Tote war ihre Mutter, der Mann im Türrahmen ihr Vater. Ich musste mir erst wieder klarmachen, dass ich in einem Totenschein lese, denn ich hätte beinahe nach den Spalten Hobbys, Lieblingsgericht und Lieblingsgetränk gesucht. Ihr Beruf wäre noch in dem Formular gefragt gewesen. Hat der Arzt nicht mehr eingetragen, denn es ist nicht bei leisem Weinen geblieben. Sie begann zu zittern. Ich habe den Doc darum beneidet, dass er ihr eine Beruhigungsspritze geben konnte. Er durfte etwas medizinisch Notwendiges tun, etwas sachlich Gebotenes. Wir dürfen nicht spritzen, stehen also in entsprechenden Situationen immer doof dabei. »Der Rettungsassistent ist für den ›soft impact‹ verantwortlich«, hat dieser Super-Klugscheißer von Seminarleiter bei einem Fortbildungs-Wochenende vor drei Wochen zu uns gesagt. Was im Klartext bedeutet: Wenn eine Mutter auch sterben möchte, weil ihr sieben Monate altes Kind soeben dem plötzlichen Kindstod erlegen ist, dann sollen wir sagen: »Kommen Sie, ist doch nicht so schlimm.« Dabei aber nach Möglichkeit, so der prima Fortbilder, einen unaufdringlichen körperlichen Kontakt herstellen, also die Hand halten oder den Unterarm streicheln. »Scheiße«, will man da laut brüllen, »Scheißgott«, oder wer immer einem gerade als Gesamtverantwortlicher einfällt. Zu Melanies Mutter wäre mir überhaupt nichts eingefallen. Als ich ihr Brustbein drückte, war sie ja quasi schon tot. Ich muss jetzt mal rechnen. Drei bis fünf Tage bis zur Beerdigung, danach ist sie bestimmt noch eine Woche ziemlich daneben und dann könnte ich ja vielleicht anrufen. Und was sag ich dann? »Wir haben uns beim Tod deiner Mutter getroffen. Sollen wir mal ein Eis essen gehen?« Abwegig, ausgeschlossen, krank.

Eine Wahnphantasie. Ich kann unmöglich verliebt sein. Noch nicht mal verknallt. In einer von Sandras Zeitschriften habe ich gelesen, dass viele Singles den Supermarkt unterschätzen. Dort würden sich die meisten Menschen verlieben. Dann folgte eine Statistik, wo sich seit mehr als einem Jahr verheiratete Menschen zum ersten Mal über den Weg gelaufen sind. Kneipe, Urlaubsort, Sport, waren da aufgezählt. »Beim Tod eines nahen Angehörigen« war verblüffenderweise nicht gelistet.

Andererseits glaube ich zu spüren, wenn ich eine ganz besondere Frau getroffen habe.

Wenn ich eine Frau sehe oder spreche, mit der ich nur gerne ins Bett gehen würde, kann ich mir nachher ein Bild machen. Ich kann ganz genau beschreiben, wie sie aussieht, könnte ein Phantombild zeichnen lassen und wahrscheinlich würden die Bullen sie finden. Leider habe ich noch keinen Polizisten getroffen, der bereit gewesen wäre, für mich nach potenziellen Bettpartnerinnen zu fahnden. Nach den ganz besonderen Begegnungen bekomme ich kein Bild zusammen. Ich erinnere Details, beispielsweise Melanies Waden, und mir wird warm im Bauch. Den Ton ihrer Stimme habe ich noch im Ohr, als sie sagte: »Ich bringe Sie zur Tür.« Aber kein komplettes Bild. Alle Versuche, sie mir wieder vor Augen zu holen, enden in einem Nebel. Mit der damit verbundenen Sehnsucht, dass ich sie sofort wiedersehen möchte. Noch einmal sehen könnte ja sogar klappen, wenn ich mich vor das Haus stelle und warte, bis sie herauskommt. Aber dann? Womöglich sieht sie mich auch, und was denkt sie dann? »Oh, schau mal, das ist doch der charmante Mann, der sich so angestrengt hat, der Leiche meiner Mutter nicht auch noch die Rippen zu brechen. Ist der süß.«

»Nierenschale«, murmelt der Doc matt. »Was?«, frage ich trüb. »'ne Nierenschale, Mann. Der Typ macht Bäuerchen.« Jetzt höre ich schon das finale Würgen und weiß: Es ist zu spät. Vor dem Stich in die Penisvene hatte der Herr Junkie offenbar einen kräftigen Eintopf. Kotzen ist nahe an Bernies ES. Freue mich schon aufs Saubermachen.

3

Wieder kurz vor halb neun. Weil ich wusste, dass mir was Schönes einfallen würde, woran ich dabei denken könnte, habe ich gestern das Auto alleine sauber gemacht. Bernie musste es erst gar nicht sehen. Der folgende Abend war tatsächlich so langweilig, so ereignislos, dass ich durch ein Klingeln an der Tür total nervös wurde. Das ist die schöne Angehörige, habe ich gedacht. Das ist Melanie, sie braucht eine Schulter zum Anlehnen. Meine Schulter. Weil ich sie nicht in einer Trainingshose mit Sojasaucen-Spritzern empfangen wollte, habe ich nach sauberen Klamotten gesucht. Vor der Tür stand niemand. Ein zweites Klingeln gab es auch nicht. Bedauerlicherweise habe ich auch vergessen, was ich geträumt habe. Immerhin habe ich nur zwei Bier getrunken, um die Aufgewühltheit zu dämpfen. Es war nicht zu viel, denn ich kann die Muster auf der Wachstuch-Tischdecke in unserem Aufenthaltsraum klar erkennen. Mein persönlicher Kater-Test. Es ist also wieder halb neun, es ist wieder Schichtbeginn. Abspulen der Routine, Zeit für das erste Ritual. Die »Todesanzeigen«-Seite in der Zeitung, wir nennen es »Reklamationen«.

»Gehofft, gekämpft und doch verloren.«

Darunter dann eine Elfriede, 1924 geboren und vorgestern gestorben. Auch wenn es mit dem Mustererkennen geklappt hat, für Mathematik ist es doch noch zu früh. Ich kann nicht ausrechnen, wie alt diese Elfriede denn nun geworden ist. Eigentlich will ich das Lebensalter auch gar nicht ausrechnen, denn meine eigene Oma heißt Elfriede und die kommt mit 100 als treue Leserin mit Foto in unsere Lokalzeitung. Ich grinse dann als 56-jähriger Zausel neben dem Oberbürgermeister in die Kamera des Fotografen. So habe ich das jedenfalls beschlossen.

Mit den überdurchschnittlichen Talenten sieht es bei mir nicht besonders gut aus. Deswegen schreibe ich es mir schon als Begabung gut, über sehr ausgedehnte Zeiträume entrückt starren zu können. Gerade eben blicke ich entrückt in den Dampf meines Kaffees, so als wäre er Nebel, der mich vom Weiterreiten nach Camelot abhält. In den von mir heiß geliebten Artus-Geschichten manifestieren sich im Nebel Gestalten. Ich hätte noch gestern Abend hohe Wetten angenommen, dass ich von ihr träumen würde. Weil das tatsächlich geschehen ist, bitte ich, dass sich Melanie im Kaffeedampf zeigen möge. Stattdessen materialisiert sich mein Kollege Satschewski an der anderen Seite des Tisches. Er gehört zu den Gestalten, die in Ritterfilmen als unkenhafte Monster aus trüben Tümpeln aufsteigen.

»Das war ordentlich Schweinerei in der Ballerburg. Vielleicht guckst du nochmal in die Ecken«, krächzt Satschewski. Mit Ballerburg meint er das nahe psychiatrische Landeskrankenhaus. Er spricht fast immer heiser, weil er eigentlich permanent raucht. Würde gerne mal hören, wie Satschewski ein Jacques-Brel-Chanson singt. Chansons kenne ich hier aber nicht, denn das läuft für die anderen unter »Tuntenmucke«. Hier hat Ahnung von Musik, wer bei der festlichen Planwagenfahrt im Münsterland »Ole, wir fahren in Puff nach Barcelona« textsicher mitsingen kann. Seit einer Nacht mit einer jungen Frau, die sich vor den Güterzug geworfen hat, weiß nur Bernie, dass ich mich manchmal eben auch mit Jacques Brel aus dem Hier und Jetzt ausklinke.

»Was heißt Schweinerei?«, frage ich Satschewski.

»Ein Wahnsinniger hat Rumpelstilzchen gemacht und dabei seine OP-Narbe am Unterbauch vergessen. Da hat es ordentlich gesuppt, anderthalb Stunden habe ich gewischt. Und jetzt will ich zu Mutti, Hals- und Hodenbruch.« Der arme Mann hat also sehr schwer geblutet, und wie ich den reinlichen Satschewski kenne, werden wir gleich noch einmal wischen dürfen, weil sich überall im Auto bräunliche Schlieren getrockneten Blutes zeigen werden.

Ich nicke, gucke rüber zu Bernie. Der steht an der Kaffeemaschine und pustet die Wangen auf, um »Mutti« zu simulieren. »Mutti« heißt tatsächlich Maresi. Satschewskis 100-Kilo-Gattin, die ihren mächtigen Körper aber immer bequem in einem Aldi-Trainingsanzug unterbringt. Spott über sich oder seine entsetzliche Horrorbraut hat Satschewski schon immer kalt gelassen. Wenn er mit ihr telefoniert, spricht er sie selbstverständlich auch nur mit »Mutti« an. Obwohl die beiden nur einen Yorkshireterrier zusammen haben. »Satsche« telefoniert während einer Zwölf-Stunden-Schicht mindestens sechsmal mit Mutti. Er hat sich gerade einen mexikanischen Feuertopf warm gemacht, wo es Mineralwasser im Angebot gibt und ob der Hund heute schon »groß« gemacht hat, das sind seine Themen. Dabei verwechselt er ständig »mir« und »mich«, es ist häufig von »dem seine Omma« die Rede und er hebt in regelmäßigen Intervallen die linke Hinternhälfte zum Furzen. Satschewski ist ein echter Held.

Vor einem halben Jahr, am zweiten Weihnachtstag, hat er zwei Kinder aus einem brennenden Haus rausgeholt. Eigentlich sollten wir warten, bis die Feuerwehr kommt. »Die packen das nicht rechtzeitig, alte Scheiße. Du bleibst hier«, waren seine Worte, als er sich den Helm aufsetzte und in das Haus rannte. Zwei Wochen hat er mit schwerer Rauchvergiftung im Krankenhaus gelegen. Sogar RTL hat angerufen. Er hat sich verleugnen lassen. Dazu haben wir zu viel gemeinsam über »Notruf« gelacht. Wahrscheinlich hatte Satsche auch Angst, dass er vor Aufregung zu authentisch wird. Und plötzlich von der »Wundeichel« von Vater spricht, der im Bett geraucht hat. »Wundeichel« ist Satsches Kreation, er kennt aber noch andere Ausdrücke, die im Fernsehen seinem weiteren Ruhm deutlich im Wege gestanden hätten. Wir waren stolz und neidisch zugleich.

Unser aller Berufsziel ist ein Foto in der Zeitung. Mit einem, besser zwei Kindern im starken Arm. Das Gesicht attraktiv verrußt, der Helm gibt die nötige Würde und die Zeile unter dem Bild verrät den Namen des Helden. Haben wir schon in Fachmagazinen aus den USA gesehen und halten wir für echte Katastrophenschnappschüsse. Auch wenn ein ehrenamtlicher Schlaumeier letztens behauptete, man könne ganz deutlich die Bearbeitungsspuren des Retuschierprogramms erkennen.

Die Ehrenamtlichen retten in ihrer Freizeit, als Hobby. Alles Typen, die aus natürlicher Begabung in der Schule das Klassenbuch führen, beim Kegeln immer die Punkte aufschreiben und in der Kneipe schon mal einen Kakao bestellen, weil Alkohol nicht gut für die Gesundheit ist. Bei ihren Wochenenddiensten zählen sie mit nicht nachlassender Begeisterung, ob auch tatsächlich zehn Zellstoffmullkompressen in der dafür vorgesehenen Schublade sind oder vielleicht – Untergang naht – nicht. Dann werfen sie einen detaillierten Bericht in die »Mängel«-Box. Was bedeutet, dass unsere Arbeitswoche mit cholerischem Gebrüll unseres Nazi-Wachleiters und einer gründlichen Wischdesinfektion beginnt. Also drei Stunden Autowaschen, plus penible Kontrolle der Ausstattung. Wir erzählen den attraktivsten Notaufnahmeschwestern im Gegenzug, dass unsere Ehrenamtlichen eigentlich alle schwul sind. Dann sortieren wir ihre Hosen akkurat in den Wäschereibeutel mit der Kochwäsche, damit es ihnen beim nächsten Tragen gehörig am Kuscheltier kneift.

Der hauptamtliche Kollege Satschewski hat es leider an den Ohren. Denn die gerade von ihm entgegengenommenen Pieper kreischen plötzlich los. Tagsüber reicht eigentlich die Vibration am Hosenbund und die darauf folgende Ansage im Mini-Lautsprecher. Bernie und ich gehen los und hören dabei »17–83. Sie fahren Bushaltestelle Am Hedreisch, einmal Lambrusco, Ute«. Was bedeuten wird, dass ein Penner sich so weggeschädelt hat, dass er im Gebüsch hinter dieser Haltestelle liegt und nicht mehr ansprechbar ist. Dass das Auto so dreckig ist wie erwartet, spielt keine Rolle. Komatös gesoffene Penner schreiben selten Beschwerden. Bernie fährt, ich greife zum Hörer des Funkgeräts und sage mechanisch: »17–83 neue Besatzung, Bernhard Föhring und Gunnar Drost.« Dann dieses Vorbeugen, wie unzählige Male zuvor. Zu diesem unscheinbaren Knopf, der das Blaulicht einschaltet und das Martinshorn blasen lässt. Mit Licht und viel Geräusch, das heißt Ute.

Die »Alarmfahrt« zu den Patienten schafft die ästhetisch schönsten Momente unseres Jobs. Speziell abends reflektiert das blaue Licht von allen möglichen Schaufenstern und Scheiben. Alle machen Platz und versichern damit, dass wir in einem übergeordneten Interesse, der Rettung von Menschenleben, unterwegs sind. Zum Glück dürfen die Autofahrer nicht über das »Gassebilden« abstimmen. Angenommen, eine entsprechende Leuchtanzeige auf dem Kühlergrill würde verraten, wohin wir gerade unterwegs sind, dann könnte es mit der freien Fahrt schwierig werden. Einige wären sicherlich nicht einsichtig, wenn zu lesen wäre: »Wir sind unterwegs, um einen besoffenen alten Sack aus dem Gebüsch zu zerren, damit ihn die Notaufnahmeschwestern nach der Ausnüchterung schnell wieder wegjagen.«

Einige Fahrer begreifen einen Rettungswagen als günstige Gelegenheit, schneller voranzukommen. Sie hängen sich hinten an. Meistens junge kurzhaarige Männer, die sich »Meisterjäger« oder Ähnliches in die Heckscheibe geklebt haben und nicht ohne fremde Hilfe an Kreuzworträtselwettbewerben teilnehmen können. Weil diese Jungs in Sachen Logik noch tiefer gelegt sind als ihre Autos, rechnen sie weder mit unserem Rückspiegel noch mit dem Funkgerät. Sie glauben also, dass es einfach nur ganz großes Pech ist, wenn hinter ihnen plötzlich ein Blaulicht auf einem grünen Auto auftaucht.

»Musst du noch was erledigen, bevor wir zu dieser Bushaltestelle fahren?«, frage ich Bernie.

»Nee, wieso?«

»Weil es da hinten links zum Hedreisch gegangen wäre.«

»Schlecht, ganz schlecht«, antwortet er gelassen.

Bei Wendemanövern schalten wir gerne das Horn aus, in der Hoffnung, dass unser Auto ganz plötzlich zu einem unauffälligen Lieferwagen wird.

Ich ziehe zwei Paar Latexhandschuhe aus dem Spender auf dem Armaturenbrett, denn diese Lieferung wird höchstwahrscheinlich dreckig.

4

Der Penner war recht sauber und eigentlich auch kein Penner. Ein Mann, 48 Jahre alt, wie sein Personalausweis verraten hat. Der Stoff seines Anzugs fühlte sich teuer an, wahrscheinlich weil man in den Geschäften für Übergrößen keinen Billigkram kaufen kann. Seine geschmacklose Krawatte wird er immer gelockert getragen haben, denn Hemdkragen schließen um einen solchen Stiernacken in den seltensten Fällen.

Viele Biere, viele Schnäpse, danach hat sich der Stiernacken-Mann an der Bushaltestelle hingelegt, weil diese überwältigende Müdigkeit gekommen ist. Irgendwann im Laufe des Tages wird er in einem Krankenhausbett aufwachen. Es wird ihm schlecht gehen. Er wird beschließen, dass er sein Leben ändern muss. Aber dann kommt der Durst. Zuerst für die trockene Kehle ganz viel Wasser, dann für die zittrigen Hände irgendwas mit Wirkung. Alkohol, immer wieder Alkohol.

Auch bei den »Kunden«, bei denen wir gerade gastieren, gibt es kein nüchternes Leben mehr. Momentan nervt mich allerdings hauptsächlich die Notärztin. Ich werde ihr gleich die Antwort auf die Frage geben, die sie jetzt zum dritten Mal mit naiver Beharrlichkeit stellt: »Wo haben Sie Ihrer Frau das aufgetragen?«

Der Mann ist ein Fleisch gewordener Augenring. Er zuckt wieder schlapp mit den hängenden Schultern. Er steht neben dem Sofa. Darauf liegt seine ausgemergelte Frau. Sie starrt aus glasigen Augen an die Decke und ächzt von Zeit zu Zeit. Zum Sprechen fehlt ihr die Kraft.

Auf dem Wohnzimmertisch liegt ein Haufen ausgedrückter Tuben Augensalbe. Der Mann guckt verloren in den Raum, sieht der Notärztin nicht in die Augen. »Sie müssen doch wissen, wo Sie Ihrer Frau die Salbe aufgetragen haben?«, fragt sie schon wieder.

Er antwortet, was er schon dreimal gesagt hat. »Auffe Musch.« »Ich verstehe Sie nicht«, sagt die Notärztin. Natürlich versteht ihn Frau Dr. Alexandra Jacobi-Schlachter nicht. In ihrem gesamten vielleicht dreißigjährigen Dasein hat sie nämlich bestimmt noch nicht in einer solchen Wohnung gestanden. Frau Dr. Jacobi-Schlachter kann sich auch nicht vorstellen, wie dieser Weinbrand im Hals kratzt, der 4,99 Euro im Angebot kostet, und warum man trotzdem zwei Flaschen davon am Tag trinkt, so wie diese Eheleute, bei denen wir gerade zu Besuch sind. Der Bildschirm des Riesen-Fernsehers reflektiert nicht, wahrscheinlich der gleiche schmierige Schleier, der sich auch auf dem Tisch klebrig anfühlen wird. Auf der Matratze neben dem Sofa hat der Augenring wahrscheinlich schon mehrere Nächte geschlafen, um auf seine Frau aufzupassen. Jedenfalls ist da dieser fettige Fleck, wo sein ungewaschener Kopf geruht hat. Eigentlich könnte Frau Dr. Jacobi-Schlachter die Frau wenigstens mal abtasten, aber das ist ihr eklig. Deswegen fragt sie nochmal ihre originelle Frage. »Sie müssen mir doch genau sagen können, wo Sie Ihrer Frau ...« »Der Herr hat der Frau die Salbe offenbar auf das Genital geschmiert, Frau Doktor«, unterbricht Bernie und ich nicke ihm dankbar zu. »Was hat er gemacht?«, entfährt es der Frau Doktor und es klingt, als wolle sie gleich nach Leuten rufen, die den Augenring bitte sofort abführen. Sie macht den zweiten Tag Dienst als Notärztin. Weil das zu ihrer Ausbildung gehört, die bestimmt Papi bezahlt hat.

36

Zu dem wird sie sicherlich »Vati« sagen. Ihre sehr vernünftige Kurzhaar-Frisur wird sie abends vor dem Schlafengehen ordentlich kämmen. Sie wird mit ihren Medizinstudenten-Freunden mit Rhabarberschorle in schick designten Bars ordentlich einen draufmachen und kulturell höchst aufgeschlossene Reisen in ferne Länder machen. Diese weltoffene, emanzipierte und akademisch brillante Fast-fertig-Ärztin ist ganz gewiss überzeugt, dass dieses Alkoholiker-Pärchen selbst schuld ist. Denn schließlich gibt es keine vernünftige Antwort auf ihre »Warum«-Frage. Warum hat der Mann seiner Frau Augensalbe auf das Genital geschmiert? Weil er dachte, das würde ihr helfen, und er wollte ihr helfen. Warum er das gedacht hat? Weil in seinem Kopf alles ziemlich durcheinander geht. Weil ihm sein Hirn nur noch eine Botschaft klar und deutlich durch den Nebel schickt: Du hast Durst, trink was. Immerhin nickt die Frau Doktor, als ich frage, ob wir vielleicht die Trage holen sollen. Vor diesem Einsatz hat Bernie nämlich beim China-Mann für uns bestellt. Und wenn im nahen Johannes-Hospital ein Bett für diese Frau frei ist, wird die Ente süß-sauer wenigstens noch lau sein. Nach dem Essen will ich noch bei Melanie anrufen.

»Ich dachte, ich rufe gleich mal bei der einen an«, sage ich, nachdem ich uns am Johannes freigemeldet habe.

»Superidee, dann ruf ich bei der anderen an.«

»Du weißt schon, diese Supersüße. Sterntalerweg. Die Tochter, bei der Reanimation.«

»Du meinst hoffentlich nicht die Tochter von der, die ex war, meinst du doch hoffentlich nicht?« Doofe Idee, das Thema aufzubringen.

»Was hast du denn sonst noch so locker, du Bratwurst?« Hölle, Bernie redet sich warm. »Du warst dabei, als ihre Mutter gestorben ist. Dein fieses Gesicht hat für sie mit dem Sensenmann zu tun.«

Ich würde jetzt gerne unterbrechen, aber er entwickelt leider Blutdruck. »Die ist natürlich schon ganz wild, die Braut. Wow, der Sargnagel meiner Mama ruft mich an, nennt mich Glückspilz. Du solltest anrufen, um einen Termin in der Ballerburg zu machen, du Freak!«

Irgendwelches Gesabbel aus dem Funkgerät, Fahrtgeräusch, ansonsten Stille. Jetzt die Diskussion zu vertiefen, scheint mir unschlau. Wir haben heute noch sieben Stunden zusammen und dann nochmal vier Tage à zwölf Stunden. Und Bernie kann schwer stur sein. Das bedeutet keine Witze, keine Besorgungsfahrten zwischendurch, stattdessen schweigend einen Billy-Wilder-Film nach dem anderen. Er kennt sie alle, ich mittlerweile auch. Er guckt sie »wegen der Schnitte«, weil Billy Wilder angeblich der Größte und er ein lediglich unentdeckter Bernie Wilder im Wartestand ist. Tatsächlich ist er ein schlecht bezahlter Sanitäter mit einer teuren Videokamera und einem zu Weihnachten zusammengewünschten Heimschnittplatz. Aber er ist der dienstältere Sanitäter und deswegen bestimmt er über alles, was auf dem Fernseher unserer Wache flimmert.

Bernie hat einen Kodex. Alle anderen erzählen privat gerne über ihre spektakulärsten Einsätze. Machen arterielle Blutungen nach, feiern mit nur einem Tritt aufgebrochene Türen wie das entscheidende 2:1 gegen die Scheiß-Schalker. Von Bernie kein Ton. Ich fand das bisher stillschweigend cool. Zu seinem Kodex gehören aber auch die Angehörigen. »Wir vergessen die und noch wichtiger: Die vergessen uns«, hat er mir erklärt, als ich noch Zivi war. Nachdem er mir mit dem Arbeitssicherheitsschuh voll in den Hintern getreten hatte. Nur für ein

38

»Auf Wiedersehen« von mir, nachdem wir erfolglos wiederbelebt hatten. »Die wollen dich nie wiedersehen und ich am liebsten auch nicht«, war der Begleittext zum Tritt.

Sein Ausbruch gerade eben muss aber nichts mit seinen Regeln zu tun haben. Nur bei dem Gedanken, etwas Ähnliches auszusprechen, rieche ich schon die Abluft von Teufels Küche. Marion. Sechs Jahre Bernies Freundin. Er hatte sich schon Gedanken über Innendienst gemacht. Weil es natürlich bequem ist, wenn der Schichtdienst schuld ist, dass die Geliebte mit einem Bundeswehroffizier abhaut. Vielleicht hatte sie aber auch einfach die Nase voll von den freien Wochenenden im »Schnitt«. Selbst an den knackigsten Sommersamstagen sitzt der Mann in seiner finsteren Garage und fummelt triste, selbst gedrehte Sequenzen von nächtlichen Autobahnraststätten zusammen. Marion war davon schwer angeödet. »Nach vier, fünf Stunden ruft er dann: ›Marion, komm mal gucken.‹ Dann sag ich nur ›schön‹, weil mir vor Langeweile fast die Galle übergeht, und er spricht den Rest des Tages kein Wort mehr mit mir«, erzählte sie bei seinem letzten Geburtstag. Was auch immer an diesem Bundeswehroffizier dran ist, ich wette, er hat keine Digicam.

Den 37-jährigen Nachwuchsregisseur Bernie Föhring hat ihre Kündigung angeblich ja ganz unberührt gelassen. Sie sei halt oberflächlich, nörgelig, auf Geld fixiert. »Eine verkappte Schickimicki-Else, die im Kino bei jedem zweiten Film einpennt.« Klar, weil du sie ständig in irgendwelche ästhetisch hochwertigen Reißer von koreanischen Hinterhoffilmern geschleppt hast. Habe ich zum Glück nur gedacht. Weil Bernie sehr schneidend werden kann und ich mich dann nicht unbedingt als sein guter Freund fühle.

Wahrscheinlich hat er Recht. Eine Frau angraben, die gerade ihre Mutter verloren hat, ist geschmacklos. Habe ich mir schon selbst gedacht. Und mir unangenehme Fragen gestellt. Ob mir der Job vielleicht doch schadet. Mündete allerdings in die weiterführende Frage, was ich denn sonst machen soll, und da wurde es gleich sehr anstrengend, weil mir nichts eingefallen ist. Und was, wenn ich nicht mehr zu den Menschen gehöre, die normal empfinden? Brauche ich einen bizarren Kick? Ist eine Schöne für mich nur dann richtig schön, wenn in unmittelbarer Nähe Schicksal stattfindet, wenn gestorben wird? Andererseits: Viele Menschen treffen ihre zukünftigen Partner an ihrem Arbeitsplatz. Meine Arbeit ist vielleicht anders, aber ich bin normal. Hoffe ich doch.

5

Ich bin 28 Jahre alt, muss mit dem doofen Vornamen »Gunnar« leben, ansonsten komme ich gut zurecht.

Gunnar habe ich meinem Vater zu verdanken. Weil er es so wollte, haben wir die Sommerurlaube immer in Skandinavien verbracht. Wo es viele Gunnars gibt, die sich nicht gehen lassen, defensiv Auto fahren und auch ansonsten keine unnötigen Risiken eingehen. Mein Vater war ein SPD wählender Pharmareferent mit einer soliden Lebensversicherung, einem auswendig gelernten Weinlexikon, vielen vernünftigen hellblauen Hemden und einem gebügelt aussehenden Pyjama. Hätte er meine Mutter in einer Vermisstenanzeige beschreiben müssen, wären ihm zur unverwechselbaren Identifizierung niemals Muttermale in der Intimregion eingefallen. Die kannte er wahrscheinlich überhaupt nicht. Weil er, das ist jedenfalls mein Verdacht, meine Mutter auch aus Vernunft geheiratet hat.

Im Nachhinein betrachtet war es unvernünftig von ihm, mit dem Segeln anzufangen. Es hat ihn eigentlich nicht interessiert, meiner Mutter ist an Bord des Bootes immer schlecht geworden. Aber es hat sich bei seinen Kunden, den Ärzten, gut gemacht. An einem 23. September sind meine Eltern mit dem Segelboot auf dem Ijsselmeer in Holland gekentert und ertrunken. Ich war 15 und anschließend in der Schule viel beliebter als vorher. Ab sofort war ich »der mit den Eltern«. So haben das viele hinter vorgehaltener Hand geraunt und kamen sich an unserem langweiligen Gymnasium wie Mitbetroffene eines spektakulären Schicksals vor. Wahrscheinlich hätten sich einige aus Solidarität gern eine Decke umgehängt. Menschen, denen eine Decke umgehängt wird, sind die Opfer schlechthin. Vor allem wenn Fernsehkameras in der Nähe sind. Jedenfalls wurde ich plötzlich zu Partys eingeladen, auch wenn da nach wie vor keiner etwas mit mir anzufangen wusste. Bei jeder dieser Feiern kamen irgendwann Mädchen vorbei und rückten nah an mich heran. Kuschelten sich regelrecht an, um mich dann mit rührungsfeuchten Augen anzugucken und die obligatorische Frage »Na (lange Pause mit bedeutungsvollem Schlucken, manchmal Seufzer), wie geht's?« nachzuschieben. Ich wusste logischerweise nichts zu antworten. Zu erzählen, dass ich bei meiner Oma lebe, und zwar richtig gut, fand ich selbst langweilig. Bedauerlicherweise kamen meistens die Frauen vorbei, die später Chemie studieren wollten und dementsprechend bei der Party zu kurz gekommen waren. Ich hatte also auch keinen Bock, aus falschem Mitleid geknutscht zu werden. Nicht von denen.

Immerhin habe ich in dieser Zeit Sandra kennen gelernt. Die wollte ich gerne knutschen. Weil der Tod meiner Eltern für sie überhaupt kein Thema war, habe ich es mal andersrum versucht und die Mitleidsnummer selbst gefahren. Von wegen, ich könne nicht am Schwimmen teilnehmen, weil das mit dem Wasser total schwierig für mich sei. Sie hatte ziemlich einen sitzen, aber ihre Erwiderung, ob meine Eltern im Hallenbad ertrunken wären, fand ich sehr lässig. Mit Knutschen war trotzdem nichts, sie würde sich nicht »reif genug fühlen«, hat sie gesagt. Mein Freund Thorsten, der Einzige, der bei den Männern aus der Schulzeit bis heute übrig geblieben ist, hat mir dann aber den tatsächlichen Grund geflüstert. Ein amerikanischer Austauschschüler. Mike. Sehr gut aussehend, wenn auch sehr klein. Total reiche Eltern in der Nähe von New York. Sandra sah sich wohl schon als hauptberufliches Fashion-Victim auf der Madison Avenue dauershoppen. Mike ist nach Amerika zurückgegangen, hat einen Brief geschrieben (Sandra: »dümmlich«) und eine Weihnachtskarte, auf der Sandra schon mit »Liebe Sonja« angeredet wurde. Wir sind dagegen Freunde geworden. Manchmal frage ich mich allerdings, ob wir nicht bald richtige Feinde sind, wenn wir weiterhin zusammenwohnen und ich jeden ihrer steindummen Liebhaber treffen muss.

Ich habe ihr meine Frauen nicht so nahe zugemutet. Wenn ich ehrlich bin, dann auch deswegen, weil ich immer ein eigenartiges Gefühl hatte. So als würde der Ehebrecher seiner Gattin seine neue Bett-Granate vorstellen. Bescheuertes Gefühl. Außerdem wollte ich gerne weiterhin vor Sandra so dastehen, als wüsste ich, wie es zwischen Frauen und Männern zu laufen hat. Dabei weiß ich eigentlich nur, was nicht geht.

Zuerst ging gar nichts. Nur Stress. »Jungen, die mit 16 noch keinen Geschlechtsverkehr hatten, laufen Gefahr, pervers zu werden, wusstest du das?«, hat mich Thorsten scheinheilig gefragt, als wir beide 17 waren und er vor allem wusste, dass ich noch nicht mit einer Frau geschlafen hatte. Selbstverständlich hat der Arsch damals sein Ziel erreicht und bei mir Panik ausgelöst. Ich sah mich schon an Kinderspielplätzen lauern oder nachts Tote ausgraben, denn »Pädophilie« und »Nekrophilie« waren in einer hilflosen Broschüre des Bundesgesundheitsministeriums als gängige Perversionen beschrieben. Für den Fall meiner Entjungferung hatte ich mir fest vorgenommen, Thorsten am besten während des Geschehens eine Art brasilianischen Torjubel am Telefon zu präsentieren. Tatsächlich passierte es dann mit der Putzfrau meiner Oma.

Beinahe ohne eigenes Zutun, sie hat alles dirigiert. So souverän, als würde das zu ihrem Job dazugehören. Dass man nach dem Küchewischen auch noch dem dumm rumstehenden Teenie zeigt, wie körperliche Liebe geht. Damals war ich sicher, dass ich Magda total unauffällig beobachten würde. Ihr kurzes, violett-grün gemustertes Kleid war definitiv russlanddeutsche Wohlfühlmode, aber ich konnte ihre nackten Beine sehen. Ihren Körper würden entsprechende Boutiquebesitzerinnen als »mollig« bezeichnen, ich wollte sie unbedingt überall anfassen. Ich fand sie sehr geheimnisvoll. Mehr als 15 Jahre älter als ich. Sie sprach kaum, wahrscheinlich weil sie sich ihres Akzents schämte. Die hohen Wangenknochen und tiefblauen Augen machten ihr Gesicht streng, ihre hellblonden Haare waren so stramm zum Knoten gebunden, als müsse sie sich für irgendwas selbst bestrafen. Ihr Mund wirkte dagegen total sanft. Geschwungene Lippen, als habe ein Kalligraph, der eigentlich schöne Buchstaben malen soll, zum Spaß einer Frau einen perfekten Mund gezeichnet. Wenn ich ihr in unbeholfener Beflissenheit den Staubsaugerbeutel wechselte oder Wasser in den Putzeimer einlaufen ließ, lächelte sie mich etwas herablassend an. So, als würde Frauchen ihrem braven Hund ein Leckerchen hinwerfen. An einem Freitagnachmittag im Juli war ich mit ihr allein. Meine Oma war mit ihrem Frauenkreis an die Mosel gefahren, um sich schon im Reisebus hemmungslos mit Kirschwasser abschießen zu können. Magda war eine Vase heruntergefallen, ich sammelte selbstverständlich sofort die Scherben auf und schnitt mir an einer übersehenen Scherbe die Hand ziemlich tief auf. Sie hat mir mit verblüffendem Geschick einen Verband angelegt. Ich erinnere noch immer den spöttischen Blick, mit dem sie meine verletzte Hand in ihren

Ausschnitt führte. Die unmittelbare Folge war ein vorzeitiger Samenerguss und ein Nachmittag im Bett meiner Oma.

Am Abend danach war ich nicht mehr sicher, ob das alles wirklich passiert war. Deswegen konnte ich auch nicht mit der nötigen triumphalen Überzeugung Thorsten in Grund und Boden trompeten. Meine Oma muss sich in dieser Zeit über mich gewundert haben. Denn ich habe ständig mit ihr gestritten. Entweder darüber, warum ihre Frauengruppe eigentlich so selten verreist. Oder warum sie Magda nicht »unser Russenmädchen« nennen soll. Ich bin ihr dann sehr schnell mit ihrer Vergangenheit als Nazi-Jugendliche gekommen und mit 17 Millionen sowjetischen Kriegstoten, die, so klang das wohl damals, alle auf die Kappe meiner Oma gingen. Was das alles mit Magda zu tun hat, habe ich im Dunkeln gelassen. Schließlich konnte ich meiner Oma nicht erklären, warum ich es nicht ertrage, wenn die Frau, der ich bis an mein Lebensende den Staubsaugerbeutel wechseln würde, als ostischer Untermensch diskriminiert wird.

Ein halbes Jahr später kam dann das Ende meines sexuell aktiven Lebens. Beim Gurkenschneiden sagte meine Oma, so nebensächlich, als wäre es nicht der größte anzunehmende Schicksalsschlag: »Das Russenmädchen kommt nicht mehr. Ihr Mann hat eine neue Stelle in Süddeutschland.«

Tatsächlich sah ich mich nach den unmittelbar folgenden Erfahrungen schon wieder nachts auf dem Friedhof nach einer Geliebten graben. Jetzt war es keine statistische Behauptung von Thorsten, jetzt war ich durch Selbstversuch sicher, nicht normal zu sein. Wenn das Sex ist, dann ist das nichts für mich, dachte ich. Aber alle normalen Menschen mögen Sex. Steht jeden Tag in jeder Zeitung.

Nur ich mag es nicht. Weil Silke, die ich aus der Fahrschule kannte, danach immer geheult hat. Bestimmt nicht aus überwältigender Freude, weil es so toll war. Oder weil Heike nicht verstehen wollte, dass auch ein Schwanz, gewiss von Natur aus böse, ein schmerzempfindliches Körperteil ist. Oder weil ich Nadja nicht sagen konnte, dass ich ihre Hornhaut an den Füßen extrem abregend fand und deswegen behaupten musste, Erektionsstörungen würden bei uns in der Familie liegen. Konstanze hat mir Angst gemacht, als sie die Wehrmachtsbilder ihres Opas rausgeholt hat und sagte, das würde sie so richtig scharf machen. Ihr Opa sei bestimmt ein richtiger Hengst gewesen. Bei Gabi habe ich nicht mehr an meine putzende Sexgöttin Magda gedacht. Mit Gabi konnte ich reden. Vorher, nachher, sogar dabei. War regelrecht lustig. Gabi konnte verstehen, dass ich ihren Vornamen noch behämmerter fand als Gunnar bei Männern. Wenn unsere Vornamen nichts taugen, müssten wir uns Spitznamen geben, fand Gabi. Richtige Kosenamen. Vielleicht wären wir zusammengezogen, vielleicht wäre wer weiß was dabei rausgekommen. Ich weiß bis heute nicht, warum man Sinologie aus Leidenschaft studiert. Gabi ist jedenfalls nach einem Dreivierteljahr wie angekündigt nach Peking gegangen. Und hat ihrem Stummelschwänzchen nur noch zwei Briefe geschrieben. Wahrscheinlich betreibt sie mittlerweile eine Karaoke-Bar in Shanghai oder was man sonst so macht, um in China Geld zu verdienen.

Bei Judith bin ich fast wissenschaftlich vorgegangen. Viele Tests, regelrechte Reihenuntersuchung. Vorname in Ordnung. Haben wir gemeinsame Interessen? Schmachtfilme, alte Kirchen, Biographien historischer Persönlichkeiten, lieber Wein statt Bier, kein Brit-Pop, kein Camping, keine Brettspiele. Für SIE niemals Handtaschen-

Plüschfiguren und vernünftige Schuhe, für IHN niemals kurze Hosen oder T-Shirts mit lustigem Aufdruck – unsere Schnittmenge war enorm. Sie hat niemals so getan, als würde sie Fußball interessieren. Ich musste niemals behaupten, dass ich Pferde süß und Kunstausstellungen sehr spannend finde. Nach vier Monaten mit Judith war es so langweilig, dass unsere Trennung mit der Leidenschaftlichkeit einer Sparkasten-Leerung vonstatten ging.

Andrea war aua. Ist eigentlich noch schmerzhaft, wenn ich mich genauer erinnere. Andrea hat mir gezeigt, wie man Zwiebeln karamellisiert und dass man Wein aus dem Bauchnabel trinken kann. Andrea hatte sehr gute Argumente für eine Frauenquote und wusste mehr über Bauhaus, als auf eine »Trivial Pursuit«-Karte passt. Sie hat mir einen wunderschönen Füller geschenkt, meine Oma gemocht und mittlerweile einen Mann geheiratet, der nach meiner damaligen treffsicheren Einschätzung nicht mehr war als eine studentische Laberschwuchtel mit Wildlederschuhen. Wir haben immer wieder gestritten, weil ich mich nicht analysieren lassen wollte. Wenn ich mir eine neue Dauerkarte gekauft habe, war das eine Folge meines »Peter-Pan-Syndroms«, also der Schwäche, nicht erwachsen werden zu können. Schlimmer noch waren die Streitigkeiten wegen meines angeblichen »Don-Juan-Komplexes«. Kaum hatte ich auf einer Party einer hübschen Frau ein Glas Sekt eingeschüttet, war eine Diskussion auf der Heimfahrt garantiert. Ich müsse erobern um des Eroberns willen. Sie hat sich so ereifert und klang vor allem so schrecklich plausibel, dass ich anfangs sogar geständig war: »Ja, ich habe wohl einen Don-Juan-Komplex, weil ich an Sex gedacht habe, als ich diesem süßen Braten Sekt eingeschenkt habe.« Napoleon mochte die Frauen, steht in seinen Biographien, und zwar so, als sei das völlig okay gewesen. Anthony Quinn hatte acht Kinder von fünf Frauen, kein Mensch würde schreiben, der habe irgendeinen Komplex gehabt. Bin ich ein pathologischer Fall, weil ich letztlich nur Rettungssanitäter bin? Klar, ich trage dicke Leute vierstöckige Altbau-Treppenhäuser runter, die sich ihren Schlaganfall selbst angefressen haben. Aber Andreas Gatte trägt in seinem unangepassten Leinenbeutel die Seminararbeiten von Geschichtsstudentinnen nach Hause, die sich mit mittelalterlichen päpstlichen Bullen beschäftigen, weil sie irgendwann mal was mit Medien machen wollen. Ist das besser?

Logisch, ich könnte mittlerweile ein 28-jähriger Jung-Anwalt sein, der einen soliden Namen und ein vernünftiges hellblaues Hemd trägt. Aber es hat sich nicht so ergeben. Ich bin Sanitäter. Es war eine Frau, die mich auf diese Reise geschickt hat. Meine Oma. »Musst du nicht bald zur Wehrmacht?«, hat sie mich bei irgendeinem Frühstück gefragt. Mir ist dann, begleitet von einer unangenehmen Hitzewelle, eingefallen, dass ich mich bald, sehr bald um eine Zivildienststelle kümmern muss, wenn ich nicht eine Stelle im Altenheim zugewiesen bekommen möchte. »Können Sie Tote und Schwerverletzte sehen?«, hat mich der Vorgänger meines jetzigen Chefs vor fast neun Jahren gefragt. »Keine Ahnung, aber davor habe ich eher Angst«, hätte ich geantwortet, wenn Peter Pan Zivildienststellen vergeben würde.

Die Diskussionen darüber, dass das kein Job für einen Mann mit Abitur ist, bin ich leid. Thorsten mag dieses Thema, weil er Jura durchgezogen hat und die angebliche Härte seines Studiums noch dramatischer rausarbeiten kann, wenn er meinen stumpfen Routinejob dagegenhält. Er ist jedenfalls sicher, dass es stumpfe Routine ist. Ich habe mich nach seiner Meinung wohlig eingerichtet, wo nach seinen Koordinaten »unten« ist. Er dagegen, so sieht er das wohl, strebt nach »oben«, mit zäher Ausdauer, mit Disziplin und vor allem – »das hörst du nicht gern, Gunnar« – mit Erfolg. Sandra hält mich für bräsig, behauptet, Männer ohne jedwede Ambition seien unattraktiv und langweilig. Selbst meine Oma hat bereits gefragt, wie es denn nun weitergehe.

»Ich gehe zur Arbeit, wenn ich im Dienstplan stehe. An den anderen Tagen habe ich frei und gehe nicht zur Arbeit«, habe ich ihr geantwortet. Wegen meines galligen Tonfalls erstarb ihr Interesse an diesem Thema sofort, jedenfalls hat sie nicht nachgehakt.

Ich mag, was ich mache. Oft jedenfalls. Übrigens noch gar nicht so lange. Es hat gedauert, bis ich am Einsatzort nicht mehr gedacht habe: Ganz schrecklich, was hier passiert, jemand muss Hilfe holen. Das war ein Riesengefühl, als mir endlich klar war: Diese Menschen hier haben 112 angerufen, weil sie dringend Hilfe brauchen, und ich bin gekommen. Manchmal an der Seite von Männern, die in unbeobachteten Momenten niemals mit Messer und Gabel essen würden. Die nicht lesen, die ihre Frauen ignorieren, die sich geschmacklos anziehen, die sich bei der entsprechenden Gelegenheit bis zum Verlust des Sprachvermögens besaufen. Männer, denen der Kopf vor Anstrengung raucht, wenn sie die Frage gestellt bekommen, was ihre weiteren Ziele im Leben sind. Kaum einer meiner Kollegen ist sich darüber im Klaren, dass wir alle sehr ehrgeizig sind. Keiner käme auf die Idee, das jemals auszusprechen, weil es pathetisch oder in der Sprache meiner Kollegen »schweinepeinlich« ist. Aber unser Ehrgeiz ist, Leben zu retten.

6

»Du bist so schwul, wenn du wüsstest, wie schwul du aussiehst.«

Luft, warum kommt keine Luft durch diesen Hals, und die Ader auf der Stirn, ich spür sie doch pochen.

»Du schaffst es nicht, weil du so scheißschwul bist, weil du ein Handkantenbügler bist ...«

Die Arme brennen, meine Handgelenke brechen bestimmt gleich ab, einfach so, wie ein Eiszapfen an der dünnsten Stelle, und das brennt.

»Komm, Barbie, wir gehen dir gleich was Schönes zum Anziehen kaufen, aber hier lassen wir einen Mann hin, du Heulsuse«, schreit er mich wieder an.

Noch ein kleines Stück, nur noch ein kleines Stück, dann habe ich sie oben, ein kleines Stück. O Gott, was brennt das, jetzt krampft die Brust, ich puste nochmal, aber in meinen Wangen ist überhaupt kein Platz mehr für Luft.

»Du bist ein Hamster, ein ganz, ganz schwuler Hamster bist du«, brüllt Thorsten jetzt beinahe in Ekstase.

Ich muss die Arme nicht gerade machen, ich darf sie nicht gerade strecken, weil das die Ellbogen nicht mitmachen.

»Jaa. Ja, du hast die Maus, halt sie noch einen kleinen Moment, noch einen kleinen Moment, dann helf ich dir, klasse, super, Alter.«

Jetzt lasse ich fast los und er muss die schwere »Maus« alleine in die Stütze zurückbalancieren. Die »Maus« ist eine Langhantel, die 118 Kilo wiegt. Thorstens kabeldicke Adern treten sofort aus den Unterarmen hervor, als er das Gewicht kontrolliert ablässt. Eigentlich mag ich Bankdrücken, aber das war heute zu viel Aua. Ich stehe langsam auf und fühle mich so steif wie eine Playmobil-Figur. Immerhin reicht es noch, um Thorsten dankbar auf die Schulter zu klopfen, denn ohne Anfeuerung macht es bei mir keinen Sinn. Hat allerdings den Pferdefuß, dass ich ihn auch motivieren muss, wenn er drückt. Ihm hilft es nur konstruktiv. Also lang gedehnte »Jaa, jaa, jaa«-Anfeuerungen oder ein »ganz toll« dazwischen. Kommt mir immer vor, als sei ich irgendeine Helga, die ihrem Manni den Hengst abverlangt. »Duschen?«, murmelt er und macht den Eindruck, als würde es ihm auch reichen.

Ich nicke, denn die Sprache habe ich noch nicht wieder.

Er winkt Jessica zu. Sie sitzt, wie immer, auf dem Fahrrad oder Ergometer und versucht, sich die winzigen Reste Körperfett vom Skelett zu schmelzen, die ihr noch geblieben sind. Jessica glaubt, dass es wie ein ganz normales Lächeln aussieht, wenn sie ihr ausgemergeltes Gesicht zusammenzieht. Ich stand schon daneben, als Krankenschwestern in Richtung solcher Gesichter riefen: »Ich bringe Ihnen gleich was gegen die Schmerzen.«

Thorsten singt wie immer unter der Dusche. Gerade glaubt er, es könne ihm gelingen, »Air raid vehicle« von Limp Bizkit richtig sexy nachzuahmen. Ich wende mich dem Thermostat zu, um seine entwürdigend lächerlichen Luftgitarrenriffs nicht mitansehen zu müssen. »Und? Fliegendes Personal oder Dienst am Boden?«, fragt er, weil er die Antwort mit der Instinktsicherheit der Hyäne wittert. Er ist sehr überzeugt von seinen Sprachbildern. Ganz besonders schätzt er seine Flugzeugmetapher, die er verwendet, seit wir an einem lebensfrohen Abend unsere

Hirne mit Fasswodka geflutet haben. Frauen sind Flugzeuge, wir die Piloten. Glücklich können wir nur sein, wenn wir was zu fliegen haben. Letztendlich ist es seine Eselsbrücke, weil er sich technisch fassbare Flugzeugtypen besser merken kann als Berufe, Familienverhältnisse oder auch Vornamen von Frauen, die ihm begegnet sind. Manchmal kann ich ihm auf diesem Weg am besten auf die Sprünge helfen.

Er: »Die Dings hat angerufen ...«

Ich: »Die wer ...«

Er: »Na hier, die Dings, die eine ...«

Ich: »Die 737?«

Er: »Nein, die A-300, die Lange, klar, Alex heißt die!«

Immerhin habe ich so die Unterschiede zwischen einer Boeing 737 (Kurzstrecke, wendig, belastbar) und Langstreckenflugzeugen wie dem Airbus A-300 oder der Boeing 777 erfahren.

Er weiß, dass ich »Boden« antworten muss, nichts zum Fliegen. Gerade in solchen Situationen habe ich keine Lust auf dieses doofe Spielchen. Sechs Eier, gebratener Schinken, zwei Rollmöpse und hinterher was Süßes, nämlich eine Frikadelle mit Aprikosenmarmelade. Diese leicht exotische Kombination ist unsere ganz private Obsession. Frau K. verhilft uns dazu, denn sie ist die Wirtin des Cafés »Esstilo«, in dem wir uns auch an diesem Vormittag, ritualgemäß, nach dem Training niedergelassen haben. Ich beobachte Frau K., wie sie Tassen aus der Spülmaschine in die Regale räumt. Dabei sieht sie aus, als würde sie die letzten Korrekturen an einem Gemälde vornehmen. Sehr bei sich, zufrieden lächelnd, weltvergessen. Frau K. heißt eigentlich Judith, ist aber ganz anders als die Judith, mit der ich mir vier Monate langweilig einig war. Um nicht immer wieder an meine öde Judith denken zu müssen und weil ich sie am liebsten Madame nennen möchte, ist die Cafébesitzerin für mich Frau K. Sie ist kühl, distanziert, groß und sehr attraktiv. Der Gegenentwurf zu einem Wirtinnendragoner, dem man beim Reinkommen kumpelig zwischen die Schulterblätter haut und ihn mit »Na, Judith, altes Lasso« begrüßt. Weil Frau K. so kultiviert wirkt, war es mir anfangs peinlich, wenn Thorsten unsere Spezialfrikadellen bestellte. Dass sie mittlerweile lächelt, wenn sie die Buletten bringt, habe ich schon mal als Liebesbeweis deuten wollen, nur um es gleich ganz schnell wieder zu verwerfen. Frau K. liebt einen Galeristen, der aussieht wie ein Latin Lover. Es ist reine Spekulation, aber ich glaube, Frau K. liebt nicht so schnell jemanden. Wenn sie sich für jemanden entschieden hat, ist das keine halbe Sache.

Flirts mit einem Typen, der mit krampfenden Gorillaarmen aus der Muckibude kommt und Marmelade auf seine Frikadellen schmiert, kommen nicht in Frage.

Der Laden ist geschmackvoll, hier könnte ich mit Melanie frühstücken gehen. Ich könnte das Straßenreinigungsfahrzeug direkt vor der Tür parken und damit ist das Ganze als Tagtraum entlarvt. Realität ist mein Freund Thorsten, der vor mir sitzt und wie immer sehr hastig isst.

»Läuft's?«, frage ich. Und weiß ebenfalls die Antwort. Seinen Einstieg als Rechtsanwalt hatte er sich leichter vorgestellt. In jedem Fall reicher, besser angezogen, mit mehr Presse. Er hat sich mit John-Grisham-Romanen über das Zweite Staatsexamen gerettet, aber mittlerweile, wenn auch sehr heimlich, eingesehen, dass Grisham aus guten Gründen nicht über das Sorgerecht schreibt, das irgendein Horst doch so gern hätte.

»Läuft gut, aber ist hart«, sagt er.

»Aber du bist doch der Elvis-Anwalt, da kann es doch nicht mehr hart sein.« Ich bin jetzt ganz Schwein, weil die Bodenpersonal-Geschichte noch ein bisschen nachbrodelt. In einem seiner ersten Fälle musste Thorsten einen Elvis-Imitator vertreten. Der Typ war von einem Schützenverein engagiert worden, konnte aber nach Meinung der Schützen den King nicht authentisch nachmachen. Vor allem haben sie sich daran gestoßen, dass er die meistgewünschten Lieder nur auf Polnisch vortragen konnte. Was für den Sohn einer Spätaussiedler-Familie nicht verwunderlich ist, den Songs aber selbst nach Meinung sturztrunkener Schützenbrüder den Zauber nimmt. Die Honorarverhandlungen endeten laut Elvis-Anwalt Thorsten mit schwerer Körperverletzung zum Nachteil von Frantek S. »Elvis-Anwalt« hat ihn unsere Lokalzeitung genannt. In der bitteren Schlagzeile »Elvis-Anwalt am Landgericht ausgetanzt«. Weil Frantek S. nachweislich zuerst zugeschlagen hat, muss man von einer Niederlage für Thorsten sprechen. Aber er übergeht die Stichelei.

»Unser Junior-Chef macht Sachen, bei denen ich nicht mitmachen möchte.«

»Was für Sachen?«

»Kann ich dir nicht genau sagen, weil echt die Kacke dampft, wenn da was rauskommt. Aber hat mit Ossi-Abzocke zu tun.«

»Und wenn du dir eine andere Kanzlei suchst?«

»Oder wenn ich gleich Schwester werde, so wie du? Mann, du hast Vorstellungen. Heute Morgen waren in der FAZ genau zwei Stellen für Leute wie mich. In Cottbus und im Bayerischen Wald. Welche dieser Traumregionen würdest du mir denn empfehlen, Leichenträger, welche denn?«

Jetzt möglichst schnell Themenwechsel, sonst bringt er gleich wieder meine Studienpläne und die Altersgrenzen für BAföG auf den Tisch.

»Und die Fliegerei?« Er weiß, dass ich die weiße Fahne draußen habe, wenn ich auf seinen Lieblingsvergleich anspreche.

»Eine hat ordentlich Schub, die andere will gelandet werden.«

Ich zucke mit den Achseln, weil es manchmal echt schwer zu decodieren ist.

»Eine ist eine regelrechte Nymphomanin. Friseurin, nee, irgendwas beim Theater macht die …«

»Vielleicht Maskenbildnerin?«

»Genau. Spielt gerne Zahltag. Das heißt, sie geht gerne mit mir einkaufen, weil Anwalt für sie ein anderes Wort für Goldesel ist.«

»Und du kaufst ordentlich Klamotten?«

Er grinst. »Noch. Solange sie noch zaubert, hole ich auch was aus dem ziemlich leeren Hut.«

»Und die andere Geschichte?«

»Musikstudentin. Schwerer Kinderwunsch. Mir ist der Schweiß ausgebrochen, als ich die in den Kleinanzeigen bei »Gebrauchte Babyartikel« gucken sehe. Bis ich mich da an die Frage rangepirscht hatte, ob das dumme Ding womöglich die Pille abgesetzt hat …«

»Und … hat sie?«

»Zum Glück nicht. Aber seitdem ist ordentlich der Wurm drin. Hat mir beim Italiener eine richtige Szene hingelegt, mit Heulen und Schreien und allem Pipapo. Dann ist sie zu ihrem Ex und der hat sie prompt vermöbelt. Musste ich sie natürlich zum Trösten wieder in meine Wohnung holen.«

Vielleicht war es so, vielleicht aber auch nur so ähnlich. Eine Geschichte muss nicht wahr sein, sie muss stimmen, Thorstens Credo.

In Thorstens Vorstellungswelt gibt es zwei harte Typen: Der eine ist Robert De Niro als grabeskalter Killer in »Heat«. Der andere ist er selbst, allerdings noch etwas lässiger als De Niro im Film.

Aus meiner Sicht verbindet die beiden nur, dass sie kleingewachsene Männer sind. Robert De Niro kenne ich nicht weiter persönlich. Den Mann, der mir gegenübersitzt und soeben das letzte Stück Frikadelle nochmal ordentlich mit Marmelade bestreicht, schon besser.

Thorsten ist zum Glück nicht wie Robert De Niro in »Heat«. Weil er immer alles raushaut, was ihm meistens gar nicht groß durch den Kopf, sondern eher gerade eben durch den Bauch gegangen ist. Wenn er guter Laune ist und wir gemeinsam zu einer Party gehen, läuft er zu Höchstform auf. Selbst wenn zuerst nur eine größere Gruppe Menschen gelangweilt um einen Topf Chili herumsteht, mit Thorstens Erscheinen ist Glamour anwesend. Ausladende Handbewegungen, ein unwiderstehliches Lächeln, das mindestens in den Augen mehrerer Frauen seinen Widerschein findet. Mit seinen Lachfältchen, seinen braunen Kuschelaugen, seinem überbordenden Ganoven-Charme kann er selbst einen holzgetäfelten Partykeller zu einem Ort machen, an dem jeder sich am richtigen Platz fühlt. Ich habe sogar schon beobachtet, wie Männer seine Handküsse imitieren, wie selbst junge, aber zu früh vernünftig gewordene Kaufmänner plötzlich Esprit entwickeln.

An anderen Tagen ist er nicht mehr als ein Klumpen Selbstmitleid. Dann gibt es nur ihn und seine Sorgen. Große Sorgen. Das kann ein Kratzer an seinem frisch lackierten Ford Capri sein. Ein albernes Auto, Thorsten hat eine quasi-erotische Beziehung zu seinem Capri, weil es »voll das Zuhälter-Teil ist«. In den letzten Jahren waren es Dozenten oder Prüfer, die ihn schlecht benotet haben, nur weil er »halt cooler« ist als die, die ihm selbstverständlich übel mitgespielt haben. Frauen sind schon oft schwere Schicksalsschläge für ihn gewesen. Wenn er irgendeine seiner vielen Warmgehaltenen zufällig mit einem anderen trifft, dann ist es Tragödie pur, er gibt das unschuldige Opfer. Wer dann nachfragt, warum er sich denn neun Wochen nicht bei der Betreffenden gemeldet habe, bekommt zur Antwort, dass er »manchmal eben auch eine Menge zu tun hat«. Gezischt und mit der sofortigen Bereitschaft zu einem ungerechten, aggressiven Gegenangriff. Es ist für mich schwieriger geworden, mit ihm zu reden. Weil er oft nicht zuhört, weil er nach einem Wimpernschlag ganz plötzlich wütend wird. Als würde irgendwas in ihm regelrecht vor Hitze blubbern, er muss aber den Deckel draufhalten.

Ich habe dennoch genug gute Gründe, mit ihm zusammenzusitzen. Party ist mit ihm nach wie vor jederzeit möglich. Er ist manchmal regelrecht diskret, vor allem wenn man ihn ausführlich darum bittet. Und die wärmende Nostalgie der vielen Jahre. Die Aprikosen-Frikadellen sind ein Überbleibsel einer Wiedergeburts-Feier. Wir sind angetrunken auf seinem Mofa von der Tanzschule nach Hause gefahren. Das heißt, er fuhr. Weil er aus Eitelkeit keine Brille tragen wollte, hat er die zugegebenermaßen schlecht beleuchtete Baustelle übersehen und wir sind in eine zweieinhalb Meter tiefe Baugrube gestürzt. Ein paar Prellungen, ein Schrott-Mofa, mehr ist nicht passiert. Zuerst haben wir aus Hilflosigkeit geheult und dann zwei Tage Schule ausfallen lassen, um unser Überleben zu feiern. Mit sehr billigem Wein und unter anderem den Aprikosen-Frikadellen. Irgendwo in diesem Mann ist noch der heulende Mofa-Thorsten von damals, da bin ich sicher.

Also lade ich den Elvis-Anwalt ein. Denn in meinem Leben gibt es ja keine frisierende Nymphomanin, für deren Designerklamotten ich mein Geld zusammenhalten müsste.

»Jetzt siehst du, wie schlecht es mir geht, dass ich mich von einer Krankenschwester einladen lassen muss, trotzdem danke.« Er verschenkt sein schmieriges Lächeln an mich, obwohl mir fühlbar keine Brüste gewachsen sind.

»Nichts ist umsonst, Gevatter. Frage die Frau hinter der Theke nach ihrem Vornamen.«

Jetzt grinst er regelrecht sardonisch.

»Ist das dein Ernst? Und wenn das dein Ernst ist, dann sollten wir mal über den Grad deiner Verzweiflung reden.« Er taxiert die Thekenkraft, deren Arme nur den Schluss zulassen, dass sie ihre Freizeit mit Hammerwerfen verbringt. Neben ihrer neuen Gehilfin wirkt Frau K. wie eine Kaiserin. Er dreht sich wieder zu mir und sein Blick sagt: »Diese verschwundene Neunjährige, du hast damit zu tun, stimmt's?«

Ich nicke ihm aufmunternd zu und er steht auf. Nach seinen Frauengeschichten möchte ich auch Bewegung in mein Privatleben bringen. Egal, was Bernie sagt. Das Schicksal soll mir sagen, ob ich auf der richtigen Fährte bin. Wenn der Vorname dieser erschreckenden Servicekraft mit »M« beginnt, werde ich das Tabu brechen und bei der Angehörigen Melanie Bicher anrufen. Thorsten spricht mit der Hammerwerferin, zuckt die Achseln und zeigt in meine Richtung. Ich hoffe sehr intensiv, dass es sich bei der Hünin um »Mathilde«, »Martha« oder sogar »Matka« handelt.

»Sie heißt Nina und ihr zwei werdet es bestimmt schön haben. Ich muss jetzt gehen, außerdem machst du mir Angst.«

Er verschwindet und ich danke dem Schicksal für den Wink. »N« – ein Buchstabe neben dem »M«. Nach meiner Auslegung bedeutet das: Keine direkte Kontaktaufnahme per Telefon, sondern etwas über die Seite annähern. Wäre auch bei »Ludmilla« ähnlich zwingend gewesen.

7

Gerade jetzt könnte es passieren. Es ist möglich, dass sie gerade auf meinen Anrufbeantworter spricht. Dieser potenziell mögliche erste Schritt auf dem Weg ins Paradies gibt mir in diesem Moment die Kraft und Stärke, die ich jetzt brauche.

Denn der Oberkörper meiner Oma verschwindet gerade in der Tiefe des Aldi-Kühlregals. Sie gleicht die Verfallsdaten der Joghurt-Becher ab. Das heißt, wir sind in der zweiten Halbzeit des Hamsterkauf-Infernos. Gleich, wenn sie ihre Palette mit Orangen-Vanille-Joghurt zusammengestellt hat, wird sie an den luftdicht verschlossenen Aufschnitt-Paketen riechen. Ich halte dann mit dem Einkaufswagen einen Fünf-Meter-Abstand zu ihr. Sollten uns andere Käufer doch irgendwie zusammenbringen, zucke ich mit den Achseln und lächle gütig. Dieses Lächeln soll sagen: »Lassen Sie doch die alte Frau, nach allem, was der Russe ihr angetan hat.« Sollte sie allerdings in der Möhrensaft-Angelegenheit wieder Stunden der Entscheidung verstreichen lassen, dann ziehe ich die Notbremse und beginne darüber zu sprechen, warum ich Weihnachten höchstwahrscheinlich nicht kommen kann und ob es nicht besser wäre, sie würde in der Altenstube schon mal einen Platz reservieren. Sie hasst die Altenstube, insbesondere einen Mann mit zwei Beinprothesen, der ihr seit dem Tod meines Opas nachstellt. Trotzdem muss ich grob werden, denn eine streng sachliche Auseinandersetzung über ihr abwegiges Einkaufsgebaren führt zu nichts, außer zu der alles erstickenden Feststellung:

»Du musstest noch nie hungern, Junge.« Ihren nervenzerfetzenden Preisvergleich selbst bei Billigstartikeln wie Einweg-Feuerzeugen begründet sie mit dem dumpfen Klassiker: »Von nichts kommt nichts.« Auch politisch sollte man mit ihr nicht werden. Ob nun die Deutsche Bahn wieder mal die Preise erhöht, Schwule heiraten dürfen oder ein Klimagipfel tagt, für meine Oma sind das lediglich Vorstufen, die auf die unweigerlich kommende Apokalypse deuten, nämlich dass der Neger Deutschland regiert. Ansonsten ist sie schwer in Ordnung. Ein gnadenloser Zocker. Bei ihrem letzten Geburtstag waren wir im Spielcasino. Sie hat am Roulettetisch die gesparte Kohle von zehn Aldi-Einkäufen verloren. Ohne mit der Wimper zu zucken, hat sie am Einarmigen Banditen so lange weitergemacht, bis sich ihre Handtasche vor Münzen beulte. Demnächst wollen wir auf die Rennbahn. Da war sie bisher nur einmal, noch mit meinem Opa. »Ich hätte niemals einen Nichttänzer heiraten dürfen«, hat sie mir kürzlich anvertraut. Da war ihr schon deutlich nach Tanz zumute. Jedenfalls nestelte sie an ihren Platten, um ihren persönlichen Kracher »Goldene Jahre in Berlin« rauszufischen. Weil sie nach drei Cognac keinen Widerspruch mehr duldet und sie meinen Tanzkurs befohlen und bezahlt hat, waren wir also zu »Rosamunde« unterwegs.

Jetzt muss ich die Augen schließen, denn sie wühlt gerade in den Päckchen mit dem Wurstsalat »Puszta-Art«. Diesen roten Matsch kann ich nicht so gut sehen, seit wir diesen Werkzeugmacher gefahren haben, der mit Hand und Unterarm in seine Maschine geraten war.

Mit den geschlossenen Augen kommen schlimme Zweifel. Vorgestern, nach diesen »Legenden der Leidenschaft« von Thorsten, war ich wie im Rausch. War es ein guter oder ein schlechter? Ein guter, hätte ich laut gerufen, als ich zu diesem Spielzeugladen unterwegs war. Den Gedanken hatte ich schon vorher im Kopf. Melanie soll mich anrufen, eine greifbare, reizende, vielleicht etwas drollige Aufforderung dazu in der Hand halten. Ein Spielzeugtelefon, schön bunt. Ihre Adresse hatte mich einen Anruf bei der Auskunft gekostet, der Zettel, der wichtigste Zettel überhaupt, steckte schon in meinem Portemonnaie, als ich Thorstens Frühstück mitbezahlt habe. Was für eine wahnsinnige Erleichterung, dachte ich. Phantom-Verliebtheit hin oder her, ich handle und im schönsten aller Fälle geschieht etwas Unvorhersehbares.

Hier kommt ein Mann, der vor einer großen Liebe steht, war mein Gefühl, als ich diesen Spielzeugladen betrat. Ein Mann, dessen Liebesgeschichte filmreif werden wird, ein Emotionspatrizier wegen der Erhabenheit des Gefühls. Ein Alpha-Männchen kurz vor der Verschmelzung mit einem Alpha-Weibchen.

»Wie alt ist denn das Kind?«, fragte der Mann in dem braunen Strickcardigan neben dem Regal mit finster aussehenden Superhelden-Figuren, nachdem ich gesagt hatte, was ich haben wollte.

»29 Jahre«, gab ich zur Antwort und wollte ihn schon fast fragen, wie denn das wohl war, als er vor wahrscheinlich mehr als 30 Jahren seine Frau getroffen hat, mit der er jetzt schon so lange diesen wahrscheinlich glücklich machenden Familienbetrieb leitet, den so viele Kinder mit glänzenden Augen verlassen.

»Lukas, du fängst dir gleich eine. Leg das hin«, hörte ich von der Seite aus dem Mund einer Dicken, die kurz davor schien, ihr käsiges Kind in einem Mönchengladbach-Trikot zu misshandeln.

Nach dieser kleinen Ablenkung wieder volle Konzentration auf den Patriarchen des Spielwarengeschäfts, der zugegebenermaßen gar nicht wie der Weihnachtsmann, sondern eher wie Wirtschaftskrise guckte.

»Behinderung?«, fragte er.

Ich werde wahrscheinlich unverständig zurückgeschaut haben.

»29 Jahre und soll telefonieren lernen, was für eine Behinderung hat denn das Kind ... der Mensch?«, fragte der Strickjackenmann verspannt.

Hätte ich mangelnde Geschmeidigkeit der Situation als Zeichen sehen sollen? Ich glaube an Zeichen. Andere würden sagen, ich bin abergläubisch. Vor Flugreisen befrage ich beispielsweise den Rasierschaumspender, ob ich abstürze oder nicht. Wenn der Schaum in der Dose noch für eine Rasur reicht, kommt das Flugzeug an. Wenn nicht, dann, na ja, es hat bisher immer noch gereicht.

Abends habe ich mir dann vorgestellt, wie der Postmann, der das Paket auf den Wagen wirft, genau spürt, dass er besondere Fracht in den Händen hält. So, als wäre strahlendes Material in dieser gelben Pappe. »Pizza und Bote. Gunnar wählen«, stand auf dem bunten Spielzeugtelefon mit den Tasten für Kinderfäuste. Und meine Nummer. Sandra hat nebenan offenbar was Neues mit dem Zopf-Arsch ausprobiert, jedenfalls waren die beiden sehr laut. Melanie und ich werden auch bis zur wohligen Entkräftung Sex haben. Aber nicht so wie diese Tiere nebenan. Sondern wie zwei Romantiker. Gelassen durch Erfahrung, aber hingebungsvoll durch die Erkenntnis, dass das Leben zu kurz ist, um Momente des Rauschs einfach ungenutzt verstreichen zu lassen. Mir fielen die blonden Härchen auf Melanies Beinen ein, die ich vielleicht bald streicheln darf. Aber auch Seelenverwandtschaft, charak-

63

terliche Großzügigkeit. Ich werde in ihrem Bett danach rauchen dürfen. Sie wird vielleicht sogar mitrauchen, obwohl sie wahrscheinlich eher Nichtraucherin ist. Ich habe mir aus allen Hollywoodfilmen, die mir einfielen, die Glücksvorstellungen vom perfekten Paar zusammengeliehen und mit Melanie und mir neu besetzt. Wir sitzen in einem modernen Geländewagen, hinten die wohlgeratenen Kinder, die begeistert mit ihrem phantasievollen Vater (ich) singen, während die Mutter (Melanie) sich an ihrem Mann immer wieder neu begeistert.

Sehr kitschig. Im Bad habe ich in Sandras »Elle« geblättert und die Überschrift gelesen: »Das Leben: Wartezimmer oder Abenteuerspielplatz?« Das war der erste Moment des Zweifels an diesem Abend. Klar, habe ich gedacht, Frauen wünschen sich den zufälligen Zusammenprall mit einem gut angezogenen Desperado. Jede Stunde mit diesen Männern soll so sein wie ein Sturmtief über dem Atlantik. Aufwühlend, unübersichtlich, turbulent, atemberaubend und gefährlich. Wer da ein Spielzeugtelefon schickt, der ist dann doch eher Tretbootfahrer, nix Atlantik. Im Bad habe ich noch gehofft, dass sich Melanie ihre Sehnsüchte vielleicht nicht aus der »Elle« zusammenliest wie meine irrlichternde Mitbewohnerin. Sie hat am Tod ihrer Mutter zu knapsen. Wer der Grimmigkeit eines Sarges ausgesetzt ist, der will vielleicht Niedlichkeit, was Kuscheliges.

Mittlerweile, in der nüchtern ausgeleuchteten Realität dieses Günstig-Supermarkts, ist das Spielzeugtelefon nur noch eine totale Schnapsidee. Wie eine Postkarte mit einem Cartoon-Bären, der scheu eine Rose überreicht. Oder ein Plüschtier. Letztendlich Monster, die den Weg zu einer rauschhaften Begegnung versperren. Fast so schlimm wie ein Lebkuchenherz mit dem Text »Meine süße Maus« oder »Ich liebe dich«. Wer ein solches Herz umhängt, der hat zu »Ich liebe dich« auch immer den Untertitel im Kopf: »... aber beim Onanieren denke ich an die langbeinigen Granaten, die zu Hause nichts und vor allem keine Freizeithosen tragen.« Wenn ich Frauen mit Lebkuchenherzen um den Hals gesehen habe, kam mir noch nie in den Sinn, dass ich diese Frau gerne kennen lernen oder sogar mit ihr ins Bett wolle. Melanie wird nicht anrufen. Und wenn, dann nur um mitzuteilen, dass ich ja wohl spinne und sie bitte in Ruhe lassen möge. Vielleicht fragt sie sogar noch, woher ich sie kenne. Dazu ist mir bisher noch überhaupt nichts eingefallen. Wiedererkennen wird sie mich nicht, denn erfahrungsgemäß werden wir in den Augen schwer mitgenommener Angehöriger zu gesichtslosen weißen Männern in roten Jacken. Aber so weit muss ich nicht denken, denn wir werden uns nicht wiedersehen. Ich will aus diesem Laden raus. Aber das kann dauern. Denn meine Oma steht vor dem Keksregal und es sieht nicht so aus, als würde sie diese Entscheidung auf die leichte Schulter nehmen.

8

Tag vier oder Tag fünf? Mittlerweile ist Tag fünf nach meinem freien Tag. Die Sonne ist schon fünfmal aufgegangen und Melanie hat nicht angerufen. Wobei sie bis zum nächsten Sonnenaufgang noch eine Menge Zeit hat. Tag fünf ist beim Blick auf die Uhr 7 Stunden und 28 Minuten alt. In einer halben Stunde würde meine Nachtschicht enden. Wird sie aber nicht. Denn der »Kaputtmacher« hat noch Lust auf ein gutes Gespräch mit uns. Wir sind zu viert. Bernie und ich und zwei Polizisten, die auf diesen 1000-Meter-Blick umgeschaltet haben, der mittlerweile wohl an der Polizeischule unterrichtet wird. Der »Kaputtmacher« ist ein Mann, schätzungsweise Mitte 40, der da gestrandet ist, wo die richtig bösen Nächte in unserer Stadt enden, in der »Großmarktschänke«. Er steht vor- und zurückschwankend auf dem nassen Kopfsteinpflaster vor der Kaschemme, im Hintergrund sind große LKW geparkt. Davor die Fahrer, die mit verschränkten Armen die Situation genießen. Vielleicht haben die ihn so übel zugerichtet.

Wir können ein kleines, weißes Stück seines offen liegenden Nasenbeins sehen. Die Augen sind blutunterlaufen, ein recht großes Stück der Oberlippe ist verloren gegangen. Von den Augen abwärts ist sein Gesicht blutverschmiert. Wieder fixiert er den gemütlicher aussehenden Polizisten und wiederholt, was er bereits mehrfach mitgeteilt hat.

»Ich mach dich kaputt, komm doch her, ich mach dich so kaputt, du …«

Der Polizist zieht seine Hose hoch. Ist auch nötig, denn die Hose sitzt wie die meisten Polizistenhosen sehr schlecht. Dann nestelt er an der Schnalle seines Gürtels. Nur nicht in die Augen gucken, besser den ganzen Typen nicht sehen.

»Was glaubst du, was ich dich kaputt mache, du Bullenwichser, ich mach dich …«

Wir wissen, wie der Satz sinngemäß weitergehen sollte, deswegen ist es nicht so tragisch, dass der Rest der Botschaft in einem Hustenanfall untergeht. Jetzt spricht der jüngere Polizist, dessen Hose deutlich besser sitzt: »Wie wir Ihnen schon gesagt haben: Wir würden es begrüßen, wenn Sie jetzt mit den Kollegen im Rettungswagen mitfahren würden.«

»Weißt du eigentlich, wer … rarara … weißtueigentlich, wer gerade deine Frau fickt, du Schleimer, weißtutas, hä?«

Ich ziehe die Latexhandschuhe über, denn die Nase blutet jetzt wieder stärker.

Zum Schichtende haben wir den Typen niemals verfrachtet, und dann auch noch sauber machen.

»Weißu, weißu, was ich mit dir mache … sollich dir das ma sagen, du Memme …«

Der andere Polizist: »Wie mein Kollege schon sagte: Wir fänden es schön, wenn Sie freiwillig mitfahren würden. Sonst müssten wir Sie zwingen.«

»Waswillstdu? Hä, waswillstdu …«

Ich: »Sie sind sehr deutlich verletzt, es ist besser, wenn wir Sie ins Krankenhaus fahren.« Die freuen sich auf dich.

»Wer hat dich denn gefragt, hä, wer fragt dich Sschtricher denn, hä …«

Als hätten sie plötzlich einen Gong zur ersten und alles

67

entscheidenden Runde gehört, ziehen die beiden Polizisten die Lederhandschuhe an, dann die Lehrbuchattacke: Tritt in die Kniekehle, Arme auf den Rücken, Handfessel, und wir können das besoffene Paket auf die Trage wuchten.

Im Wagen brabbelt er nur noch und spuckt mir ein Stück Zahn auf die Jacke.

Weil ihn kein Krankenhaus in der Nähe will, müssen wir richtig weit gondeln. So was habe ich mir gewünscht am Ende dieser Nachtschicht. Zwei Schlaganfälle, einmal Asthma, einmal falscher Alarm, weil eine Gruppe Jugendlicher Schabernack unter 112 getrieben hat. Einmal Pulsader-Selbstmord in der Badewanne. Immerhin gibt es bei der Pulsader etwas Provision vom Bestatter Grünfink. Wenn wir den anrufen, sind bis zu 50 Euro für jeden drin. Aber was nutzt mir dieser Reichtum, wenn ich das Geld nicht sinnvoll ausgeben kann. Sie hat nicht angerufen. »Pizza und Bote«, das ist doch eigentlich unverfänglich. Selbst wenn sie keinen Gunnar kennt, und einen Gunnar mit meiner Telefonnummer wird sie nicht kennen, weil wir uns ja bisher nur einmal gesehen haben. Ohne die Nummern auszutauschen. Was könnte sie vom Anrufen abhalten? Sie hat das Paket geöffnet, als ihr Freund dabeisaß. Weil er sie mit vorwurfsvollen Kriegsverbrechertribunal-Augen angestiert hat, musste sie das Telefon sofort wegwerfen. Um guten Willen zu demonstrieren. Aber Frauen holen, selbst wenn sie besten Willens sind, das Ding wieder aus dem Müll, weil sie doch neugierig sind. Andere Möglichkeit: Trauerfall hin oder her, ich bin doch in die Niedlichkeitsfalle getappt. Wie infantil, hat sie gedacht und sich gleich an der Seite eines Blouson-Trägers gesehen, der sie mit Kuscheltieren und hasiartigen Liebkosungen überhäuft. Oder: Es gibt einen

68

Stalker in ihrem Leben. Einen aknenarbigen Spinner, der sie verfolgt und der ihr nachts ins Telefon atmet. Der heißt für sie jetzt Gunnar und ist unter meiner Telefonnummer zu erreichen.

Vielleicht ist es einfach ein Klassiker.

Ich bin in meiner Vergötzung dieser völlig unbekannten Melanie weit über das Ziel hinausgeschossen. Weil sie so gut aussieht, habe ich alles sonst wie Schöne in diese Frau reingedacht. Weil sie den Tod ihrer Mutter so stilvoll betrauert hat – vorausgesetzt, das ist eine Stilfrage –, wähne ich in ihr eine Seelenverwandte. Und beweise wieder meine Verstrahlung. »Man ist ja manchmal doof in Frauenangelegenheiten. Zum Glück nicht so oft. Aber wenn man sich mal wirklich in einer Frau total getäuscht hat, ist es besonders schmerzhaft.« Mit diesen Worten hat Bernie vor etwas mehr als einem Jahr mein Fiasko mit der bulgarischen Austauschschülerin gesandstrahlt.

Ich habe den salbungsvollen Tonfall gehasst. Er sah dabei auch aus wie der »Werther's Echte«-Opa aus der Werbung, der dem kleinen Fratz zum Trost ein Sahnebonbon reicht. Aber er hatte leider Recht. Wegen der Bulgarin hatte ich zum ersten Mal direkt mit der Kriminalpolizei zu tun. Sie hat mich immer »Flamingo« genannt. Ich wusste nicht, warum, hatte aber unterstellt, dass es mit der Anmut und dem Unabhängigkeitsdrang dieser schönen Vögel zu tun hat. An einem Abend cocktailbeheizten Überschwangs habe ich dann einen echten Flamingo für sie aus dem Zoo gestohlen. Alleine wäre ich niemals auf die Idee gekommen, ich hatte eine Heidenangst.

»Du musst endlich mal ein Ding machen. Nicht immer nur nett sein, freundlich sein, ruhig bleiben. Mach mal was. Einen Liebesbeweis, eine richtig coole Sache, wo noch deine Enkel denken, was ihr Opa doch für ein lässiger Typ war. Gerade die Frauen aus südlichen Ländern stehen auf so was, die Biljana wartet auf so ein Ding, glaub mir, Gunnar«, hatte Thorsten gesagt.

Immerhin war er ganz Kollege und hat Schmiere gestanden. Ich war sicher, dass ich vor Aufregung besinnungslos werde, als ich in das Gehege geklettert bin. Es stank und ich hatte unsinnigerweise die Befürchtung, dass eventuell auch Raubkatzen in diesem Gehege gehalten werden. Dann wusste ich nicht, wie man solche Viecher anpackt. Normalerweise fasse ich schon nicht zu, wenn mir eine Katze sehr kräftig erscheint. Weil Thorsten mit nervöser Stimme aus der Distanz brüllte – »Mach jetzt, du Trottel, pack dir einen« –, habe ich den Vogel regelrecht umarmt. Das Tier hat schrill gefiept. Wie ein Wellensittich, der in ein Megaphon zwitschert.

Aus der Nähe sind die Viecher gar nicht mehr so schön wie in den Tierdokumentationen aus Ostafrika und riechen vor allem streng. Ich war irgendwie erleichtert, dass der geklaute Flamingo im Kofferraum meines Autos den Löffel abgegeben hat, auch wenn das den Geruch nicht besser gemacht hat.

Merkt ja keiner, habe ich gedacht, als ich den Kadaver in einem Müllcontainer in der Nähe des Westfalenstadions entsorgte. Ein hundeausführender Spießer hatte leider mein Kennzeichen in der Nähe des Zoos aufgeschrieben. »Herr Drost, haben Sie psychische Probleme?«, war eine der charmanteren Fragen der Kripo-Beamtin. 1000 Mark für den WWF, dafür haben sie die Anzeige fallen lassen. Das alles für Biljana, die niemals von dieser Flamingo-Geschichte gehört hat.

Die Frau war echt verblüffend. Ihr Puppengesicht stand in deutlichem Kontrast zu den Begriffen, die sie in der Fremdsprache Deutsch am meisten gereizt haben. Zum Beispiel, dass jemand »am Arsch der Welt« wohnt. Schmutzvokabeln wie »grindig«, »siffig« und »verwanzt« haben ihr glucksendes Vergnügen bereitet. Wir haben viele Stunden im Bett verbracht. Nackt, schmusend, streichelnd, aber ohne miteinander zu schlafen. Warum sie das nicht wollte, hat sie mir nicht erklärt. Genauso wenig wie ihre Stimmungsschwankungen. An einem Tag hat sie ohne Punkt und Komma geredet. Hat mir klargemacht, dass Oper sehr viel mehr ist, als Männern und Frauen beim Schreien zuzugucken. Das hat mich nicht zum Opernfreund gemacht, schließlich haben die alle Überlänge. Aber ich habe es geliebt, ihr zuzuhören, wenn sie in ihrem eigenwilligen Akzent dozierte. An anderen Tagen sprach sie kaum ein Wort. Das konnte nur daran liegen, dass sie aus einer Intellektuellenfamilie aus Sofia stammte und sich nach einem Niveau sehnte, das ich Tiefflieger nicht bieten kann.

Die schweigsamen Tage nahmen zu, meine Verkrampfung auch. Der Flamingo konnte nicht helfen. Thorsten auch nicht. Er hat ausführlicher mit ihr gesprochen, als sie mir eigentlich schon gekündigt hatte. Weil ich echt aus der Spur gesprungen war, habe ich ihm unterstellt, er habe vollendet, was ich mit unendlichen Streicheleinheiten vorbereitet hatte. Ich höre mich noch sagen: »Dich will ich erst wiedersehen, wenn wir deine Urne in die Erde lassen, du Schwein.«

Immerhin hat er erfahren, dass ich meinen Spitznamen »Flamingo« wegen meiner dünnen Beine bekommen habe. Von wegen Anmut. Später hat er dann spekuliert, dass Biljana bestimmt eine richtige Tupolew-154 sei. Also extrem belastbar und schön laut. Und was ich für ein Idiot wäre, dass ich es mit ihr nicht hinbekommen habe.

Melanie könnte natürlich ähnlich rätselhaft sein wie Biljana. Nach einem solchen Schicksalsschlag gibt es doch wohl viele trübe Momente. Ich komme ja immer noch komisch drauf, wenn mir Leute Bilder vom Surfen zeigen. Womöglich in Holland.

Es ist bestimmt nicht die Erinnerung an meine Eltern, aber ich bin eigenartig deprimiert. Stehe in der Küche unserer Wohnung und habe keine Lust auf die übliche Nach-Nachtschicht-Stimmung. Also Tee, Brötchen, Zeitung und Fenster weit auf. Dann höre ich die Vögel im Hinterhof und die Luft ist toll. Ich bilde mir ein zu wissen, dass man Luft anmerkt, ob schon viele Leute daran rumgeatmet haben. So läuft das normalerweise. Aber heute komme ich nicht richtig runter. Bin eigentlich total müde, der Rücken schmerzt und der Nachtschicht-Kaffee hat Sodbrennen hinterlassen. Eigentlich alles egal, alles wie immer, wenn da nicht diese doofe »0« auf dem Display des Anrufbeantworters wäre.

9

Papua-Neuguinea. Breitgesichtige Wilde führen einen Veitstanz auf. Melanie trägt den kniekurzen Rock, in dem ich sie eigentlich nur kenne, dazu eine dieser Krisengebiets-Fotografen-Westen. Sie knutscht mit Zunge mit dem Häuptling. Die kannibalischen Wilden wollen mich fressen, messen mir vorher nach unserer Rettungswagen-Routine den Blutdruck. Der schon erheblich angenagte Satschewski liegt auf einem überdimensionalen Fondue-Teller. Meine Oma, die ein Legoland-Indianer-Stirnband trägt, zeigt auf meinen Hintern und ruft mit verzerrter Stimme immer wieder »Westfälischer Schinken, Westfälischer Schinken, 200 Gramm, luftdicht verpackt, hähä«.

Zum Glück Telefon.

T-Shirt klamm, Kopfhaut juckt, doofer Traum.

Wow, Telefon. 13.31 Uhr, sagt der Radiowecker. 13.31 Uhr. Vielleicht Melanies Mittagspause. Mittlerweile habe ich entschieden, dass sie wohl Fernsehjournalistin ist. Viel Geld, allgemein ein sexy Job, jedenfalls in meiner Vorstellung. Außerdem muss sie viel unterwegs sein, deswegen konnte sie nicht anrufen. Bisher. Jetzt, um 13.31 Uhr, hat sie aber Zeit. Vielleicht ist sie gerade in New York. Wie spät ist es dann jetzt bei ihr? Kann ich vielleicht später noch nachrechnen. Sollte erst einmal abnehmen. Aber da ist schon der Anrufbeantworter dazwischen. O nein, das hört sich ja an wie – verdammt. Das ist Ansage-Alternative 2. »Immer wieder haut Max Schmeling dem Neger auf seinen Wollschädel. – Wenn du nichts auf den Wollschädel bekommen willst, sprich eine Nachricht nach dem Piep von meinem Neger.« Das fanden Thorsten und ich mal schrecklich komisch, als wir die Original-Reportage vom Kampf Joe Lewis gegen Max Schmeling aus dem Jahr 1935 gehört haben. Als Sandra sich dann noch über Rassismus ereifert hat, waren wir noch begeisterter. Mittlerweile finde ich das aber gar nicht mehr komisch, heute Mittag finde ich das gerade mal verheerend, das finde ich die totale Kernschmelze, das ist mein Tschernobyl, was da gerade passiert ist. Hoffentlich war sie es nicht, aber eigentlich hoffe ich doch. Ich hätte sowieso nicht rangehen können, fällt mir jetzt auf. Denn in der Ladestation steckt kein Telefon. Sandra! In der Küche ist sie nicht, dafür kauert Zopf-Basti barfuß auf der Arbeitsplatte und löffelt aus meinem Nutella-Glas.

»Schmeckt's?« Keine defensive Gesprächseröffnung, aber ist mir doch egal.

»Hast du ein Problem?«, fragt er gedehnt. Ich bin kein Mensch der Gewalt, habe sogar mal an einem Ostermarsch teilgenommen, weil ein Schulkollege behauptet hat, da seien brasilianische Samba-Tänzerinnen dabei. Aber gerade frage ich mich, was schlecht daran wäre, wenn Zopf-Basti gleich aussehen würde wie der Kaputtmacher an diesem Morgen. Mir fällt nicht ein, was daran schlecht wäre. Aber Melanies Anruf ist jetzt wichtiger als brachialer Spaß, also reden wir zur Sache.

»Hast du mein Telefon gesehen?«

»Nee.«

»Hast du denn deine Freundin schon gesehen?« Mit Mühe presse ich die Mordlust, die unmittelbar bevorstehende Ekstase durch Blutrausch aus der Stimme.

»Klar.«

»Weißt du auch noch wo?« Jetzt Ede Wolf, der bei den

kleinen Schweinchen nur mal so, ganz ohne Fressabsicht, durchs Fenster guckt.

»Die ist zum Sprechtraining.« Keine Ahnung, warum die dusslige Kuh jetzt sprechen lernen will, aber egal. Mir reicht es mit diesem ungewaschenen Pinsel, mit seinem arroganten wissenden Blick und seinen dreckigen Füßen auf der Arbeitsplatte, die ich angebohrt habe.

»Was könntest du denn mal trainieren gehen?«, frage ich und gehe auf ihn zu. Ich weiß, dass alles Folgende Ärger mit seiner Freundin bedeutet, aber ich will das jetzt.

»Hör mal, Alter, du glaubst wohl …«

»Ich glaube, du gehst jetzt.« Was für ein Gefühl, ich habe ihn am Kragen. Er will sich aus meinem Griff drehen, keine Chance, Zöpfchen. Ich ziehe ihm das Hemd über den Kopf, drehe ihm den Arm auf den Rücken und stoße ihn Richtung Tür. Er will nicht so richtig, also ziehe ich den Arm ein Stück in Richtung Schulter. Er jault auf. »Du gehst jetzt, habe ich dir gesagt, und das heißt, du gehst. Und du kommst auch nicht wieder.« Die Tür öffnet sich rasch, ich lasse seinen Arm los und bin stolz, dass ich beinahe synchron einen Tritt in seinen Hintern hinbekomme, der ihn ein mächtiges Stück in Richtung Treppe befördert. Tür zu, irgendein Geschrei von draußen, aber dieser Schlappschwanz hat noch nicht mal die Ausdauer, länger als zwei Minuten zu lamentieren. Ein echter Wichtel. Aber da, das Telefon. Ich weiß, achtmal klingeln, dann tut der Anrufbeantworter seine Pflicht und der Neger bekommt einen auf den Wuschelkopf. Bitte nicht nochmal. Wo ist das Scheiß-Telefon. Sechstes Klingeln, kein Telefon. Tut mir Leid, Melanie. Stecker raus. Immerhin nicht noch einmal diese superpeinliche Ansage. Ich bin sicher, dass sie es war. Wahrscheinlich zum letzten Mal. Warum sollte sie sich die Finger für einen Unbekannten wund wählen wol-

75

len. Erst einmal Kaffee. Keiner mehr da, danke, Basti. Dann Tee. Auf dem Herd stehen zwei verkrustete Töpfe. Einmal festgebackener Reis. Einmal Gemüse, das ich nicht kenne. Das genau genommen keiner kennen kann, weil es im Wasser-Essig-Gemisch seine Persönlichkeit verloren und dafür einen strengen Geruch angenommen hat. Im Wok haben die beiden Liebenden wohl Thai-Huhn zubereitet. Oder zubereiten wollen. Denn dieses Huhn haben sie gemeinsam mit einer Übermenge Cashew-Kerne eingeäschert. Als Retter musste Sojasoße herhalten, dafür spricht jedenfalls die zerschellte Flasche in der Spüle. Auf dem Ofen steht das Holzschildchen mit meinem Namen in drolliger Erstklässler-Schrift. Was heißen soll, ich habe Spüldienst. Ich spüle gar nichts, ich ziehe hier aus. Diese Entscheidung kann ich auch gleich weitergeben, denn der Schlüssel dreht im Türschloss. Ich höre Sandras drohend-hysterischen Ruf: »Gunnar!«

»Was glaubst du eigentlich, wer du bist? Für wen hältst du dich denn? Mit welchem Recht gibst du hier den Voll-Prol, hä?«

Sie spricht eigentlich recht leise, aber deutlich. Klar, sie hat ja soeben ihr Sprechtraining beendet. Sandra zischt. Hat nur die Tür laut hinter sich zugeschlagen und ihre Ledertasche fallen lassen, die nach meinem Geschmack für eine Sozialpädagogik-Studentin etwas snobby ist. Schwarzes glattes Leder, eleganter, matt-silbriger Griff, mindestens 250 Euro, eher mehr.

»Kannst du mir wenigstens antworten? Bist du besoffen oder bekifft oder weißt du nicht wohin mit deinen Stresshormonen, du armer Willi?« Sie ist jetzt schon lauter, zumal sie nur noch einen Schritt von mir entfernt steht.

»Dein Typ hat genervt, er hat echt genervt. Und ich habe ihm nichts getan.«

»Du hast ihm nichts getan? Du hast ihm den Arm ausgekugelt.« Glaube ich zwar nicht, wäre aber doch schön, wenn er es noch ein bisschen spüren würde. Jetzt kommt mehr ein Kläffen von ihr, kraftvoll, sie ist wirklich sehr sauer.

»Darüber freust du dich wohl, darauf bist du stolz, oder?«

Jetzt wieder leiser werdend, wieder zischend.

»Dann frag dich mal, was für ein Würstchen du bist, dass du auf so was stolz sein musst. Was bist du für eine hohle Nuss, wenn du dich rumhaust wie irgendein Bengel vom Hinterhof, wie alt bist du eigentlich?«

Das ist mir entschieden zu mütterlich. Langsam steigt auch in mir die Wut wieder auf. Es läuft wieder auf eine völlig ungefragte Gratis-Analyse heraus. Und mein Telefon ist immer noch weg.

»Du hast Recht, ich sollte bei dir Rat suchen. Bei einer echten Karrierefrau. Einer Frau auf der Überholspur, mit 16 Semestern Laberfach, herzlichen Dank, ganz doll, danke schön.«

Ich war auch zu laut.

»Du kapierst gar nichts. Ich glaube, du kannst auch gar nichts mehr kapieren. Du hast dich aufgegeben, dein Lebensinhalt ist saufen und mit deinen unterbelichteten Freunden so viel dummes Zeug quatschen, dass es einem um die Luft Leid tut, die ihr dabei wegatmet.«

»Ich kann nichts dafür, dass meine Freunde nicht auf dich stehen.« Zugegeben, ein Schlag unter die Gürtellinie, zumal Thorsten da ganz anderer Meinung ist, aber ich schmecke nur noch Galle.

»Und du, Gunnar? Du kommst ja an, du hast echt

Schnitte. Mittlerweile musst du doch wohl schon auf Annoncen antworten, weil hier frustrierte Weiber anrufen, denen du nur deine Nummer geschickt hast. Ich kann es nicht anders sagen, du bist ein echter Schuss.«

Ich bin benommen. Das kann nur bedeuten, dass Melanie schon einmal angerufen hat, und Sandra hat es mir nicht gesagt. Ich weiß nicht, was ich sagen soll, hole Luft, weil ich schreien will, aber habe keine Ahnung, was. Dafür setzt sie nach.

»Na klar, ich habe vergessen, wie gut du dir selbst Leid tun kannst, du armes Waisenkind. Dafür bin ich dann ja auch gut genug, wenn der kleine Gunnar auf den Arm will.«

Wie mies von ihr. Sie spielt auf einen Abend an, an dem ich beim Essen heulen musste, weil mich eine Frau, die unter die Straßenbahn gekommen war, an meine Oma erinnert hatte. Sie hat mich damals getröstet, diese falsche Schlampe. Mir schmoren die Sicherungen.

»Ich lasse dafür Leute bei mir einfach so übernachten. Sie müssen mich nicht zum Dank vögeln, so wie dein Kiffer.«

Sie starrt mich an und im nächsten Moment wird es mir heiß im Gesicht, sie hat meine Wange sauber getroffen und sie hat nicht abgebremst.

Jetzt starre ich sie an und denke, dass das alles unnötig war. Die Sache mit dem Übernachten war zu hart, aber es hat auch gut getan. Was jetzt? Ich sage, in kläglichem Ostermarschton:

»Keine Gewalt.«

Sie heult und muss gleichzeitig lachen. Ich sollte ausziehen.

10

Er mag es nicht, er hasst es regelrecht.

Sommer hält nicht gerne Reden. Das ist kein Wunder, denn er kann es auch nicht. Aber jetzt gerade muss er, denn er ist nun mal der Chef. Wir sind eingeladen. Alle zwölf hauptberuflichen Rettungsassistenten. Heute Abend retten die Ehrenheinze und wir essen mehrgängig im Sterne-Restaurant des besten Hotels unserer Stadt. Auf Einladung des Psychologen Dr. Tarik Haziz-al-Sabah. Vielleicht essen wir aber auch gar nichts. Denn es sieht nicht so aus, als würde Sommer seine Rede überleben. Sein Bulldoggenkopf ist glutrot. Die Ader am Hals bumpert, weil ihm die schwarze Krawatte den Mike-Tyson-Hals ganz gemein abschnürt. Wie ich ihm dieses Gefühl gönne. Denn er ist es, der darauf besteht, dass wir den lächerlichen Dienstanzug für offizielle Anlässe tragen müssen. Grün und so eng geschnitten, dass jeder von uns aussieht wie ein schwuler Förster. Sommer steuert gerade mit der Entschlossenheit eines Geisterfahrers auf einen rhetorischen Höhepunkt zu. »... deswegen wollen wir Ihnen, lieber Herr Hasi, äh ...« Autsch. Das konnte nicht gut gehen mit dem Namen. Bernie faltet mit Hingabe an seiner Stoffserviette, als würde er einer imaginären Tochter Zöpfe flechten. Bumper, bumper, macht die Ader und der nächste unausweichliche Versuch: »... deswegen wollen wir Ihnen ganz doll mal Danke sagen ...«, hoppala, er verliert total den Faden. »... lieber Herr ... Doktor ... Alsabber ...« Selbst bei einer Steißgeburt freut man sich, wenn wenigstens die Beine zu sehen sind. »... und wollen

79

jetzt mit Ihnen gemeinsam lecker essen. Wie Sie wissen, sind wir eine christliche Truppe. Vielleicht könnten Sie deswegen mal so lieb sein und für uns das Tischgebet sprechen.« Na, da wollen wir doch mal sehen, Herr Hasi-Chef, ob denn der Moslem al-Sabah »lieb ist« und ein christliches Gebet aus dem Ärmel des maßgeschneiderten Anzugs zaubert. Er steht lächelnd auf, Sommer sackt entkräftet in seinen Stuhl. Nicht ohne uns mit seinen Schweinsäuglein zuzublitzen. Was so viel bedeutet wie: »Wenn mich jetzt einer angrinst, dann setzt es was.«

»Vielen Dank, Herr Sommer. Sie alle sind Männer der Tat, deswegen sollten wir uns nicht weiter mit den Worten aufhalten ...« Al-Sabah macht den Eindruck, als würde er sich wirklich freuen auf das Essen mit zwölf wildfremden Typen. Würde er mir die Summe auf der Rechnung ausbezahlen, könnte ich Sandra davon auf eine Kreuzfahrt schicken und gleich auch noch den Matrosen schmieren, der sie in Nordafrika als Lasttier an eine Berberfamilie vermakelt. Obwohl ihr heulendes Lachen wirklich süß war, gestern nach dem Streit. Vielleicht haben wir wieder Spaß miteinander, wenn wir uns nicht mehr so eng auf der Pelle hängen.

Al-Sabahs achtjährige Tochter hatte vor ein paar Wochen bei ihrem Geburtstagsfest eine Biene verschluckt. Weil der Notarzt nicht kam und al-Sabah selbst nicht zu Hause war, haben Bernie und ich zusammen den ersten Luftröhrenschnitt in unserer Karriere gemacht. Die Schwellung in ihrem Hals hatte uns keine andere Wahl gelassen. Wir mussten uns danach ebenfalls zum ersten Mal während der Schicht auswechseln lassen. Obwohl wir eigentlich noch fünf Stunden arbeiten mussten. Keiner hat nur ein kritisches Wort darüber verloren, was mich bis heute verblüfft. Weil Bernie die Oberin im Kinderkrankenhaus kennt, konnten wir in deren Büro warten, bis dann klar war, dass das Mädchen das Krankenhaus ohne bleibenden Schaden verlassen können würde. Unser anschließendes gemeinsames Besäufnis endete in der »Bar Madame«. Bernie hat vor dem Plüsch-Tresen Wolfgang Petry mitgesungen und ich habe 40-Euro-Sekt in den Ausschnitt einer mir nicht bekannten Frau geträufelt und anschließend rausgesaugt. Die Frau hat mir ein professionelles Sonderangebot gemacht und mir für das Schlecken nur 25 Euro berechnet. Wenn ich mich richtig erinnere. Auch dieser heitere Ausklang des Abends war später nie wieder der Rede wert. Al-Sabah hat sich offenbar an seinen eigenen Worten gerührt, jedenfalls sind seine Augen feucht, als er das Glas hebt: »Auf Ihr aller Wohl, im Namen meiner kleinen Sindra.« Für Männer, die Alkohol üblicherweise nur aus der Flasche trinken, heben alle relativ routiniert die Sektflöte. Nur Satschewski, der als strenger Anti-Alkoholiker das Wasserglas hebt, murmelt den traditionellen Kegelclub-Toast »Prost-ata«. Al-Sabahs Anwesenheit wirkt ein bisschen hemmend, deswegen sagt keiner, was ihm zu der sich öffnenden Auster eigentlich instinktiv einfällt. Auch das anschließende Wachtelbrüstchen wird als Geflügelgericht hingenommen. Selbst der Kollege Hans-Jürgen Grieskötter, der wegen seiner Nachtschicht-Pornosessions nur »Die Hand Gottes« genannt wird, isst das Brüstchen kommentarlos mit Messer und Gabel.

Sommer versucht es mit Smalltalk und erzählt al-Sabah von seiner Zeit in Afrika. Damit hat er sich selbst ein Bein gestellt, denn der Herr Doktor fragt natürlich, was er denn dort gemacht habe. Sommer faselt weitschweifig von »einer Ölfirma«. Diese Ölfirma, das wissen alle Anwesenden am Tisch, heißt Fremdenlegion. Alle, die es eigentlich nie wissen wollten, haben ihn schon am definitiven Ende von Weihnachtsfeiern und Betriebsfesten auf unserem Garagenvorplatz exerzieren und französisch singen sehen und hören.

Das Essen wird doch hier wohl nicht verdorben sein, aber mir geht es gar nicht gut. Dabei bin ich eigentlich in Topform. Nach dem Aufstehen habe ich bestimmt sechs Stunden ununterbrochen nicht an Melanie gedacht. Wieso denn auch. Ich kenne die Frau gar nicht. War alles Projektion, unausgelebte Happy-End-Phantasie, würde Sandra sagen, wenn wir so was besprechen würden. Nach unserem Streit gestern waren wir heute Mittag mindestens höflich zueinander. Aber recht wortkarg. Nach unserem Zoff bin ich in mein Zimmer verschwunden und habe mir meinen Klassiker für solche Situationen angeguckt. »Die Brücke von Arnheim«, ein Kriegsfilm. Großer Vorteil des Films: Männer wie Robert Mitchum, Roger Moore und Richard Burton sind durch die Bank grabescool und es kommen eigentlich keine Frauen vor. Höchstens als Jubelmädchen für die alliierten Befreier. Danach war ich mit mir im Reinen. In diesem Film sterben klaglos die tollsten Typen und Zopf-Basti hat zweifelsohne überlebt.

Das noch bessere Gefühl war allerdings der Blick in den Spiegel beim Rasieren. Denn da klebte ein gelbes Post-it-Zettelchen. »Manches tut mir Leid. S.«, stand da drauf. Nicht schlecht, dachte ich mir, zeigt doch Charakter, zumal ich mich ja auch vergriffen hatte. Außerdem fand ich es aus irgendeinem Grund schön, wie sicher sie weiß, dass ich mich rasieren würde, bevor ich zur Nachtschicht gehe. Mein Telefon habe ich in ihrem Wäschekorb gefunden. Heute habe ich mich noch nicht getraut, sie zu fragen, was denn Melanie am Telefon gesagt hat, und vor allem, ob sie um einen Rückruf gebeten hat. Ich hatte eigentlich gehofft, dass ich mich heute Abend in Stimmung trinke und dann vorsichtig bei Sandra nachfrage. Aber irgendwas stimmt nicht. Dieses Brennen im Unterleib. Wie die Symptome einer Geschlechtskrankheit. Syph, Tripper, aber woher denn, bitte schön. Jetzt muss ich plötzlich kolossal, Herr im Himmel, so einen Blasendruck hatte ich doch noch nie, da stimmt doch was nicht. Al-Sabah legt seine Hand auf meinen Arm und sagt leise: »Ich habe für Sie und den Herrn Föhring gleich noch ein besonderes Geschenk. Da möchte ich noch ein paar Worte vor allen sagen, aber genießen Sie erst in Ruhe die Wachtel.« Der Versuch eines genießerischen Nickens, aber ich weiß: Ich muss sofort aufstehen und los. Geschenk hin oder her. Na klar, von wegen Tripper. Im Aufstehen sehe ich den feixenden Vollmondschädel von Satschewski. Damit ist die Sache geritzt. Ein Satschewski-Klassiker. Bei jedem Fest mit Kollegen sucht er sich ein Lasix-Opfer. Einen, der dafür büßen muss, dass er wegen seiner ruinierten Bauchspeicheldrüse keinen Alkohol anrühren darf. Der Auserwählte bekommt zwei Ampullen des Entwässerungsmittels Lasix in irgendein Getränk. Keiner, der es aufs Klo geschafft hätte, ohne sich einzunässen. Der Rezeptionistin will ich jetzt nicht erklären, warum ich hier als Einziger in der Mehrzweckturnhalle von Lobby renne. An der Tür zum Herrenklo läuft es schon, unaufhaltsam. Dein verdammter Yorkshire soll dir heute Abend den Schniedel abbeißen, Satschewski. Schnell in eine Kabine und raus aus der Unterhose. Dann rasant zurück. Denn Herr al-Sabah will sein Geschenk loswerden. Ich werde ihn nach der Übergabe irritieren. Also ihn umarmen und ihm ins Öhrchen flüstern: »Danke schön. Übrigens, mein süßer Osmane, ich trage nichts drunter.«

11

Wo ist Gott?

Frau Martinshagen verspricht eine Antwort auf diese Frage, wenn wir zu ihrer Veranstaltung kommen. Bei diesen spirituell gemeinten Soirees gibt es, in jeder Woche des Jahres, Spekulatius bis zum Abwinken, Hagebuttentee und einen länglichen Vortrag von Gemeindeschwester Martinshagen. Wer da mehr als einmal hingeht, wird von ihr persönlich im Oktober zum Weihnachtssternebasteln verpflichtet. Bernie musste, nur weil er ihr einmal die Einkäufe nach Hause getragen hatte, Anfang März Osternester flechten.

Seitdem gehen wir auf Zehenspitzen an ihrem Büro vorbei oder machen große Umwege. Das funktioniert zum Glück recht gut, weil das Gelände unserer Rettungswache ein ehemaliges Gehöft ist. Im Gutshof sitzt die Verwaltung und im Erdgeschoss, in der früheren guten Stube des Bauern, macht sich unsere Wache breit. In der Gutsküche auf dem Sockel des alten Kohleherds ruhen unsere Telefonzentrale und die kakophonisch aus mehreren Lautsprechern brabbelnde Funkleitstelle. Passenderweise sind im ehemaligen Schweinestall unsere Schränke und daneben die Duschen. Im ausgebauten Geräteschuppen stehen der Rettungswagen und das Ersatzfahrzeug. Wo früher der Heuboden war, glänzen drei permanent zu reinigende kleinere Krankenwagen und das ABC-Schutzfahrzeug, mit dem unsere ehrenamtlichen Heinis alle paar Monate mit kindlicher Begeisterung den Ausnahmezustand proben. Zwischen diesen einzelnen Gebäuden gibt es aber genug Lichtschatten, in dem jeder für Frau Martinshagen unsichtbar wird. Einmal haben die alten Tanten, die zu ihren Abenden kommen, unsere Ausfahrt versperrt, weil Frau Martinshagen gerade über die Engelsfigur über dem Hofeingang referierte. Wir standen mit dem Wagen vor der Runzel-Gruppe und wussten uns nicht mehr anders zu helfen als mit Martinshorn und Blaulicht. Das nahmen die Damen zum Anlass, uns zu winken und zu applaudieren, weil sie das für einen raffiniert choreographierten Teil von Martinshagens Spektakel gehalten haben.

Ich weiß, wo Gott ist. Ganz ohne weitere Erläuterungen von Frau Martinshagen.

Gott ist im Brausekopf unserer Betriebsdusche. Dem von mir meistgeliebten Ort auf diesem Gelände, wo mich eigentlich alles nervt. Unser verquarzter Aufenthaltsraum. Klar rauche ich mit, trotzdem ist der Nikotingrind selbst auf den Telefontasten ekelhaft. Die Kaffeemaschine, die sich asthmatisch jede Kanne in einem 15-minütigen Akt der Selbstbezwingung abröchelt. Der Schweinestall mit den Schränken. Im Winter zu kalt, im Sommer stinkt es nach Rattenkacke. Die Verursacher sind eigentlich immer in der Nähe, zeigen sich aber naturgemäß nicht. Der Fernseher, der nur an guten Tagen ein buntes Bild liefert. Ansonsten schwarz-weiß. Aber die Duschen sind klasse. Der kräftige, regelrecht massierende Strahl wäscht alles ab, wenn man nur das Thermostat mit der nötigen Andacht behandelt. Sonst tritt der strafende Gott in Erscheinung, indem er die sündige Haut verbrüht.

Wenn also der Brausekopf Gott ist, dann müsste, vulgärtheologisch, das Duschgel der Heilige Geist sein. Wenn man dich so direkt ansprechen darf, dann: »Bitte, Heiliger Geist, dufte!« Nimm mir diesen verbrannten

Geruch aus der Nase. Ich will nicht mehr an diese Frau denken. Sie hat den Fehler gemacht und mit zwei anderen Säufern auf einer Terrasse Karten gespielt. Weil sie geschummelt hat oder auch nur, weil die beiden Typen der Meinung waren, sie habe geschummelt, ist sie bestraft worden. Sie haben sie mit Waschbenzin übergossen und angesteckt. »Scheiße«, hat Bernie gesagt, als wir auf das Haus zugegangen sind und ihre Schreie gehört haben. Wäre Bernie nochmal elf, dann hätte er das gesagt, was er heute mit »Scheiße« meint, nämlich: »Ich will da nicht hingehen.« Hätte er gewusst, wie die Frau aussieht, hätte er mit elf auch gesagt: »Das kann ich nicht sehen.« Selbstverständlich wussten die beiden Typen nicht, was sie da machen. Als ginge »Heile, heile Gänschen« noch, zupfte der eine von beiden an den Hautlappen, die ihr vom Gesicht und vom Oberkörper hingen. Ich habe die Augen für einen Moment der Sammlung geschlossen und dann alles auf schematisches Handeln runtergefahren. Zuerst Personen, die nicht helfen können, zum eigenen Schutz vom Notfallort entfernen (»Verpiss dich, du Arsch!«), dann lebensrettende Maßnahmen einleiten. Infusion zusammenbauen, Beatmung vorbereiten, Schmerzmedikamente aufziehen. Bei Brandverletzten für Kühlung sorgen, wenn nötig auch mit Gerfriergemüse. Und durch den Mund atmen, um möglichst wenig zu riechen. Bitte, Duschgel, dufte.

Grillen werde ich in diesem Sommer sowieso nicht mehr. Garantiert nicht. Immerhin bietet dieser Tag die Möglichkeit auf einen netten Ausklang. Sandra besucht ihre Eltern in deren Ferienhaus an der Ostsee und der Zopf-Heini kommt nicht mehr, wenn sie nicht da ist. Unangenehm kann allerdings der Besuch in diesem Hotel werden. Denn als ich die Unterhose ausgezogen habe, ist mir auch mein Portemonnaie aus der Hose gefallen. Weil ich eilig zum Tisch zurückmusste, um mein Geschenk mit geheuchelter Freude entgegenzunehmen. Ein selbst gemaltes Bild von Sindra. Hat der stolze Papa teuer rahmen lassen, aber eben ein Strichmännchen, mit dem ich gemeint war. Bernie musste zwei Enttäuschungen verdauen. Zum einen hatte ihn das Kind reichlich mopsig hingekrakelt, und Kinder sind bekanntlich sehr detailgetreu in ihrer Wahrnehmung. Zum anderen hatte er mit einem kleinen Trinkgeld gerechnet und als Vorgriff darauf schon einen neuen Abspielrekorder für seine Schnittgarage gekauft.

Die Leute vom Hotel haben immerhin mein Portemonnaie gefunden. Meine Hoffnung darauf, dass sich die eingenässte Unterhose dematerialisiert hat, erledigte sich schon am Telefon. »Ja, wir haben alle ihre Sachen gefunden«, sagte eine unterkühlte Frauenstimme am Telefon. Könnte dieser Rampennase gehören, der ich gerade gegenüberstehe. Eine Nase wie ein Schanzentisch, flachbrüstig und insgesamt reichlich kantig. Wenn ich mich bei ihr als Hotelgast anmelden würde, käme mir sofort in den Kopf, dass das Bett bestimmt zu hart ist. »Ach, Sie sind das.« Warum lässt sie jetzt diese überflüssige Pause entstehen? Ja, ich bin das, hast du dir noch nie in die Hosen gemacht, du Eselsohr?

»Wie sagten Sie noch gleich, war Ihr Name?«

»Warum müssen Sie das wissen, ich will nur mein Portemonnaie holen!«

»Eben drum. In der Börse befinden sich Wertsachen und deswegen bewahren wir sie im Safe auf. An den Safe kommt nur meine Vorgesetzte und die muss ja wohl Ihren Namen mit den Karten und den Ausweisen abgleichen können, schon in Ihrem eigenen Interesse, oder?«

Das »oder« kam so gedehnt, wie backfischige Mädchen immer »stimmt ja gar nicht« plärren. Ich sage ihr meinen Namen. Kennt sie aber ohnehin bestimmt schon, weil sie natürlich mit ihren Kolleginnen heute Morgen alle Bilder in den Ausweisen durchgeguckt hat. Logisch, das Führerscheinbild ist ein bisschen peinlich. Ich habe damals noch wachsen lassen. Sowohl die Haare als auch diesen wattigen Flaum, der auf der Oberlippe nach langem Warten endlich kam. Aber die Nase darüber muss ich mir nicht operieren lassen, so wie du, Schanze.

»Hier den Gang bitte rechts und dann zweite Tür links.«

Hinter dieser Tür kann nur ein echter Wichtigheimer sitzen, denn draußen steht »Manager on duty« dran. Auch wenn selbst Deutsche-Bahn-Schaffner mittlerweile englisch straucheln, ist das doch eine Ecke zu viel für meinen Geschmack. Klopf, klopf, und ich habe »Herein« gehört.

Ich trete ein. Toller schwarzer Rock, den die Frau da trägt, die mir den Rücken zuwendet, weil sie gerade die Fensterbrettpflanzen gießt. Der nächste Gedanke ist »Hallo, Melanie«.

Der darauf folgende Gedanke ist der Neid auf Leute, die eine Zyankali-Kapsel im Backenzahn tragen. Ich würde sofort zubeißen, denn das Leben hat soeben gezeigt, dass es ausweglos hart ist.

»Guten Tag, Herr …«, sie guckt auf einen Zettel, »Guten Tag, Herr Drost.«

»Tag.«

»Es geht um die Tiefkühlkost-Lieferung, richtig?«

»Nein, nicht direkt, es ist so, dass …«

»Ach, nein, Sie sind ja der, der … seine Brieftasche auf … bei uns vergessen hat, na klar.« Bisher war sie freundlich-distanziert, jetzt glaube ich etwas Amüsiertes an ihr bemerkt zu haben.

»Ich vergesse auch ständig was, aber ...«, nicht auf dem Klo, meistens auch keine Unterwäsche, »... aber meistens bleibt es dann auch verschwunden.« Uff, sie macht einen auf Hotelroutine. Neue, klitzekleine Hoffnung. Vielleicht hat eine gnädige Putzfrau die Unterhose doch schon vorher weggeworfen. »Das hier müsste Ihr Portemonnaie sein.« Ich nicke und komme mir vor, als würde ich vor der Richterin stehen, die gerade das Tatmesser eines Ritualmords in der Hand hält, an dem ich beteiligt war.

»Wenn Sie gestatten, gucken wir eben die Ausweise durch, damit wir sicher sind, dass es auch wirklich Ihres ist, und Sie müssten mir Ihre Adresse aufschreiben, falls es doch noch irgendwas zu klären gibt.« Wenn es was zu klären gibt, klären wir das vielleicht beim Essen, würde ich sagen, wenn ich nur ein klein wenig Mut fassen könnte. Immerhin, ein kleiner Makel, sie kaut Fingernägel. Kann man gut sehen, als sie Führerschein, Personalausweis und meinen Personenbeförderungsschein aus dem Fach zieht. Dabei fällt auch das Kondom raus, das ich schon vergessen hatte. »Ooh«, sagt sie. »Das können wir ja gleich wieder reinstecken, ist ja meistens kein Foto drauf.« Wenn der Präser nur neuer, frischer aussehen würde. So wirkt es, als würde ich mich seit Ende meiner Pubertät bereithalten. Sie lächelt. »Diesen ... diesen, na ja, Bart tragen Sie nicht mehr und die Haare sind kürzer. Aber Sie sind's. Was ist denn dieses Gelbe hier? Erlaubnis zur Beförderung von Personen im öffentlichen Straßenverkehr, wozu braucht man das denn?«

»Den brauche ich für die Arbeit, weil ...« Nein, ich fahre keine Krankenwagen, bitte jetzt nicht wiedererkennen. Aber was arbeite ich nur mit diesem Ausweis? »Was arbeiten Sie denn?«, fragt sie dann auch gleich. Ihre Stimme, sie artikuliert jetzt langsamer, so als sei sie Sonderschullehrerin und würde jetzt gleich einen Lernspielkasten herausholen, damit wir die Vögel des Waldes nochmal durchnehmen können. Sie hält mich für doof und ich mich langsam auch, denn ich sage:

»Ich arbeite hauptberuflich bei ... bei einem Reisebusunternehmen, ich fahre Reisebusse.«

»Ach so, Sie fahren richtig weite Strecken. Muss ja hart sein. Ich habe einmal in meinem Leben eine solche Reise gemacht, nie wieder. Vor allem als der Fahrer seine Witzkassetten eingelegt hat, bin ich beinahe ausgerastet. Wobei ich nicht behaupte, dass Sie so was auch machen.«

»Nein, ich ... fahre meistens nachts, und da ist es ja dann dunkel ...«

»... mmh, ja, davon habe ich gehört ...« Ratloser Blick von ihr, dabei sind die braunen Augen ganz groß. Du machst mir mit deinen Augen die Knie weich, will ich sagen und dass ich sonst nie auf der Oberlippe schwitze.

»... was ich sagen will, ist, dass die Leute nachts lieber schlafen wollen, und dann lege ich keine Kassetten ein, weil, ich meine, solche mit Witzen habe ich auch gar nicht, deswegen kann ich die ja auch nicht anmachen.« Außerdem bin ich ein Wolfskind und habe erst mit dem 21. Lebensjahr von nachts Heulen auf Sprechen umgestellt, verdammt, es läuft ganz schlecht.

»Na dann ist ja gut. Wohin geht es denn als Nächstes?« Sie hat sichtbar keinen Bock mehr auf Smalltalk.

»Nach Prag, ich muss auch gleich los.«

»Oh, dann will ich Sie nicht aufhalten. Mir war übrigens für einen Moment so, als sei ich schon mal mit

Ihnen gefahren, irgendwie kommen Sie mir so bekannt vor.« Das wollen wir jetzt aber wirklich nicht vertiefen, ich bin schon heilfroh, dass sie nichts von der Unterhose weiß.

»Nein, fällt mir jetzt auf Anhieb nicht ein. Ich wünsche Ihnen jedenfalls allzeit gute Fahrt ...« Sie steht auf, um mich zur Tür zu bringen.

»Halt, jetzt hätte ich fast was vergessen. Wir haben da ja noch Ihre ... wir haben da ja noch was gefunden. Haben wir gleich mit in die Waschmaschine geworfen. War keine Mühe, bei uns fällt ja wahnsinnig viel Wäsche an.«

Sie überreicht mir meine gebügelte Unterhose in einer Kleidertüte des Hotels. Ob ich »Auf Wiedersehen« gesagt habe, weiß ich nicht mehr. Wir wollen die und die wollen uns vergessen. Auch wenn keiner gestorben ist.

Ich bin unzufrieden.

Wenn ich versuche, das Ganze positiv zu sehen, dann hat mich Melanie immerhin nicht erkannt, also nicht sofort mit dem Tod ihrer Mutter in Verbindung gebracht. Dafür hält sie mich jetzt für einen sprachbehinderten Reisebusfahrer, der sich gern auf öffentlichen Toiletten einnässt.

Ich halte mir zugute, dass unsere Begegnung eine »No win«-Situation war. Wie hätte ich mich denn verhalten können: Zu meinen Ausweisen sage ich nichts, zum Pipi-Schlüpfer auch nichts, aber ansonsten bin ich doch wohl ein dufter Typ, komm, Süße, lass uns heiraten.

Ein Gewinn hätte sein können, dass sich ihre Wirkung auf mich in Luft auflöst. Alles wirklich nur zusammenphantasiert, hübsche Frau, aber null Ausstrahlung. Wäre ja sogar eher wahrscheinlich. Aber Pustekuchen. Die Stimme. So schön voll, eher tief für eine Frau. Ich hätte mir gerne erzählen lassen, wohin sie denn damals mit dem Reisebus gefahren ist.

Ihr Büro, ihr Schreibtisch, ihr Schlüssel für den Tresor, klarer Fall von Heimspiel. Da konnte sie souverän aufspielen, ohne die Spur von Verunsicherung. Das Kondom hat sie nicht verlegen gemacht, cool, oder einfach eine lässige erwachsene Frau. Reden wir nicht drumrum: Die bei ihr kurz gastierende Auswärtsmannschaft war drittklassig.

Ich hätte wenigstens aus der Busfahrer-Geschichte mehr rausholen müssen. Modernes Seefahrertum, heute hier, morgen da. Polyglott, mindestens gesamteuropäisch. Wo man in Barcelona günstig parken kann, die Höchstgeschwindigkeit auf portugiesischen Autobahnen, toll eingerichtete Parkhäuser in Mittelschweden, ich kenn mich aus. Von wegen Witzkassetten.

Und dann die Verantwortung. Das Schicksal von Dutzenden westdeutscher Kegelclubs lag schon in meinen Händen. 360 PS, Klimaanlage, Videoanlage und die obligatorischen Schlafsessel. Aber eigentlich klingt das alles nach LKW-Poesie, wie auf diesem berüchtigten Aufkleber: »Mädels aufgepasst, meiner ist 16 Meter lang«. Wahrscheinlich hatte sie regelrecht Mitleid. Immer nachts unterwegs, den Mittelstreifen als einzigen Gesprächspartner. Graugesichtig, kettenrauchend, mit einer Tropfenglassonnenbrille wie die neidisch bewunderten Linienpiloten. Ernährung von Frittierware an allen schmutzigen Raststätten, schlimmstenfalls sogar in Belgien. Das Binnenklima im Bus immer zwischen Klassenfahrtschweißfüßen und Kegelbruderbierschwemme.

Ich möchte jetzt telefonieren.

Aber mit wem?

Bernie wird gleich den nächsten Einlauf folgen lassen,

weil sie nun mal eine »Angehörige« ist. Thorsten wird nicht nur zuhören, sondern regelrecht protokollieren und die Geschichte für die anderen dann auch noch ausschmücken. Mir vielleicht auch noch seinen bekannten Satz gönnen: »Alter, du hast einen echt schlechten Lauf.«

Den Grad meiner Verzweiflung kann ich an dem ganz schnell verdrängten Gedanken abmessen, der mir gerade kam. Wäre doch gar nicht so schlecht, wenn Sandra nicht bei ihren Eltern wäre. Das habe ich wirklich gedacht.

Aber in manchen Momenten müssen Männer einfach allein sein. Diese Männer sitzen dann allerdings auf einem Pferd und reiten in den Sonnenuntergang, oder sie melden sich freiwillig an den gefährlichsten Frontabschnitt, oder sie unterschreiben bei den Glasgow Rangers, weil sie aus ihrem privaten Elend und aus der Bundesliga rauswollen. Alle Männer dieses Kalibers trinken in Schicksalsmomenten aus einem abgegriffenen Flachmann Schnaps. Wir haben nur noch eine alte Flasche von Sandras Batida de Coco da. Batida ist ungefähr so männlich wie ein Besuch in einem Einrichtungshaus aus reinem Vergnügen. Es ist nicht vorstellbar, dass Tom Hanks in »Der Soldat James Ryan« zu seinen Soldaten sagt: »Hey, Jungs, da haben wir den Krauts aber ordentlich eingeheizt, darauf erst mal einen Batida.« Also habe ich gleich Pfefferminztee genommen. Der dampft so, als wäre nichts gewesen.

Die Scheißsonne scheint. Klar könnte ich jetzt an den Baggersee fahren und mir grabbelnde Paare auf kunterbunten Badetüchern angucken. Oder mich riesig fühlen, wenn ich zu einem der schönen Biergärten gehe, die ich zum Glück kenne, sonst aber nur wenige.

Also bleibe ich hier in unserer Küche und gucke auf

den Hof. Wo gleich unsere türkischen Nachbarn zwischen den Mülltonnen grillen werden. Als Ausdruck spontan empfundener Lebensfreude an diesem Sonnentag. Selbst mein Lieblingsradiomoderator Thomas Bug schafft es nicht, mich aus dem Tal zu holen. Weil er jetzt auch noch Oasis lärmen lässt. Es kann tatsächlich ganz schön sein, wenn Sandra hier ist. Vor allen Dingen, wenn sie es sich alleine gut gehen lässt. Dann hat sie meistens frisch gebadet. Im ersten Moment ist es immer erschreckend, sie mit ihrer Peeling-Maske im Halbdunkel sitzen zu sehen. Weil sie die Nägel dann immer gleich mit erledigt, sitzt sie mit abgespreizten Fingern ganz starr ausgestreckt auf einem unserer Küchenstühle, als sei das der Liegesessel einer Beauty-Farm. Besonders nett war, als sie dabei auch immer noch kehlig vor sich hin gebrummt hat. Dann lief über ihren Walkman der Finnisch-Selbstlehrkurs.

Sie wollte Lahti verstehen können. Ihren damaligen Lover, der bei uns naheliegenderweise Ägyptologie studiert hat. Am Tag, als Lahti Sandra seine Verlobte aus Tampere vorgestellt hat, hatten wir wohl den schönsten Abend, seit wir miteinander wohnen. Und das sind fast fünf Jahre. Ich habe für sie gekocht und das Besoffene Huhn hat passabel geschmeckt. Weil ich reichlich Wermut genommen hatte, waren wir danach zumindest entspannt. Sie hat viel geweint und unter Schluchzen erzählt, dass ihr die ganze Sache zum Glück nicht ernst war. Auch wenn es sich aus ihrem Mund etwas anders anhörte, war mir schnell klar, dass der Typ ein günstiges Gästebett gesucht hat. Nach der dritten Flasche Rotwein haben wir dann zu »Ain't that a kick in the head« in der Dean-Martin-Version getanzt. Mit Mitsingen. Danach habe ich ihr, wie sie es angemahnt hatte, den Nacken massiert. Ihren tiefen Blick konnte ich nicht mehr erwidern. Weil ich ohnehin Schwierigkeiten hatte, mich auf einen Punkt zu konzentrieren, ohne dass der ganze Raum Karussell fährt. Und weil ich nicht mit Sandra schlafen kann, weil Sandra eben Sandra ist.

Na klar, sie duftet eigentlich immer. Wenn wir ihr Experiment mit dem Dauerwellwasser und die Stunden nach dem Reiten abziehen. Eine Döner-Jacke wie die ihrer Mitstudentinnen passiert Sandra selbstverständlich nicht. Viel zu reinlich. Sie ist schlank und hat ein wunderbares Dekolleté, das sie mit irgendeinem Trick zum Schimmern bringt, wenn sie ausgeht. Habe ich noch nicht rausbekommen, wie. Sie geht aufrecht-federnd, wenn sie sich anstrengt, und wirkt dadurch aufreizend überheblich, eigentlich toll. Gut, wenn sie mich um einen Gefallen bittet oder überhaupt in meiner Begleitung, strengt sie sich nicht immer an. Dann trampelt sie. Oder trottet ausdrucksstark, um zu unterstreichen, dass ich irgendwas schuld bin. Zum Beispiel, dass wir wegen einer Hausratsversicherung in die Versicherungsagentur gehen müssen, obwohl sie Versicherungen total verspießt findet. Sie hat sehr schöne Hände und Füße. Ich kann als eidesstattlicher Zeuge zu ihren Gunsten aussagen, wenn jemand bezweifeln sollte, dass sie Spaß am Sex hat. Auch mit charakterlich minderwertigen Partnern. Ihre Augen sind strahlend blau. Wenn sie nicht so verquollen sind wie an dem Morgen nach unserem Essen und der Massage.

Weil sie so sein kann wie an diesem Morgen, deswegen kann ich nicht mit ihr schlafen. Sie kommt in die Küche, während ich abwasche. Kein »Guten Morgen«, kein »Hast du gut geschlafen?«, stattdessen: »Denkst du bitte dran, das Flusensieb in der Waschmaschine sauber zu machen, ich habe das Gefühl, die Maschine stinkt.« Dann legt sie ihren Weltmusik-Sampler ein, gerade weil sie weiß, dass mich dieses meditative Geflöte von irgendwelchen Affen essenden Indios schlecht draufbringt.

Ich habe es an diesem Morgen übrigens defensiv probiert. Was nach unserem schönsten Abend wieder mal zu einem heftigen Streit führte. »Es ging nicht, Sandra.« – »Was ging nicht?« Angucken zum Beispiel ging nicht, weil sie ihre Eisbrille trug, um die Augen abschwellen zu lassen. »Wir können nicht einfach so miteinander schlafen.« Eisbrille mit einem Ratsch vom Kopf. »Wer wollte denn bitte schön mit dir schlafen, also ich nicht, du Penner.« Anschließend hat sie mich ausführlicher auseinander genommen als bei unserem Streit nach dem Basti-Rauswurf vor zwei Tagen. Ich sei ein Blender. Ein Typ, der wohl gerne studiert hätte, sich jetzt aber einbilden würde, durch ein bisschen Lesen würde nicht mehr auffallen, was für ein Prol er letztlich immer noch sei. Es sei kein Wunder, dass es noch nie richtig lange mit einer Frau geklappt hätte. Was ich denn schon für Themen draufhätte außer Filmtiteln und Horrorgeschichten von irgendwelchen Zerfetzten. Den Schlusssatz wollte ich mir eigentlich mindestens ins Kopfkissen sticken lassen. »Du bist ein Loser, und was mich ankotzt, ist, dass du sogar noch stolz drauf bist.«

Jetzt sitze ich also hier und frage meinen Pfefferminztee, warum ich mit dieser tollen Mitbewohnerin eigentlich nicht ins Bett gegangen bin. Er dampft ratlos. Das hält mich von der schlimmeren Frage ab, ob sie mit ihrem Gelaber an irgendeiner Stelle vielleicht Recht hatte. Wie viele Reisebusfahrer haben wohl Abitur?

12

Bernie reibt gemächlich über seinen Bauch.

Mittlerweile könnte er sich den Namen seiner Mutter mitsamt ihrem Doppel-Nachnamen tätowieren lassen, denn mit dem einen oder anderen Bier schafft er Fläche. Bei mir ist da nichts. Alles flach, leider auch keine Haare. Auch nicht auf der Brust. Fehlt mir auch nicht. Die Haarlosigkeit hat mir aber unter der Dusche den Spitznamen »Gundel« eingebracht. Der auf alle Ewigkeit feststeht, seit ich nach einer ausgelassenen Weiberfastnacht den Nagellack auf den Nägeln vergessen hatte und dementsprechend lackiert zum Dienst erschien.

Zivi Ahasver hat alles. Bauch, aber vor allem Haare. Auch auf dem Rücken. Ist aber egal, denn gerade ist alles perfekt. Wir sitzen in Liegestühlen vor dem Hangar des kleinen Flughafens unserer Stadt. Der den Namen »Verkehrslandeplatz« trägt, weil es sich sonst überhaupt nicht nach ernst gemeintem Luftverkehr anhört. Eine leichte Brise weht über die scheinbar endlose Weite des Flugfelds. Jeder von uns sieht in dem Hitzeflirren seine eigene Fata Morgana. Bernie sieht wahrscheinlich eine Kleingruppe von jungen deutschen Schauspielern herantänzeln, die alle mal mit ihm drehen wollen. Was oder wen ich sehe, ist klar. Noch nicht mal in der Vorstellung klappt es. Was für Ahasver aus dem warmen Dunst kommt, weiß ich nicht. Mag ich mir auch lieber gar nicht vorstellen, denn ich weiß, was der Mann so alles isst. Schnecken, Nierchen, selbst die hässlichsten Meeresfrüchte. In ruhigen Momenten sehnt er sich sehr nach diesen Leckereien und schildert sie uns sehr plastisch und ungefragt. Unsere ausgestreckten Beine liegen auf einer Kühlbox, die wirklich kühlt. Denn normalerweise werden damit Transplantate befördert. Und so eine Spender-Niere ist wertvoll, wenn sie lauwarm serviert wird, allerdings wertlos. Insofern können wir sicher sein, dass unser Bier in der Box kalt bleibt.

Hinter uns steht eine zweimotorige Privatmaschine. In der werden wir gleich fliegen, sobald Horst kommt. Er ist der Pilot, wir kennen ihn aus der zweiwöchigen Testphase für unseren Ambulanzhubschrauber.

Seit dieser Zeit lieben wir Horst. Wenn man von dem Handy am Gürtel absieht, könnte Horst einer von Charles Lindberghs Flugkumpels sein. Einer, der Charles abgeklatscht hat, als der mit der »Spirit of St. Louis« in Paris ankam. Horst ist zuzutrauen, dass er noch die Haarschmiere Brisk benutzt, in jedem Fall legt er sich mit irgendeiner Pomade den Seitenscheitel. Sein sorgfältig gestutzter Schnäuzer ist größtenteils grau. Um den Hals trägt er tatsächlich ein weißes Seidentuch, was ich vor Horst für reinen Pilotenkitsch aus Abenteuerfilmen gehalten habe. Ebenso obligatorisch ist die braun-speckige Flieger-Lederjacke, die den recht kleinen Mann ziemlich wuchtig erscheinen lässt. An seinen braunen Nagetieraugen kann man die Botschaft ablesen, wegen der wir heute auf ihn warten: »Lasst uns Spaß haben, möglichst weit oben.« Ich hatte mir Piloten eigentlich immer als eher ruhige Typen vorgestellt, die Spaß an Physik haben und deswegen eher zu den Langweilern gehören. Horst ist ein 53-jähriger Junge, für den alles, was fliegt, die Fortsetzung der Schiffschaukel ist.

Am Wochenende lädt er immer Bekannte zu einem »kleinen Rundflug« ein, wie er das nennt. Unsere Kollegen Nase Olschewski, Schamhaar Schneider und Peter Krauskopf sind vor zwei Wochen mit ihm geflogen. Sie wollten nicht viel erzählen, Schamhaar Schneider meinte nur: »Der Typ ist total durchgeknallt.« Es verspricht also heiter zu werden.

»Kann ich ein Bier haben?« Horst ist da.

Bernie grüßt und er öffnet mit einem gewissen Zögern die Transplantatbox. Eine seiner Regeln: Am Steuer immer stocknüchtern. Vermutlich überlegt er noch, ob diese Regel auch für Flugzeuge und vor allem für Horst gilt.

»Leute, bei dem Wetter wird das eine ganz geile Sause, sag ich euch. Ihr könnt euch entscheiden: Wollt ihr ›Luftschlacht über England‹ oder ›St. Katharinen-Kamikaze‹?«

Unser Stocken freut ihn. Ich durfte schon mal seinen so genannten »Vietnam-Start« im Hubschrauber miterleben. Was bedeutet, dass er einen Kilometer lang in etwa fünf Metern Höhe über die Startbahn rast, dann zieht er mit einem cowboyartigen »Yeehaa« an seinem Knüppel und der Hubi schießt hoch wie ein Express-Lift.

»Ich schlage euch Kamikaze vor, die Route ist nett, bin ich lange nicht geflogen und ihr habt hoffentlich nicht zu viel gegessen«, meint Horst mit einem echt satten Grinser.

»Wie oft fliegst du denn eigentlich diese Dinger noch?«, fragt Bernie und glaubt, man würde seine Beklemmung nicht raushören.

»Mach dir keine Sorgen. So eine Piper habe ich schon bei Schneesturm auf einem Wal-Mart-Parkplatz gelandet.«

Klar, Horst, aber nur weil in der Kölner Altstadt kein Parkplatz frei war.

Letztens wollte er uns weismachen, es sei ihm gelungen, bei der Bundeswehr mit einem Transporthubschrauber einen Looping zu fliegen. Immerhin hat er zugegeben, dass er und sein Ingenieur nach dem Manöver mit dem Ding abgeschmiert sind, weil sie beide zu besoffen waren.

Dass er wohl wirklich Berufssoldat war, zeigen die Bilder in seinem kleinen Büro. Horst mit Tarnbemalung neben einem Hubschrauber. Horst nur mit Tigertanga und Pilotenhelm auf der Kufe eines Hubschraubers und so weiter.

Wir sitzen dicht an dicht in der Kabine, Bernie hat mir großzügig den Co-Pilotenplatz neben Horst überlassen. »Darf man hier rauchen?«, fragt Ahasver. Das ist selbst für ihn eine selten doofe Frage. Ich drehe mich um, sehe den Ellbogenknuff von Bernie und Ahasvers feuchte Stirn. Es war also eine nervöse Frage. Ich muss jetzt auch irgendwas sprechen, denn dieses Flugzeug macht schon einen reichlich zerbrechlichen Eindruck. »Warum fliegst du eigentlich nicht bei der Lufthansa?«, frage ich Horst durch das Sprechgeschirr. Er dreht sich zu mir, zeigt gespieltes Entsetzen und erwidert: »Weil das alles nur Busfahrer sind. Wer fliegen kann, fliegt Hubschrauber, Mann.« Busfahrer ist kein gutes Thema. Ich warte jetzt lieber, bis ich angesprochen werde. Horst meldet sich über Funk bei jemandem, der in sehr schlechtem Englisch antwortet. Dann fummelt er an einem Knopf und der rechte Propeller spotzt an. Horst wartet und guckt auf die Instrumente. »Alles klar?«, frage ich mit ein bisschen Fistelstimme. Horst antwortet nicht, bedeutet mir nur mit der Hand: »Ruhig, ruhig.« Jetzt der zweite Propeller. Die Maschine wackelt staksig los. »Ich zeige euch Katapult, Jungs, da schrumpeln euch die Eier zu Rosinen, haa«, schreit Horst über das Motorengeräusch.

Wir biegen auf die Startbahn ein, auch auf unserem

Zwergenflugplatz sieht die Startbeleuchtung in der Mitte durchaus nach Take-off aus.

Horst tritt fest auf die Bremse und gibt richtig Gas, das Flugzeug will schon los, aber Horst bleibt auf der Bremse. Jetzt nimmt er den Fuß von der Bremse und wir rasen los, wie von einem Gummiband abgeschossen. »Let's get ready to rumble«, juchzt Horst, als er die Nase des Flugzeugs hochnimmt. Direkt nach dem Start kippen wir auf die linke Seite, ich befürchte, dass wir mit der Tragfläche an das große Luxus-Altenheim kratzen, das in der Nähe des Flughafens steht. Horst genießt es sichtlich. »Meine Damen und Herren, danke, dass Sie Horst gewählt haben. Sobald wir unsere Reiseflughöhe erreicht haben, beginnen wir mit dem Service, das heißt, Sie dürfen sich selbst einen blasen, wenn Sie können, haahaa«, brüllt Horst. Ich drehe mich um und sehe, dass Bernie gequält grinst und Ahasver offenbar ein Gebet spricht. Mir fällt dieser Satz von Horst ein. Nach einer Hubschrauber-Testschicht, bei Kaffee und Cognac in seiner kleinen Butze. »Ich bin jetzt 53, weiß nicht, wie lange ich noch habe. Aber eins verspreche ich dir, ich sterbe in der Luft.«

»So, Leute, jetzt zeige ich euch mal, was die Onkels nicht so gerne machen, wenn sie euch nach Mallorca karren.« Ich sehe die Sauerlandlinie, die Uni-Gebäude. Horst nimmt Gas weg und wir verlieren in einer steilen Kehre ordentlich Höhe, vielleicht will er auf dem Uni-Parkplatz runter. Jetzt sehe ich die Schikane. So nah über dem Boden realisiere ich wieder, dass wir sehr viel schneller sind, als mein Auto kann. Und mit diesem Tempo rasen wir unter einer Hochspannungsleitung durch.

Sofort danach Steilflug. Horst zeigt auf ein Instrument, über das Sprechgeschirr, jetzt nicht mehr ganz so aufgedreht: »Wir gehen auf 6000 Fuß, das sind ungefähr 2000 Meter, okay?« Ich antworte: »Okay«, was hätte ich auch sagen sollen: Ach nee, ich habe doch keine Lust mehr auf Fliegen. Ab wie viel Fuß braucht man denn eigentlich Sauerstoff aus diesen gelben Masken, die in Verkehrsmaschinen irgendwann runterfallen sollen?

Ich will fragen, da klopft mir Horst auf den Oberschenkel: »Da vorne ist die Arena«, er singt sofort los, »Steht auf, wenn ihr Schalker seid.« Auch das noch, ich mag jetzt aber keinen Fußballstreit vom Zaun brechen, eventuell nimmt das Horst die Konzentration.

»So, Leute, in circa zehn Minuten erreichen wir unser Kampfziel«, brüllt Horst und mir ist langsam klar, was Schamhaar meinte, der Mann sei wirklich durchgeknallt. »Das Krankenhaus St. Katharina liegt am Rand von Krefeld. Wir überfliegen die feindliche Luftabwehr auf 8500 Fuß und dann lassen wir es krachen. Zieht eure Gurte ein bisschen fester und seid froh, dass ihr kein Tischchen vor euch habt.« Wir steigen und ich glaube sehr bald, den Niederrhein erkennen zu können. Wir fliegen eine verhältnismäßig sanfte Kurve, ich erkenne die Industriebrachen Duisburgs. Jetzt zeigt Horst nach vorne und ruft: »Ich zähle auf drei, dann ruft ihr alle: Feuer!« Er zählt wirklich los, wir rufen, dann drückt er die Steuersäule nach vorne. Ich habe das Gefühl, mir drückt es die Augen raus, aus unserem »Feuer«-Schrei ist ein Kreischen geworden, wie es sonst Frauen auf der Looping-Achterbahn hören lassen. In meinem Mund schmeckt es schon ein bisschen sauer. Ich sehe durch die Scheibe einen Acker schnell näher kommen, daneben ist wirklich ein Gebäude zu erkennen, das ein Krankenhaus sein könnte. Daneben offenbar ein Gebrauchtwagenhändler, ich kann schon fast sein Schild lesen, da fängt Horst die Maschine ab.

Das Flugzeug liegt auf der Seite und ich glaube, wir steigen wieder.

Als wir wieder recht ruhig in der Luft liegen, nehme ich das Sprechgeschirr ab, denn Horst brabbelt wieder Funkenglisch. Ich drehe mich um und sehe den kalkweißen Bernie. Er sieht böse aus und brüllt Ahasver an: »Wenn du jetzt kotzt, dann setzt es was.« Horst ist nun sehr seidig. Macht uns auf Autobahnkreuze und Straßenzüge aufmerksam, die wir nur aus viel geringerer Höhe kennen.

Nach etwa 20 Minuten setzt er die Maschine butterweich auf und wir klatschen, weil wir unserer Erleichterung nicht anders Ausdruck verschaffen können. Beim Aussteigen begreife ich zum ersten Mal, warum Astronauten nach der Landung sachte aus der Kapsel gehoben werden müssen. Meine Beine sind Gummi, den beiden anderen scheint es ähnlich zu gehen.

»Mensch, das war wieder mal nett«, freut sich Horst. Ich freue mich auch.

Und schwöre mir, kein böses Wort mehr über Busfahrer zu verlieren.

13

»Ich habe dir schon tausendmal gesagt, ich bin kein Arzt.«

»Ich weiß, du sollst sie ja auch nicht heilen, es geht doch nur um den Verband, wegen dem ist ihr doch so arg.«

Kaffee, ihr Super-Kuchen, ihre schlechte Laune, wenn sie bei Dame verliert. So hatte ich diesen Nachmittag geplant.

Jetzt geht es plötzlich um Frau Baumann, die Nachbarin meiner Oma.

»Jetzt komm schon, wir sehen gemeinsam nach ihr, helfen ihr und dann essen wir Bienenstich.«

Sie ist schon auf dem Weg. Das heißt, sie sucht sich bereits die Schuhe aus, die zu ihrem Sommerkleid passen. Obwohl wir nur eine Etage hochgehen, aber meine Oma ist der Meinung, dass es sich für eine Dame nicht »geziemt« – dieses Wort kenne ich nur von ihr –, in Hausschuhen die Wohnung zu verlassen.

»Frau Baumann, ich habe Ihnen ja gesagt, dass mein Enkel gerne nach Ihnen sieht.«

»Guten Tag, Herr Doktor«, mummelt Frau Baumann, denn sie hat die Zähne nicht drin. Ihre grauen Strähnen fallen über ihr Nachthemd, sie humpelt zurück in ihr Wohnzimmer und lässt sich ächzend auf das Sofa fallen.

»Wenn Sie keine frische Luft reinlassen, werden Sie ja nie gesund«, schreit meine Oma entsetzlich patent, denn sie meint, weil Frau Baumann schlecht sieht, müsse man wenigstens laut mit ihr sprechen. Ich bin allerdings dankbar, dass sie die Balkontür aufreißt. Es riecht zwar sehr blumig, aber es ist viel zu warm. Als ich bei meiner Oma eingezogen bin, war Frau Baumann so was wie die Grande Dame der Straße. Oder das, was man sich in der Kleine-Leute-Gegend meiner Oma unter einer großen Dame vorstellt. Frau Baumann, immer erlesen parfümiert, trug jeden Tag ein anderes Kostüm, das sie den neidischen Augen der Nachbarn gerne präsentiert hat. Selbst der Haarschnitt von Frau Baumanns Pudel erschien den anderen nachahmenswert.

Mittlerweile kann sie nicht mehr vor die Tür.

Früher wegen ihrer schlanken Linie Auslöser für diverse Abmagerungskuren bei den Nachbarinnen, kauert sie jetzt gedunsen auf ihrem Sofa. Medikamente, Fertigessen, von einem Zivi vorbeigebracht und aufgewärmt. Aber sie kämpft noch, wo sie kann. Hat sie früher ihre Garderobe täglich gewechselt, legt sie jetzt eben jeden Tag einen neuen Verband an. Schneeweiß und, eigentlich eine gute Idee, frisch parfümiert. Leider fehlt ihr die Kraft, den Verband fest zuzuziehen; was sie sich an ihrem Knöchel verbinden muss, ist mir nicht ersichtlich.

Aber Frau Baumann geht es nicht gut, schlechter als sonst, mindestens das merke ich.

»Frau Baumann, geht es Ihnen nicht gut?«, frage ich also, ohne eine erhellende Antwort zu erwarten. Sie ist zwischen 80 und 85 Jahren alt, ist nie medizinisch ausgebildet worden und bewusstseinstrüb. Dementprechend antwortet sie mit einem eher globalen »Ooch Gottchen ...«, dann leckt sie sich Speichel von der Lippe, vielleicht sollte ich meine Oma doch nach den Dritten suchen lassen.

Ich drehe mich zu meiner Oma: »Hat ihr rechter Mundwinkel schon immer gehangen?«

»Wie gehangen?«

»Na, ob der tiefer hängt als der linke.«

»So genau gucke ich da nicht hin, das gehört sich doch nicht.«

»Oma, ich denke darüber nach, ob Frau Baumann vielleicht einen Schlaganfall hatte. Wann hat sie dir denn gesagt, dass es ihr schlechter geht als sonst?«

»Was sagen Sie, Herr Doktor? Gibt nichts für umsonst, da ham Se aber man Recht«, kräht Frau Baumann, während sie an die Wand mit dem Bild ihres Mannes blickt.

»Heute Morgen war das«, gibt meine Oma zurück, mit der Hand an der Wange. »Meinst du wirklich?«

»Wir sollten sie ins Krankenhaus bringen«, raune ich meiner Oma zu.

»Frau Baumann, wir müssen Sie ins Krankenhaus bringen«, sage ich laut zu der alten Frau, die die Augen geschlossen hat und mit ihrem zahnfreien Oberkiefer auf der Unterlippe kaut. Sie reißt die Augen auf, als die Botschaft durch die Nebel ihres Bewusstseins dringt.

»O nein, Herr Doktor, das möchte ich nicht.« Jetzt weint sie.

»Wenn mein Enkel das sagt, dann muss das wohl sein, Frau Baumann. Ich komme Sie auch besuchen und passe auf Ihre Wohnung auf.« Das war jetzt nicht so schlecht von meiner Oma.

»Aber mein Gerd ist auch ins Krankenhaus gekommen und tot wieder raus. Und der musste die ganze Zeit mit einem Türken in einem Zimmer liegen.« Sie weint weiter. Ich stehe mit knirschenden Knien auf und bin nervös. Eine Frau ins Krankenhaus zu bringen, die sehr alt und sehr pflegebedürftig ist, bedeutet schlecht gelaunte Schwestern. Die haben auf solche Patienten nämlich keinen Bock. Und gestresste Aufnahmeärzte haben keine

106

Lust auf Rettungssanitäter, die mal eben einen Schlaganfall diagnostizieren. Deswegen hoffe ich, dass ich jetzt hier keinen schweren Fehler mache.

Weil wir die Zähne nicht finden konnten, stehen wir erst zwei Stunden später in der Inneren Ambulanz des Josefinen-Krankenhauses. Gefährlicher Platz. Denn genau hier arbeitet Uta. Bei meinem schlechten Lauf hat die garantiert Wochenenddienst. Uta ist eigentlich ein echter Schuss. Auf einem Foto von ihr glaubt Thorsten die kleine Schwester von Julia Roberts mit Melonenbrüsten erkannt zu haben. Wir hatten sehr nette drei Monate. Mit meinem ersten und einzigen Sex in einer U-Bahn-Station, weil Uta es klasse fand, von den Überwachungskameras dabei gefilmt zu werden. Ich war sogar schon mit bei Mami und Papi. »Sie sind also gewissermaßen hauptberuflicher Zivildienstleistender«, meinte ihr Vater, der mich für seine Tochter und auch generell indiskutabel fand. Der Vater war ein echter Kotzbrocken, der seine Frau offenbar über Jahrzehnte so schikaniert hat, dass sie nicht mehr sprach, sondern eher fiepte. Ein Mann, der seine Krawatte so eng um den Hals schnürt, dass der Knopf wie ein zweiter Adamsapfel wirkt. Als er wieder mal pedantisch an seiner Serviette faltete, wollte ich Uta am liebsten sehr laut fragen, ob sie mal nachgedacht habe, sich selbst zur Adoption freizugeben.

Uta hat versucht, mit Kampfschweigen dafür zu sorgen, dass alles so läuft, wie sie es sich wünscht. Ich gehe ins Stadion, statt mit ihr bei Ikea eine schöne Klobürste auszusuchen. Kein Wort, bis ich Sonntagabend mit andauernder Katzbuckelei eines Wortes würdig war. Allerdings ist mir bei immer mehr Uta-Sätzen keine Antwort eingefallen. »Wenn du mal mit deinem Medizin-Studium fertig bist, ziehen wir hierhin«, war sie sich sicher, als wir auf ihr Drängen durch den spießigen Süden unserer Stadt spazierten. Ich würde da niemals wohnen wollen, weil man da mit dem Hauskredit gleich die Mitgliedschaft im Tennisclub unterschreibt. Von Medizinstudium war sowieso nie die Rede. Ich habe aber nichts gesagt, sondern am nächsten Tag die Parisreise, die ich ihr versprochen hatte, auf Thorsten umschreiben lassen. Klar, ich hätte mich vor der Abfahrt nochmal melden können, aber was wäre dabei im Ergebnis anders gelaufen? Weil mein Telefon tatsächlich kaputt war, hat sie mir dann noch einen Brief geschrieben. Viele böse Wörter, viel Selbstmitleid und die bemerkenswerte Feststellung, »sie würde ihrem Vater nicht gerne Recht geben, aber in meinem Fall habe er wohl leider richtig gelegen«. Zum Glück darf ich mit Schwester Ayse, einer schwer atmenden anatolischen Wuchtbrumme, verhandeln, zu welcher medizinisch profunden Diagnose ich bei der Patientin Baumann gekommen bin.

»Und Sie kümmern sich um die Angehörigen, die müssen nämlich morgen unterschreiben, sonst müssen Sie zahlen«, gibt sie uns unfreundlich mit auf den Weg. Meine Oma hat wohl auch keinen Bock mehr, denn beim Rausgehen ereifert sie sich: »Was für ein dickes Luder. Wer so dick ist, kann doch nicht richtig arbeiten, dabei verliert man doch immer.« Sagt die lebenslang schlanke Frau, die sich von der Kohle meines Opas in verschiedenen Damenkränzchen den Buckel krumm geschuftet hat.

»Hallo, Gunnar.«

»Ach, ja, na hallo, Uta.« Es nützt nichts, wenn man sich gut vorbereitet. Ich weiß natürlich nicht, was ich jetzt sagen soll. Erst einmal Oma vorstellen, die auch schon auf Mega-Neugier umgestellt hat.

»Das ist meine Oma, Frau Büttner. Oma, das ist Uta von Wabnitz, wir ... sie ... sie arbeitet hier, stimmt doch noch, oder?«

»Ja, stimmt noch. Freut mich sehr, Frau Büttner.« Klar, jetzt gibt sie die Formvollendete, so als hätte es unsere damaligen Rülps-Wettbewerbe nie gegeben. War eigentlich ganz lustig.

»Sie stammen aus einer adligen Familie, Fräulein von Wabnitz?«

»Oma, man sagt nicht mehr ...«

»Ach, lass doch, Gunnar. Ja, mein Vater hat wohl aristokratische Vorfahren, aber ich warte jetzt schon seit 27 Jahren, dass ich endlich in ein Schloss ziehen darf, Sie wissen schon, als richtige Prinzessin und so.«

»Hihihi, ich habe mich als kleines Mädchen auch immer als Prinzessin verkleidet.« Meine Oma macht den Eindruck, als würde sie in eine ihrer sehr ausführlichen Plauderlaunen geraten. Vollbremse, anders geht's nicht.

»Oma, wir müssen ...«

»Ja, Gunnar, und du so? Zivildienst schon fertig?«

Schlange. Dann eben eine wuchtige beidhändige Rückhand.

»Jaja. Und du? Zwischendurch mal in Paris gewesen?«

Sie will schon wieder aggressiv schweigen. Meine Oma macht alles noch unangenehmer, weil sie einfach weiterquatscht. »Wissen Sie, Fräulein von Wabnitz, unser Gunnar ist jetzt so eine Art Arzt. Er spricht nur nicht so gern drüber. Heute hat er ja der Frau Baumann, meiner Nachbarin, so toll geholfen. Vielleicht sollten Sie mal zum Kaffee kommen, das ist ja heute leider ausgefallen, weil wir ja der Frau Baumann ...«

Die Einladung ist Uta jetzt zum Glück auch unangenehm.

Deswegen komme ich mit einem entschlossenen »Oma, wir müssen« gut dazwischen.

»Ja, ich muss auch los. Meine Mutter wartet unten, um mich abzuholen. Hat mich sehr gefreut, Sie kennen zu lernen, Frau Büttner. Gunnar, du kannst ja mal eine Postkarte schicken. Vermutlich ist dein Telefon ja noch sehr kaputt.«

Im Auto kann sich meine Oma kaum einkriegen über diese »sehr einnehmende Erscheinung«. »Eine sehr angenehme Person, Gunnar. Vielleicht solltest du dich mal etwas anstrengen. Dann bist du nicht immer so allein.«

»Oma, Uta ist nett, aber nochmal: Ich bin kein Arzt. Ich werde auch keiner, okay.«

Sie sieht entschlossen geradeaus, weil ihr eigentlich egal ist, was ich rede.

»Und ich bin auch nicht allein.«

Das habe ich nicht überzeugend rausgebracht, aber ich musste es mir selbst sagen.

»Willst du heute noch Bienenstich oder lieber morgen?«

»Morgen, ich melde mich, tschüss.«

Zu Hause lasse ich mich aufs Bett fallen. Ich weiß, dass ich dieses An-die-Decke-Starren mehrere Stunden fortsetzen kann. Gestern noch ein Fast-Kampfpilot, heute Abend schon wieder eine Riesenbratwurst. Zu wenig Arzt bei Frau Baumann. Zu viel Nervosität bei der Begegnung mit Uta. Noch nicht mal überzeugend für meine Oma. Ich drehe den Kopf zur Seite und sehe eine »2« auf dem Anrufbeantworterdisplay. Thorsten: »Ich habe noch Karten für die Champions League.« Das klingt nach Lichtblick. »Aber leider nur eine für mich. Ich muss meinen Onkel mitnehmen, denn der hat die Karten bezahlt. Kannst ja nochmal durchbimmeln, hau rein, Alter.« Hoff-

nungsschimmer erloschen, außerdem hasse ich »durchbimmeln«. Anruf zwei. Das Maschinengeräusch und
dann erst mal nichts. Raschel, raschel, atmen. Ein Ver-
wählter, der eigentlich bei einem Peitschenmädchen
durchbimmeln wollte und deswegen jetzt auf meiner
Maschine kommt. Na toll. Aber, halt, da ist noch was.
»Ach, es geht schon los …« Die Stimme kenne ich. »Ich
wollte fragen, ob ich vielleicht die Pizza haben kann. Ich
muss sie wahrscheinlich mittlerweile kalt nehmen. Vielleicht rufst du mal an. Mein Name ist Melanie Bicher,
meine Nummer ist 49 91 77.« Klack, aufgelegt.

Was war das denn? Jetzt nehme ich wohl doch einen
Batida.

14

Was für ein toller Morgen.

Es regnet Bindfäden. 14 Grad. Sie hat angerufen. Sie war charmant. Das Spielzeugtelefon war für sie kein Hasi-Signal. Ich weiß, wie es geht. Ich bin nicht allein, Oma, sage ich mir mit fester Stimme. Jedenfalls nicht mehr lange. Es ist ein glitschiges Plastiklied und es lief mal im Hintergrund, als ich in einer miesen Pinte nach dem abgerissenen Ohrläppchen eines Mannes gesucht habe, der albanischen Hütchenspielern Geld schuldete. Aber egal. Ich singe »I just called to say I love you« unter der Dusche, und ich würde das Schicksal auslachen, wenn mir zur Strafe eine Stevie-Wonder-Sonnenbrille wachsen würde. Ich habe den Blinker links, ich habe aus 35 Metern Entfernung aus einem unglaublichen Winkel das Tor getroffen, ich weiß heute sogar die Antwort auf die Kultur-Frage bei »Trivial Pursuit«, denn heute ist mein Tag: Sie hat angerufen. Von meinem Gesang ist Sandra wach geworden. Wir treffen uns in der Küche. Was meint: Sie kauert mit angezogenen Beinen auf dem Küchenstuhl, ich federe in meinen weißen Klamotten zur Tür herein.

»Hast du dich verletzt?«, fragt sie.

»Nein, wieso?«

»Weil du unter der Dusche so geschrien hast, Blödmann, deswegen.«

»Nein, alles heil geblieben. Möchtest du Tee?«

Jetzt ist sie beinahe benommen von so viel Liebenswürdigkeit. Ich habe mich zugegebenermaßen lange nicht mehr daran erinnert, dass sie morgens einen ayurvedischen Tee trinkt. Geschweige denn Tee für sie gekocht. Wenn ich genauer nachdenke, gab es einen tatsächlich gut gemeinten Versuch, als sie mit schweren Menstruationsbeschwerden auf dem Sofa lag und ich sie fragte, ob sie vielleicht Inderurin wolle. Falsche Ansprache, hat sie damals entschieden und mich mit einem Winken weggeschickt.

»Hast du dich endlich an eurem Pillen-Köfferchen bedient oder was ist mit dir los? Aber, danke nein. Wenn du jetzt mit Schreien fertig bist, würde ich mich nämlich wieder hinlegen. Zwanzig nach sieben ist nicht so meine Zeit.«

»Ich bin gleich verschwunden, keine Angst. Und ich versuche, die Tür nicht zu rummsen.« Wo ist mein weißes Gefieder, wie es die anderen Tauben tragen? Sie hätte eigentlich Streit verdient, aber ich werde weiter durch diesen Tag tanzen und mich von ihrem Gemopper nicht beeindrucken lassen.

»Wär schön, wenn wir heute Abend mal über deinen Auszug reden könnten, ist wichtig«, mault sie im Davontrotten.

Wer sechs Richtige hat, der lässt sich von irgendeiner schlecht gelaunten Studentin nicht aus dem Tritt bringen. Über den Auszug denke ich jetzt bestimmt nicht nach. Vielleicht bin ich ja in der nächsten Zeit viel weg. Mindestens achtmal habe ich mir Melanies Botschaft vom Anrufbeantworter vorspielen lassen. Dabei hastig den Batida gekippt. Eventuell ein kleiner Fehler, denn eigentlich wollte ich noch gestern Abend zurückrufen. Weil mir die Zunge erstaunlich schwer war, habe ich davon abgesehen. Andererseits bestimmt ein unfreiwillig kluger Schachzug. So kann sie nicht glauben, ich hätte

113

hündchenartig vor dem Telefon gesessen und sei an einem Sonntagabend nicht total ausgebucht. »Be cool, don't be a fool«, hat Muhammad Ali gesagt, und ich muss mich heute an dem Größten und Leuten seiner Kragenweite orientieren. Denn dieses Mal will ich es nicht verbocken, weil ich bei dieser Frau so ein eigenartiges Richtig-Gefühl habe. Ich habe sie schon in mehreren Situationen erlebt und es fühlte sich immer richtig an. In ihrem Büro war sie aufgeräumt, souverän, sicherlich dominant, aber spürbar Mensch. Sogar charmant, auch wenn es im Büro wahrscheinlich antrainierter Hotelcharme war. Ihre Verzweiflung in der Wohnung ihrer Mutter war nicht hysterisch, nicht haltlos, nicht abgeschottet. Für mich war es richtig, auch wenn ich auf diese Situation lieber verzichtet hätte. Auf dem Anrufbeantworter war sie seidig. Aber nicht albern gurrend, kein gesprochener Schlafzimmerblick, wie von einem Softporno-Cover abgeguckt. Es war wieder richtig.

Ich habe nicht unbedingt alles richtig gemacht. Aber die Fehler räume ich jetzt alle aus. Keine Lügen mehr, im richtigen Moment erledige ich die Reisebusfahrer-Legende. Die Sache mit der Unterhose lasse ich elegant unter den Tisch fallen und ins Stocken gerate ich auch nicht mehr. Außerdem kaufe ich ein frisches Kondom für mein Portemonnaie. Obwohl ich das vielleicht nicht gleich vorzeigen muss, das wäre ansonsten ein offensiver Fehler. Dieser Batida ist wirklich ein Höllenzeug, jetzt bin ich tatsächlich an der Wache vorbeigefahren.

Ab wann kann ich da wohl anrufen? Acht Uhr ist definitiv zu früh. Das wäre Freaktum. Halb zehn an einem Montag, das müsste aber gehen. Wenn sie arbeitet, muss ich wahrscheinlich wieder bis zum Abend warten, denn ihre Telefonnummer in ihrem Büro darf ich ja nicht kennen. Andererseits wird sie mich ja ohnehin wiedererkennen, wenn wir uns treffen. Sehr kompliziert.

»Gundel.« Mann, was für ein Druck in der Stimme für die Uhrzeit.

»Guck nicht doof, komm hier rüber und hilf mir mal.«

Schamhaar Schneider steht auf einer Leiter, die vorne gegen die Windschutzscheibe des Rettungswagens gelehnt ist. Er schraubt den Lautsprecher vor dem Blaulicht ab. Dazu sind wir verpflichtet worden, weil diese Lautsprecher »einsatzfremd missbraucht wurden«. So stand das in einem Rundschreiben an alle Rettungswachen der Stadt und wir wussten natürlich alle sofort, was gemeint war. Unauffälliges Heranrollen im Leerlauf an eine schöne Spaziergängerin auf dem Bürgersteig, dann »Tatütata« in das Mikrofon hauchen. Entsprechend aufgeschreckt in die feixenden Gesichter zweier Ambulanzfahrer gucken zu müssen, finden die meisten Überrumpelten nur begrenzt komisch. Ich habe einmal im Stil einer Telefonsex-Fernsehwerbung einer einsamen Kaffeetrinkerin auf der Terrasse eines Eiscafés meine Telefonnummer bekannt gegeben. Ich war gerade bei dem gedehnten »Ruf mich an«, als sie ausholte und mit ihrer Tasse die Milchglasscheibe unserer hinteren Seitentür einwarf. In meinem Bericht zum Unfallhergang war dann von einem Gerüstteil an einer Baustelle die Rede, das ungünstig gegen unser Auto geprallt sei. Bernie hat nur zähneknirschend unterschrieben.

»Hier, pass auf.« Schamhaar Schneider wirft mir den dreckigen Lautsprecher in die Arme. Die Schmiere verteilt sich gut sichtbar auf dem Orange meiner Jacke. »Musst aufpassen, ist siffig, das Teil«, schickt Schneider hinterher.

Beim Umziehen komponiere ich die Gesprächseröff-

115

nung. Eigentlich habe ich keinen Schimmer, was ich sagen soll. Wieder irgendwas in Richtung Pizza? Das würde bedeuten, eine flaue Idee bis ins Schmerzhafte zu melken. Ich sollte es vielleicht ganz geradeaus probieren. Name, hallo, schön, dass du dich gemeldet hast, vielleicht sollten wir uns mal sehen. Das »vielleicht« schön lässig, darf nichts von einem devoten »Wir müssen uns sehen«-Gejammer haben.

Dann will sie einen Ort wissen. Gar nicht so einfach. Kein Klassiker, womöglich noch eine »Werkstatt«, wo Thorsten in regelmäßigen Abständen an Frauen schraubt. Also auf keinen Fall das »Hotel Lux«. Eigentlich perfekt. Bisschen Schummer-Licht, der Sekt sogar flaschenweise bezahlbar und – das Wichtigste – Nischen, keine Lauscher. Das »Bangkok«. Gutes Thai-Essen, bisschen wuchtiger Fernost-Kitsch und recht warm. Thorsten hasst Thai, gut. Melanie vielleicht auch? Sushi kommt für mich nicht in Frage. Fisch-Aas beim ersten Rendezvous spricht nicht für ein Wiedersehen, außerdem kriege ich das Zeug nur mit Mühe runter. Da gibt es doch dieses neue Schwulen-Ding, das »Shalömchen«. Soll gut schmecken, Cocktails mit dezent ordinären Anspielungen. Gut aussehende Jungs, zeigt mich als jemanden des unbedingten »Gönnenkönnens«, schau sie dir nur an, aber hier sitzt der einzige Erhältliche. Meine schwulen Sitznachbarn aus dem Stadion, Stefan und Frank, könnten wir ruhig treffen, die sind meistens sehr heiter und vor allem dezent. Das »Shalömchen«, alles klar.

Zwanzig nach neun. »Ich glaube auch, dass es fliegen kann«, flüstert Bernie von der Couch. Er hat zwei Leberkäse-Brötchen mit Ei gefrühstückt, danach muss er immer entspannen. »Was redest du?«, frage ich. »Ich glaube, dass das Telefon bestimmt gleich abhebt, wenn du es mit deiner kinetischen Energie weiterhin so bestrahlst«, gibt er zurück und ihm entfährt beim Ausstrecken auf dem Sofa ein wohliger Satt-Seufzer.

Ich antworte nichts. »Erwartest du einen Anruf?«, will er jetzt wissen. Warum konzentriert er sich nicht auf die Verdauung seines Cholesterin-Häppchens?

»Ich wollte bei Horst nachfragen, ob er uns nächstes Wochenende nochmal mitnimmt, und versuche mich an seine Nummer zu erinnern.«

Na bitte, er ist jetzt wieder wacher. »Untersteh dich. Was du machst, ist mir echt egal, aber ich steige bei dem Typen erst wieder ein, wenn ich dazu mit Waffengewalt oder Geld gezwungen werde.« Er ist aufgestanden, bleibt im Rausgehen aber nochmal in der Tür stehen. »Ich bin nicht dabei, ist klar, oder?«

Noch nicht ganz halb zehn, aber der frühe Vogel fängt den Wurm. Die Nummer kann ich auswendig. Dreimal klingeln, bitte kein Anrufbeantworter. Noch zweimal klingeln, Anrufbeantworter jetzt schon unwahrscheinlicher. Bügelt ihren »Manager on duty«-Anzug über. Trinkt hastig Kaffee. Vielleicht hat sie auch einen schlechten Morgen. So einen, wo der Schnürsenkel reißt. Hat sie geschnürte Schuhe getragen? Oder sie verabschiedet sich mit einem Kuss von ihrem Freund. Höchstens mit einem routinierten Küsschen. Wenn da überhaupt einer ist, dann kann es nur noch die Langeweile sein, sonst hätte sie sich nicht bei mir gemeldet, andererseits … »Hallo?«

»Ja, hier auch hallo.« Um Gottes willen, das habe ich nicht gesagt. Das war ein echter Satschewski-Mutti-Auftakt. Sammle dich, sammle dich, jetzt den Ball kontrollieren.

»Gunnar hier. Du erinnerst dich, du hast mir auf meinen Anrufbeantworter gesprochen.«

»Ach ... aber ich kenne gar keinen ...« Mist. Wie soll ich ihr denn jetzt auf die Sprünge helfen, vielleicht: »Ich hatte dir ein Paket geschickt ...«

»Ach, na klar, jetzt weiß ich ... hallo, Gunnar.« So richtig im Stoff scheint sie noch nicht. Jetzt mal mit Charme versuchen.

»Das hat mich sehr gefreut, dass du angerufen hast, und ich dachte ...«

»Sag mal, darf ich dich was fragen?«

Jetzt höre ich doch ein leichtes Lächeln in der Stimme, das höre ich doch.

»Ja, klar, logisch, immer zu.« Ist gut, ist gut, sie weiß, dass sie jetzt fragen kann.

»Bei mir nehmen die Gunnars in letzter Zeit überhand. Ich habe letztens jemanden getroffen, dem ich sein Portemonnaie wiedergegeben habe, der hieß auch Gunnar, da habe ich mich gefragt, ob du ...«

»Mmh, ja, ich glaube, ich kann mir vorstellen, dass ich das war ...«

»Das warst du«, ihre Stimme wird heller, »das warst echt du, der Reisebusfahrer ...« Jetzt lacht sie sehr laut. Und ausdauernd. Ich muss jetzt irgendwann dazwischengehen.

»Melanie ... es ist so, dass ich dachte ...«

»Entschuldige, ich lache dich nicht aus, es ist nur ...« Sie lacht schon wieder los.

O nein, jetzt bitte das nicht. Wir sind's, alle Lichter an und unsere Sirene geht auch wieder. Na super. Jetzt kommt gleich die Stimme der Leitstelle, ich muss vorher auflegen, sonst erkennt sie mich am Ende wirklich: »17–83, Sie fahren ...«

»Sorry, Melanie, ich muss los. Ich melde mich wieder.«

»Nee, warte, das war echt nicht so gemeint ...«

»Tut mir Leid, ich muss echt los, bis dann.«

»17–83, Sie fahren Kleingartenanlage ›Silbersee‹, Im Defdahl, Ecke Winkelmannweg, da wartet ein Gärtner, Suizid, Ute.«

Bernie winkt vom Fahrersitz, ich soll mich beeilen. Scheiß-Regen.

»Geh hoch, schneid ab, ich fang ihn auf.«

Schnapsidee von Frödinger. Bernie sagt es ihm. »Karl, den kannst du nicht auffangen, der ist zu schwer.«

»Schneid ihn ab, Mann, wie sollen wir den da runterkriegen, hä? Schneid ihn ab.«

An der untersten Querstrebe eines Hochspannungsmastes hat sich ein Mann aufgehängt. Wir gucken hoch, den Regen im Gesicht, und erkennen wenig. Die Sohle der teuer wirkenden Budapester Schuhe vielleicht. Dr. Karl Frödinger ist der Notarzt, unser Kollege Olschewski hat ihn im Notarzt-PKW gebracht. Olschewski steht in der aufgeklappten Fahrertür und funkt. Lage klarmachen (»Pat ex«), Bestatter bestellen, der ganze Kram.

Frödinger ist schwer von irgendwas abzuhalten. Riesengroß, bestimmt knapp zwei Meter. Ehemaliger Kugelstoßer, die Schultern sind geblieben. Sein ungepflegter Hotzenplotz-Bart bedeckt fast die gesamte untere Gesichtshälfte. Sein Gesichtsausdruck sagt, was er auch immer irgendwann ausspricht, wenn wir mit ihm zu tun haben: »Ich kann euch nicht sagen, wie mir dieser Notarzt-Scheiß auf die Murmel geht.«

Frödinger spricht von sich nie als Arzt. Er sagt: »Ich betäube beruflich.«

Überschaubare Dienstzeiten von 7.30 Uhr bis 14 Uhr, kaum Wochenenddienst, weil sie im Conrad-Röntgen-Hospital hauptsächlich Krampfadern und Hüften machen. Sauber durchgeplant und recht stressfrei, das Anästhesisten-Leben des Dr. Karl Frödinger. Aber leider, findet jedenfalls Frödinger, dreimal 24 Stunden Notarzt im Monat. Der aufgeregte Kleingarten-Rentner, der uns den Weg zu dem Mast gewiesen hat, wird zusehends ungehalten. Untätige Sanitäter, die mit dem Arzt diskutieren. Der Doktor raucht und winkt mit seiner rechten Pranke, was wir als »Marsch, marsch« verstehen.

»Der tickt nicht sauber«, meint Bernie, als wir zum Auto gehen, um die Steckleiter aus dem Dachkasten zu holen.

Mir doch egal, denke ich. Dem Mann ist nicht mehr zu helfen, wenn wir uns beeilen, kann ich gleich wieder bei Melanie anrufen.

Olschewski hat wieder in seinem Auto Platz genommen. Der Regen ist ihm zu nass. »Wie ist der denn da nur hoch gekommen?«, fragt Bernie sich selbst, denn von mir erwartet er wohl keine Antwort.

Frödinger schnipst die Zigarette weg. »Ist der tot?«, will der Garten-Rentner mit zittriger Stimme wissen. »Nee, der schläft nur«, grimmt Frödinger zurück.

Mit seinen nassen Zausel-Haaren sieht Frödinger aus wie ein griechischer Wirt, bei dem ich niemals essen müssen möchte.

Bernie balanciert jetzt wacklig auf der Strebe.

»Hast du es bald?«, bellt Frödinger.

Er steht mittlerweile unter dem Toten. Die Füße des Mannes baumeln höchstens anderthalb Meter über Frödingers Kopf.

»Lasst uns die Olks holen, du kannst den nicht auffangen«, ruft Bernie.

Olks ist der Spitzname für Feuerwehrleute. Soll angeblich polnisch sein und für »Löschknecht« stehen.

»Ich hab dir gesagt, du sollst ihn abschneiden. Mir steht das Wasser schon in den Schuhen. Meinst du, ich warte hier noch ein paar Stunden, bis die Deppen hier sind, oder was?«

Bernie macht den Scheibenwischer vor dem Gesicht, bückt sich aber wacklig, um mit der Zange das durchzuschneiden, woran sich der Mann aufgehängt hat.

»Ich schneid ihn jetzt ab. Gundel, du Träumer. Stell dich daneben, der kann ihn nicht alleine auffangen.«

Bernie schneidet, Frödinger winkelt die Arme an, als würde ihm eine Rugby-Kugel zugeworfen. Der Hintern der Leiche prallt Frödinger auf die Brust, er seufzt auf und taumelt nach hinten. In seinem Versuch, sich festzuhalten, reißt er mich im Sturz mit zu Boden. Ich falle auf die Seite, der Matsch spritzt unter dem fallenden Gewicht auf und mir ins Gesicht. Außerdem glaube ich keine Luft mehr zu bekommen. Ich liege für einen Moment regungslos und denke, was Frödinger ausspricht. »Scheiße.« Jetzt hustet er. »Nimm mir den von den Beinen, sonst kann ich nicht aufstehen«, schnauzt er mich keuchend an. Ich rappel mich hoch, jetzt höre ich den Rentner schreien: »Was seid ihr denn für 'ne Truppe? Was macht ihr denn, wenn was passiert, was macht ihr denn dann?« Nicht einfach, den Toten von Frödingers Beinen zu bekommen, immerhin kommt jetzt Olschewski und hilft, die Leiche zu bewegen. Wir rollen den Mann auf die Seite. Weil uns beiden vor Anstrengung schon die Arme zittern, lassen wir ihn mit dem Gesicht in den nassen Dreck klatschen. Frödinger röchelt nochmal und steht steif auf. »Scheißidee, geb ich zu, dreh'n um, Olek«, ranzt er Olschewski an.

Die Augen des Mannes sind weit aufgerissen, die Zunge hängt ein Stückchen raus, das Stromkabel hat sich tief in den Hals gegraben, die Gesichtsfarbe ist bläulich-violett. Am Tor der Kleingartenanlage hören wir Gehupe, sehr ausdauernd, wahrscheinlich der Bestatter.

Nach den Formalitäten nickt uns Frödinger zu. »Kommt, das dumme Ding geht auf meine Kappe. Ich lad euch ein.« Was das heißt, ist klar. Frödinger kann noch unangenehmer werden, wenn er nach einem Einsatz nicht mindestens zwei Currywürste und einen Riesenbeutel Weingummi bekommt. Von den Süßigkeiten gibt er höchst ungern ab. In der Pommesbude »Bei Bondes – seit 1968 lecker Würstchen« servieren sie ihm Würste, bis er abwinkt und sagt: »Reicht.«

Als Frödinger auf dem Klo ist, schenke ich Bernie meine Wurst. Nach dem Bericht, der sehr heißen Dusche und dem erneuten Umziehen kann ich endlich anrufen. Keiner da.

Es hat einen Sinn, dass ich auf dieser Erde rumrenne. Davon bin ich für den Moment sehr überzeugt und ich genieße diese mir doch sehr fremde Einsicht.

Denn schließlich lebe ich mit einer unbalancierten Frau zusammen, die mich nicht mag, sondern sich nur über Jahre an mich gewöhnt hat. Das Geld, das ich verdiene, gebe ich für Alkohol, CDs und Spielzeugtelefone aus. Die schicke ich dann an Frauen, die ich eigentlich nicht kenne, aber dennoch für Superbräute mit Erlöserstatus halte. In dunklen Stunden fällt es mir schwer, den Sinn darin zu finden.

Aber heute habe ich einem Baby auf die Welt geholfen, und das war gut.

Die Frau hatte wohl die Wehen schon gespürt, ist dann aber mit der Lässigkeit der bereits zweifachen Mutter noch schnell in den Supermarkt gehastet, um sich ein Deo für das Krankenhaus zu kaufen.

Vor dem Tierfutterregal ist ihr dann das Fruchtwasser abgegangen, und genau an diesem Ort, mit Blick auf das Thunfisch-Verwöhnmenü für die junge Katze, haben wir entbunden. Bernie und ich haben vor Geburten kolossale Angst. Üblicherweise haben die Menschen, die uns unter 112 anrufen, ein echtes Problem, an dem wir keine Schuld tragen. Eine Geburt ist aber ein natürlicher Prozess. Der nur dann zum Problem wird, wenn wir Mist bauen. Die Väter unter den Kollegen sehen das cooler. Aber beim Ansetzen der Nabelklemmen haben mir die Hände gezittert wie lange nicht mehr. »Sie müssen keine Angst haben«, flüsterte mir die Mutter zu. Logischerweise konnte sie nicht mehr laut sprechen, denn in ihrem Gesicht konnte man eine Erschöpfung ablesen, als habe sie gerade den Ironman-Triathlon durchgehalten. Das Kind hat sofort geschrien und ich habe genau gesehen, dass Bernie nahe dran war, zur Heulsuse zu werden. »Mädchen«, hat er nur gesagt, damit er den Kloß im Hals runterschlucken konnte. Als Frödinger mit Olschewski ankam, lag das Kind schon, in unsere Spezial-Alufolie gewickelt, auf der Brust der lächelnden Mutter. Frödingers Grimasse konnte man mit viel gutem Willen als freudigen Gesichtsausdruck interpretieren. Als wir die Mutter auf der Trage hatten, sprach er mir ins Ohr: »Ist ja schön, dass ihr Trottel doch noch ein bisschen mehr könnt als an euch rumspielen. Gut gemacht, du Pfeife.« Das war tatsächlich als Kompliment gemeint.

Auf dem Weg ins Krankenhaus hat die Frau dann auch noch nach meiner Hand gegriffen. Deswegen komme ich mir jetzt vor wie ein Lebensspender, ein erwachsener Mann steigt gerade aus seinem Auto, einer, auf den sich Frauen in den wirklich wichtigen Momenten des Lebens verlassen können und der darüber hinaus noch einen echten Sahne-Parkplatz direkt vor dem Haus gefunden hat. Jetzt stoppt mich nichts mehr auf meinem zielgeraden Weg zum Telefon. Gut, ich werde den Umweg über die Badewanne nehmen, damit die klamme Kälte von der Mast-Nummer endlich aus den Knochen dampft. Aber dann wähle ich ihre Nummer und unsere ganz persönliche Nabelklemme ist nicht mehr fern. Halt, wir wollen schön essen gehen. Eigene Kinder finde ich keine so berückende Vorstellung. Oder anders: Wenn mich jemand fragen würde, was ich mir sehr wünsche, wüsste ich den Plasma-Fernseher, den Mercedes und die Dauerkarte ein paar teure Ränge tiefer sofort. Kinder fehlen in dieser Aufzählung, wobei Sandras Zeitschriften sagen, dass ein Bekenntnis zum Kind den Mann männlicher macht.

Wie viele Stimmen höre ich denn da in unserer Wohnung? Bitte jetzt nicht die hornhäutigen Sozialpädagoginnen, die jetzt bitte nicht. Die sind es auch nicht.

Ein mir unbekannter Mann hat den Kopf schräg gelegt, um die Rücken meiner CDs lesen zu können. Seine Haare hat er mit einer Trend-Schmiere aufmerksamst so hingelegt, dass es nachgerade wie aus dem Bett gesprungen aussieht. Ebenso aufmerksam war er bei der Wahl seiner Kleidung. Ich wette, dass auf jedem Teil irgendwo »worker« oder »industrial« oder »resistable gear« draufsteht. Er schaut auf und zieht seinen Mund schräg. Wie es andere tun, wenn sie ein Grinsen versuchen, er kann leider nur herablassend.

»Ah, hey. Du wohnst hier. Ich gucke gerade diese historische Sammlung durch und bin schon gespannt, wann die Neuzeit kommt«, näselt er. Offenbar ein Fischkopf. Speziell die Menschen aus Hamburg und Umgebung sprechen immer so schwach belüftet. So als wären fast alle Öffnungen, aus denen Luft entweichen kann, abgedichtet. Auch dieser Mann wird also schon viele Samenergüsse aus den Ohren erlebt haben, weil der Rest verstopft ist. Er wird nicht mein Blutsbruder, so viel steht fest.

»Das ist Sven, er guckt sich das Zimmer an«, kommt von Sandra. Selbstverständlich auch arrogant, denn sie glaubt, jeden Grund dazu zu haben.

»Aha«, sage ich und ärgere mich über meine Einfalt.

»Wann bist du denn raus?«, fragt Sven.

»Mal gucken.« Ich entdecke Verstocktheit als Waffe und werfe meine Tasche lauter als nötig mitten in den Raum.

»Genauer kannst du es nicht sagen?«, fragt Sven jetzt beinahe schneidend.

»Nö.« Ich überlege, ob ich ihn herausfordernd anlächeln soll, belasse es aber bei stumpfer Ausdruckslosigkeit.

Er zuckt mit den Achseln in Richtung von Sandra, die funkelt mich in Tötungsabsicht an.

»Tja, aber du hast ja jetzt alles gesehen ... äh ... Sven, genau, Sven. Vielleicht macht dir die Sandra ja einen leckeren Tee in der Küche, dann könnt ihr noch ein bisschen quatschen.« Ich bin sehr glücklich über die hinterhältige Jovialität in der Stimme.

Er verabschiedet sich nicht, sondern trottet hinter Sandra in Richtung Küche. Meine baldige Ex-Mitbewohnerin schließt die Tür hinter sich lauter als nötig. Knallen will sie wohl nicht, weil das bei Svennie vielleicht Vorbehalte auslösen könnte.

Ich strecke mich auf dem Bett aus. Gehe erst in die Badewanne, wenn die Schmiersträhne verschwunden ist. Offenbar mag er keinen Tee mehr, denn ich höre einen kurzen Abschied, unsere schließende Wohnungstür, und in verblüffender Rasanz steht Sandra in meinem Zimmer.

Es geht auch gleich los. Ich verstehe Begriffe wie »Ego-Arschloch« und »selbstgerechter Sack«. Und dass sie sich kümmert, während ich mich »nur zulaufen lassen kann«, wie sie denn wohl das Zimmer vermieten solle, wenn keiner gucken kommen darf, und dass sie eine neue Flasche Batida haben will.

In die Stille hinein geschieht das Unglaubliche. Ich gehe auf sie zu, sie verspannt augenblicklich und ich gebe ihr einen Kuss auf die Wange.

Ich höre mich sagen: »Es tut mir Leid. Mir ist sehr kalt und wenn du dich weiter aufregen willst, würde ich mich gerne beim Zuhören in dein Bett legen.«

Ich sehe es förmlich in ihr arbeiten, aber langsam gehen die Mundwinkel nach oben. Diesen Anblick gönnt sie mir nicht, deswegen guckt sie nach unten und sagt, wir könnten ja vielleicht später weitersprechen. Dann geht sie und macht die Tür ganz sachte hinter sich zu. Badewanne muss jetzt warten, zuerst DEN ANRUF machen.

Es klingelt nur dreimal. Dann die Stimme und mir wird tatsächlich ein bisschen wärmer.

15

Es war ganz einfach.

Sicher waren da ein paar kleine Stolperer.

Nach der Begrüßung und dem Hin-und-Her-Entschuldigen wollte sie wissen, wohin ich denn so schnell musste und warum es auf unserem Bushof (»Oder wie nennt ihr das?«) plötzlich so laut wurde.

Weil meine Synapsen ausnahmsweise mal nicht verklebt waren, habe ich von der Alarmanlage an einem Bus erzählt, die plötzlich losgegangen sei. Dann stolperte es gleich weiter.

»Und wie war Prag?«, wollte sie wissen.

»Prag, wieso Prag?«, war meine Antwort. Der Brontosaurus war sehr groß, hatte aber sein Hirn im hinteren Rücken. Auch nur, um die Verdauungsvorgänge in seinem Riesenkörper zu koordinieren. Von diesem Saurier stamme ich in direkter Linie ab.

An die Geschichte in ihrem Büro hatte ich mich schlicht nicht mehr erinnert. »Ach so, Prag. Ja, Prag. Ich hatte in der Stadt kaum Zeit, musste schnell zurück.«

Von ihr erst einmal nichts. Jetzt nicht den Gesprächsfaden abreißen lassen, möglichst eine berufliche Frage. Was will man denn von einer Hotelmanagerin wissen, ohne ihr zu nahe zu treten? »Und, ausgebucht?« Oder fragt man nach interessanten Reisegruppen, am Ende sogar nach irgendwelchen besonderen Tagungen? Wie viel Sterne haben die eigentlich da im »Römischen Kaiser«? Über die Frage, die ich dann stellte, hätte ich vielleicht noch ein Sekündchen nachdenken sollen:

»Ist das Toilettenpapier bei euch eigentlich spitz gefaltet?«

»Wie bitte?«

»Na, ob in euren Zimmern der Anfang der Toilettenrolle so eine gefaltete Spitze bekommt ...«

Sie prustet los. Über Toiletten sollte ich eigentlich nicht mehr sprechen, weil sie mich wahrscheinlich ohnehin schon unter irgendeinem fetischistischen Verdacht hat. Sie fängt sich wieder.

»Du musst wissen, ich mache die Zimmer eigentlich nicht mehr sauber, aber ich gehe davon aus, dass wir eine gefaltete Ecke haben, wenn dich das beruhigt.«

»Klar, doofe Frage, sorry. Eigentlich wollte ich ja auch wissen, ob du vielleicht Lust hast, dich zum Essen einladen zu lassen?«

»Mmmh, ja.«

»Hört sich aber ein bisschen nach ›mmmh, nein, eigentlich nicht‹ an.«

»Doch, doch. Ich muss nur gerade mal meine Termine durchgehen. Und ich denke über etwas nach.« »Etwas« heißt Lars, ist seit sieben Jahren ihr fester Freund und sie hat ihm versprochen, mehr Zeit mit ihm zu verbringen.

»Ich koche nämlich sehr gern und ich muss oft beruflich essen gehen. Da hat man die Restaurants irgendwann satt.«

»Wir können auch was trinken gehen, wenn du keinen Bock auf Restaurant hast.« Oder flippern, kickern, minigolfen, ganz egal.

»Nein. Ich überlege etwas anderes. Ich wohne in einer Mini-WG und wir kochen einmal in der Woche gemeinsam. Und holen uns immer ein paar Leute dazu. Ist übermorgen. Willst du nicht dazukommen?«

Na, das wird ein Spaß. Eine richtige Frauenjury. Hat

schon beim Eiskunstlaufen für viele unglückliche Männer gesorgt. Als bettnässender Reisebusfahrer gehe ich natürlich mit einem Mörder-Bonus aufs Eis. Aber jetzt »nein« zu sagen, wirkt verschroben. Oder so, als würde ich sie sowieso nur in eine Häuserecke drängeln wollen. Also spielen wir den furchtlosen Löwenherz, der sich total freut, neue Menschen kennen zu lernen, und sagen: »Ja, klar, das ist vielleicht wirklich besser als Restaurant.«

»Manchmal schmeckt sogar, was wir kochen«, sagt sie.

Mir fällt für einen Moment nichts ein, aber während ich mich schon vor einem Stocken des Gesprächs grusele, ist sie wieder da.

»Ich habe da noch eine Frage.«

»Wo ich dieses Mal eine Unterhose hinlege?« Gut, warum nicht.

»Das sehe ich ja dann. Mich interessiert aber, woher du mich überhaupt kennst?«

Autsch. Ich werde nie wieder einem Spieler meiner Mannschaft vorwerfen, dass er einen Spielzug hätte voraussehen müssen, weil das doch förmlich nach einem Tor roch. Was sage ich jetzt, bitte schön? Vielleicht erst mal durch einen Befreiungsschlag kurz Luft verschaffen.

»Und warum hast du angerufen?«

»Hmm. Weil das Telefon eine nette Idee war. Ohne Zweifel etwas ... na ja ...«

»Kitschig? Kindlich?«

»Nein, einigen wir uns auf verspielt. Es war eine ziemliche Überraschung. Sah nach einem Absender aus, der sich Gedanken gemacht hat und ...«

»... und außerdem ist es langweilig, immer nur wahnsinnig teure Blumensträuße zu bekommen.«

»Du träumst, Gunnar. Die Blumensträuße kann ich an

fünf Fingern abzählen, zwei davon von meinem Vater, als ich zu meinen Geburtstagen im Ausland war. Die bittere Realität ist die Hand auf dem Arsch, abends in der Bar, nix Blumenstrauß. Deswegen war das Telefon gut. Klasse. Eine Idee. Möchtest du noch mehr Lob?«

»Reicht, danke.«

»Außerdem kenne ich noch keinen Busfahrer. Und ich hatte in letzter Zeit viele unangenehme Sachen im Briefkasten, da lenkt ein Paket sehr schön ab.«

»Viele Rechnungen?« Keine originelle Frage, zumal ich genau weiß, dass viele Umschläge, die sie bekommen hat, einen schwarzen Rand hatten.

»So ähnlich. Also, warum hast du gerade mir das Paket geschickt?«

»Wenn das Essen schmeckt, sage ich es. Sonst fühle ich mich nackt. Schließlich war das mit der Unterhose peinlich genug.«

»Wenn du weiter darauf rumreitest, finde ich es auch immer peinlicher. Da ist übrigens noch ein Problem ...«

Nein, noch eine Frage von diesem Kaliber und ich bin k.o.

»Was für ein Problem?« Sehr kleinlaut, meine Frage. Hoffentlich mag sie unterwürfige Männer.

»Wir wohnen in einer sehr kleinen Straße. Da kannst du deinen Bus nicht parken.« Uff.

»Ich komme mit dem Taxi. Danke für die Fürsorge, vielen Dank.«

Jetzt lacht sie wie ein Teenie.

»Also dann übermorgen, am besten schon um sieben, weil wir immer viel essen, passt das?«

»Klar, passt gut.« Passt überhaupt nicht, eine Stunde vor Schichtende. Aber vielleicht kann ich mich früher ablösen lassen. Das heißt, nicht vielleicht, ich muss mich

130

früher ablösen lassen. Ahasver muss das machen. Ich habe noch einen bei ihm gut, weil ich ihn dabei erwischt habe, dass er einen Leichensack für eine Motto-Party mitgenommen hat. Ich habe nichts gesagt. Hätte fragen sollen, was diese Party eigentlich für ein Motto hatte.

»Okay, dann geht das klar. Aber, Gunnar, eins vorweg. Es kann sein, dass mir irgendwann komisch zumute wird. Dann müsstest du mir den Gefallen tun und gehen, ohne sauer zu sein, okay?«

»Inwiefern komisch?«

»Und keine Fragen zu diesem Thema, haben wir hiermit auch ausgemacht, wenn du einverstanden bist.«

»Wie du meinst. Ich freue mich.«

»Ich habe zwar ein komisches Gefühl, aber ich glaube, ich freue mich auch. Die Adresse kennst du, bis dann.«

»Bis dann.«

Ich drücke den roten Knopf, mit dem man mein Telefon auflegt. Dass ich mit Schuhen im Bett liege, ist mir im Moment total egal. Durchatmen. Nicht schlecht, keine schweren Fehler, sie hält mich jetzt hoffentlich nicht mehr für lernbehindert oder sonst wie datenreduziert. Aber die uneingeschränkte Vorfreude will auch nicht aufkommen. Ein WG-Essen, alle kennen sich, nur der Reisebusfahrer ist ein Unbekannter. Was kann schlimmstenfalls passieren? Junge Frömmler. Ich muss ein Gebet sprechen und kann keins. Dann müssen wir irgendwann zur Gitarre singen. Unwahrscheinlich. In der Wohnung ihrer Eltern sah es modern aus. Wenn ich mich richtig erinnere, eher kunstsinnig. Mit sorgfältig ausgewählten Bildern. Kein Nippes, teure Kleinigkeiten. Keine Kruzifixe, keine Gebetsschemel, aus so einem Elternhaus kommt keine Hardcore-Christin, abwegig.

Eine Mitbewohnerin ist Engländerin, Amerikanerin

131

oder Australierin. Ich komme rein und dann sagt sie gleich: »Jennifer kommt aus Alabama, stört's dich, wenn wir Englisch sprechen?« Dann bin ich geliefert. Ich kann in dieser Sprache nur sagen, dass Anne eine Katze besitzt und John in Hemel Hampstead in die achte Klasse geht. Wobei mir aktuell nicht einfällt, was eigentlich achte Klasse auf Englisch heißt. Bitte nicht. Hat sie eigentlich gesagt, dass sie nur mit Frauen zusammenwohnt? Womöglich irgendein schlimmer Student. Ich sage, dass ich gerne Filme gucke, und plötzlich wird auf den Mitbewohner mit der dicken Hornbrille gezeigt, weil der Theater-, Film- und Fernsehwissenschaften studiert und deswegen ausführlich über Schnitte sprechen will und warum bei Fellini oft die Kamera schlecht war. Ich kenne keinen einzigen Fellini-Film. Ich weiß noch nicht mal, wie Fellini mit Vornamen heißt.

Das kann echt schwer ins Auge gehen. Vorbereiten ist ja auch Quatsch. Vielleicht lese ich Fellinis Vornamen nach. Und dann gehe ich essen. Bernie hat mich ins Restaurant gebeten. Sehr ungewöhnlich, weil wir uns ja eigentlich oft genug sehen. Aber ungefährlich. Wir werden Deutsch sprechen.

16

»Zum 1. November. Der Alte hat schon alles auf dem Schreibtisch.«

»Das kann doch nicht dein Ernst sein, warum denn?« Ich klinge flehend, obwohl ich das eigentlich nicht will.

»Weil es nervt«, gibt Bernie lakonisch zurück.

Ich wusste, dass er mich nicht einfach so zum Essen einlädt. Schon gar nicht in ein richtiges Restaurant. Scheint ein echter Überraschungsabend zu werden. War schon verblüffend, wie sicher sich Bernie in der portugiesischen Karte orientieren konnte. Er weiß, dass Bacalhau Kabeljau ist, nicht in portugiesischen Gewässern gefangen wird, aber bei Portugiesen als obligatorischer Lieblingsfisch gegrillt wird. Auch wenn er nach Altenheim-Unterhose riecht.

»Was nervt dich?«

»Ich bin 38 Jahre alt. Seit zwölf Jahren komme ich bei Fremden genau dann zu Besuch, wenn es bei denen gerade überhaupt nicht gut aussieht. Klar, ich kann mir einreden, dass ich dann wahnsinnig helfe. Aber eigentlich fahre ich Taxi mit Blaulicht. Meinst du, ich komme mir wie ein erwachsener Mann vor, wenn ich nach der Pfeife eines Notarztes tanze, auch wenn der nur Scheiße baut? Den Aufgehängten vom Mast schneiden, das war Tulux, einfach nur Blödsinn, das ist dir doch auch nicht entgangen, oder?«

»Wir fahren nicht Taxi.«

»Weißt du, wie oft ich mir gewünscht habe, ich komme in eine Werkstatt und baue irgendwas zusammen?

Irgendwas, was ich wirklich reparieren kann? Du, ich, die anderen, wir reparieren nichts, wir bringen nichts in Ordnung. Wir laden ein und wir laden vor allem ab. Die Säufer, die Junkies, die anderen kaputten Wahnsinnigen, wenn du ehrlich bist, weißt du nicht, was mit denen passiert, wenn wir sie abgegeben haben. Ich will es auch gar nicht wissen, denn wie oft kommt denn dann wohl was Gutes? Hast du dich das schon mal gefragt?«

»Und die Olks lassen das Löschen sein, weil sie ja nicht wissen, ob die Versicherung dem Ausgebrannten den Neubau bezahlt? Das ist nicht logisch. Wenn jemand 112 anruft, dann müssen Leute kommen, die wissen, was sie tun. Und ich wäre froh, wenn dann jemand wie du kommt.« Gleich frage ich ihn, ob er mich heiraten will.

Was wird das hier? Jetzt nimmt er die Hand vor die Augen und atmet tief durch.

»Es klingt schwer arrogant, aber das habe ich auch immer gedacht, Gunnar. Gut, dass ich vorbeikomme, weil es mir nicht am Arsch vorbeigeht. Weil es mir nicht egal ist, wer da vor mir steht oder liegt. Aber jetzt kann ich es nicht mehr sehen. Ich kann es nicht mehr riechen. Ich träume, Gunnar. Ich träume Sachen, von denen ich nachts aufwache. Und weißt du, was das Schlimmste ist? Wenn ich dann jemandem erzählen will, was ich geträumt habe, dann ist keiner da. Und warum ist keiner da? Weil ich ein Taxifahrer mit einer roten Jacke bin. Weil ich noch nicht mal auf die Frage: Wie war dein Tag? eine Antwort geben kann. Wer soll sich das denn anhören? Einen Gehängten weggehängt, zwei Omas tot und zwei Zwangseinweisungen in die Ballerburg? Mein Tag war wieder riesig, weil ich habe fast nichts gemerkt? Ist es das, bis ich mich wegen des Rückens kaputtschreiben lasse, ist es das, Gunnar?«

Ich drehe den Wein im Glas, weil ich mal in einer Fernsehwerbung gesehen habe, dass das angebliche Genießer so machen.

»Kommt sie zurück, wenn du aufhörst?« Er weiß, dass ich seine Marion meine.

Er zuckt mit den Achseln. »Ob sie zurückkommt oder nicht. Ich weiß, dass sie Recht hat. Ich hatte keinen Bock darauf, dass sie Recht hat. Aber ich weiß mittlerweile, dass die Nächste wieder abhaut. Nicht weil unser Job so mies ist, sondern weil der Job zu wenig für mich ist, deswegen. Ihr neuer Heinz ist aber schon wieder abgemeldet, immerhin.« Jetzt grinst er.

»Und was machst du?«

»Filme.«

»Wie bitte?«

»Ich gebe zu, es ist noch nicht Hollywood. Aber ein Bekannter von mir hat eine Produktionsfirma für Fernsehsachen aufgemacht. Der ist Kameramann und ich habe schon ein paar Sachen für ihn geschnitten. Der will mich jetzt versuchsweise als Assistenten mitnehmen.«

»Auf Deutsch heißt das, du hältst das Mikrophon fest?«

»Ich weiß, dass sich das nicht prall anhört. Aber ich verdiene Geld, im günstigsten Fall sehe ich ein paar interessante Leute. Aber selbst wenn ich dem nur für ein paar dämliche Fußball-Interviews die Linse poliere, es stinkt nicht. Keine Kotze mehr.«

Er posaunt mir seine neue Zufriedenheit nicht triumphal ins Gesicht. Für seine Verhältnisse spricht er leise. Fast zärtlich, als würde er gerade die Scheidung klarmachen und wollte jetzt sagen: »Wir sollten uns bemühen, Freunde zu bleiben, schon wegen der Kinder.«

Klar, er verhält sich wie ein Freund, weil er eben nicht fragt: »Und wie ist es mit dir?«

Ich bin dennoch ein reiner Wutklumpen. Die »Herzblatt«-Frauenstimme spricht in meinem Kopf sehr laut. »So, Gunnar, jetzt musst du dich entscheiden. Dein bester Kumpel haut ab, wählst du jetzt Satschewski und die anderen Arschnasen oder kommst du raus aus der warmen Badewanne und versuchst es nochmal mit anderen Ambitionen, die du bisher nicht wirklich kennst?«

Ein satter Schluck aus dem Weinglas dreht der Stimme den Ton weg. Ich konzentriere mich auf den Dessertlöffel, denke an Reinigungslauge für Silberbesteck und dass die ziemlich schädlich sein muss, wenn sie nur mit Handschuhen benutzt werden darf.

Dann entscheide ich mich auch für ein Geständnis.

»Es ist da so eine Sache, ohne dass da schon wirklich was ist, aber es gibt da diese Frau ...«, beginne ich mit beeindruckender Klarheit.

»Ich kann mich nicht mehr erinnern, wie sie aussah, aber du scheinst dir ja ordentlich Mühe zu geben.« Er ist überhaupt nicht überrascht.

Ich aber. »Wer?«

»Die Angehörige, du Super-Fuchs. Würde mich nicht wundern, wenn du sie schon getroffen hast. Anrufen tust du ja wohl von Zeit zu Zeit. Aber nett, dass du glaubst, meine Birne ist so verhupt, dass ich gar nichts mehr mitbekomme. Wenn du magst, erzähl es mir.«

An der Stelle mit der Unterhose in ihrem Büro muss ich einen Moment Pause machen, bis er sich wieder unter Kontrolle hat. Ansonsten nickt er die ganze Zeit recht freudig. Als ich fertig bin, reibt er sich die Nase wie Wickie aus Halvar. So, als käme jetzt die ganz große Idee, wie alles nur noch ein Kinderspiel ist. Dann sagt er:

»Na, mal gucken.« Immerhin keine Abwatsche für Geschmacklosigkeit oder Verrat an seinem komischen Kodex. Er zahlt, wir gehen raus. Ich würde jetzt gerne sagen, dass er mir verdammt fehlen wird. Oder ihn umarmen. Aber das haben wir noch nie gemacht. Auf dem Weg zu seinem Motorrad guckt er mich mit seinem ausdruckslosen Gesicht an. Eine seiner Spezialitäten, man weiß selten, ob er gleich loslacht oder auf Krawall gebürstet ist. Bevor er seinen Helm aufsetzt, sagt er: »Wenn ich sie wäre, würde ich zugreifen.«

Ich schlucke und klopfe ihm tapsig auf die Schulter.

17

Beim Aufstehen habe ich mich heute Morgen gefragt, ob Menschen an Schicksalstagen einen besonderen Geschmack im Mund haben, wenn sie wach werden. In der Uta-Zeit sind wir zu der Hochzeit ihrer Freundin gefahren, in Passau. Der Bazi-Bräutigam hat mir erzählt, dass er direkt nach dem ersten Augenaufschlagen mit Whisky angefangen hat. Sonst wäre er nicht zur Ruhe gekommen. Ich würde lieber heute heiraten, als zum WG-Essen zu gehen. Bei einer Hochzeit ist alles klar. Man kennt sich schon länger, hat sich gegenseitig nackt gesehen, selbst in Passau soll das so gewesen sein. Die beiden kannten sich sogar schon vier Jahre. Vor allem hatte die Frau bereits deutlich »ja« gesagt. Sicherlich könnte ich heute Abend nackt kommen, aber das hätte höchstwahrscheinlich ein sehr deutliches »Nein« zur Folge. Mein heutiger Abend ist wesentlich schicksalhafter als eine Hochzeit. Das ist eine ganz andere Kategorie. Was für einen Geschmack hatte die russische Hündin Leika beim Aufwachen im Mund, am Tag, als sie den ersten bemannten Flug ins All unternommen hat? Das ist meine Kragenweite. Ein Jumbo-Pilot, wenn er zum ersten Mal 360 Tonnen Flugzeug und 400 Menschen auf 10 000 Meter Höhe hebt. Ein GI im Landungsboot am D-Day, also bei der Landung in der Normandie 1944. Lars Ricken vor dem Champions-League-Finale gegen Juventus Turin 1995.

Ein Mann, der sich heute noch dem Schicksal ausliefern wird, sitzt mittlerweile an einem nikotingelben Telefon. Ich telefoniere mit Ahasver, also mit dem Mann, der bitte nicht zu einem vorzeitigen Schicksalsschlag werden soll, indem er mich nicht rechtzeitig ablöst. Weil heute der Tag der Wahrheit ist und um ihm zusätzlichen Druck zu machen, frage ich Ahasver, was er damals mit dem Leichensack auf der Motto-Party wollte.

»Das war eine Bad-Taste-Party. Leider habe ich mit der Leichentüte nicht gewonnen, sondern ein Typ in einer SS-Uniform.«

Ich frage Ahasver jetzt besser nicht, wer da sonst noch dabei war. Wahrscheinlich seine zukünftige Frau, die als Gulag-Kanone verkleidet war. Wir werden ja dann von den beiden in der Zeitung lesen, wenn sie wie dieses englische Horror-Pärchen die ersten 18 Au-pair-Mädchen im Keller einbetoniert haben. Stattdessen frage ich ihn nur sicherheitshalber noch einmal, ob er wirklich um halb sieben hier ist, um mich abzulösen.

»Kein Ding, Mann, ich bin da.«

Ich lege auf und will beinahe schon wieder Melanies Nummer wählen, nur um sicherzugehen, dass das Essen stattfindet und ob ihre Mitbewohnerinnen auch nett zu mir sein werden und bitte nicht allzu gebildet sind.

Um mich abzulenken, kümmere ich mich um die Beschwerde, zu der Bernie und ich uns verhalten sollen. Der Kleingärtner hat geschrieben. Mitarbeiter unseres Ordens, ja wir sind wirklich Nachfolger des Johanniter-Ordens mit miesester Kreuzzugvergangenheit, hätten »es an jeder Pietät im Umgang mit einem Leichnam fehlen lassen«. Meine Lieblingsstelle in seinem Brief: »Es hätte wohl nicht viel gefehlt und Ihre Mitarbeiter hätten den Körper an Ort und Stelle verbrannt, so wie es vielleicht im Heimatland des ausländischen Arztes Sitte ist.« Zum Glück hat Frödinger eine Kopie bekommen. Denn wir versuchen ihm schon lange Zeit klarzumachen, dass seine schwäbische Heimat aus unserer Sicht Ausland ist. Obwohl ich nicht sicher bin, dass der Schwabe seine Toten wirklich auf dem Neckar verbrennt.

Immer wenn ich mich in solchen Fällen an die Schreibmaschine setze, verbeamte ich innerlich. Die unmenschliche Sprache des Überzeugungs-Bürokraten perlt dann nur so aus mir heraus. Also schreibe ich dem schockierten Gartenzwerg, dass »aus nach außen schwer erkennbaren Einsatznotwendigkeiten eine sofortige Bergung des Leichnams unbedingt geboten erschien. Es war zu keinem Zeitpunkt auszuschließen, dass spielende Kinder des Einsatzortes ansichtig werden und aus einem solchen Erlebnis traumatisiert hervorgehen. Deswegen war rasches Handeln aus Sicht der Einsatzkräfte dringend geboten.«

Wunderbar. Vier nasse Pappnasen verwandeln sich in »Einsatzkräfte«. Die »spielenden Kinder« sind ein Klassiker. Was auch immer geht, sind die legendären »versicherungstechnischen Gründe«. Die es nötig machen, den Patienten nicht im Krankenhaus seiner Wahl abzuliefern. Sondern in dem am nächsten liegenden, weil keiner von uns Lust hat, Umwege zu fahren. Seit wir für den Pay-TV-Decoder zusammengeworfen haben, sind wir noch hastiger. Denn es läuft eigentlich immer irgendein Schinken, der besser ist als die weite Rückfahrt von einem entlegenen Krankenhaus. Ich schaffe noch die schleimige Entschuldigung: »Sollte bei Ihnen der Eindruck entstanden sein, den Einsatzkräften würde es am nötigen Mitgefühl mangeln, bitten wir Sie ausdrücklich um Verzeihung.«

Sommer wird das unterschreiben und wir müssen los.

Brandwache. Eine Fabrikhalle brennt. Weil den Feuerwehrleuten oft irgendwas ins Kreuz fällt, muss ein Rettungswagen bereitstehen.

Bernie und ich haben einen regelrechten Galerieplatz. Seine Kündigung ist zum Glück heute kein Thema, bis November ist noch Zeit, wir entspannen gemeinsam und es könnte immer so sein. Unsere Füße ruhen auf dem Armaturenbrett und wir beobachten rauchend das ameisenhafte Gewusel der Männer mit den Helmen. Atemschutztrupps kommen aus dem Gebäude, ihre Geräte klingen, wie Darth Vader spricht. Andere stemmen sich zu zweit in den Schlauch. Sieht anstrengend aus.

»Erinnert sie sich noch, dass du beim Tod ihrer Mutter dabei warst?«, will Bernie wissen.

»Natürlich nicht.«

»Aber wenn du ihr von deinem richtigen Job erzählst, wird sie sich doch bestimmt erinnern.«

»Deswegen erzähle ich ja auch nichts davon, es bleibt beim Reisebusfahrer.«

»Das klappt nicht, verspreche ich dir.«

»Was soll ich denn deiner Meinung nach sagen? He, du, ich muss dir mal was sagen, wir konnten deiner Mutter damals nicht helfen.«

»Klar ist das knifflig. Du kennst meine Regel: Keine Angehörigen, und wenn es sich vermeiden lässt ...«

»Keine Krankenschwestern, weil die meisten einen Voll-Hau haben, ich weiß.«

»Du solltest einfach abwarten ...«

»Was abwarten ...«

»Na, den richtigen Moment abpassen. Ihr liegt schön in der Kiste ...«

»Bernie, danke bis hierhin, ich bin nervös genug ...«

»Eben. Ihr liegt in der Kiste, du kriegst ihn nicht hoch, sagst dann aber: Siehste, gibt doch noch Schlimmeres als mit Mutti.«

Er lacht, ich auch gequält. Denn ich habe auch schon

darüber nachgedacht, was passiert, wenn wir wirklich sehr weit gehen. Erstaunlicherweise kein Lauf der Ereignisse, den ich mir dringend wünsche. Weil man ja nicht weiß, ob immer alles so toll klappt, wenn ordentlich Gefühl im Spiel ist. Ich darf auf keinen Fall zu viel trinken. Oder gerade richtig hinlangen: Dann weiß ich zwar nicht mehr so genau, was ich rede, aber es gibt eine Erklärung für das Ausbleiben der Rakete. Kann ich, wenn ich das Licht anhabe, wirklich noch die Geschichte vom Reisebusfahrer durchhalten? Und wann höre ich damit auf? Und was ist mit der WG? Eigentlich freue ich mich auf heute Abend, aber auf ein Heimspiel freue ich mich doch ein bisschen ungehemmter. Es hat eine kräftige Prise praktische Führerscheinprüfung. Damals hat mir mein gut aussehender Fahrlehrer geholfen. Der Prüfer war schwul.

Ich schrecke zusammen, denn es klopft laut an meine Tür.

Es ist Paul. Paul Wokallek. Ein zerstreuter, hibbeliger polnischer Brillenträger und ein guter Arzt. Er grüßt, schiebt seine Riesenbrille mit einer hastigen Bewegung auf dem Nasenrücken höher. Wie immer hat er nichts zu erzählen, lächelt unsicher, schiebt noch zweimal seine Brille hoch. Paul ist der einzige Notarzt, der uns nicht spüren lässt, dass wir in der strengen Medizin-Hierarchie unter den Schwestern stehen. Für ihn sind wir Kollegen. Sein Pieper brummt. Paul hebt die Hand und lässt den Zeigefinger kreisen. Dann der Paul-Klassiker, bevor er mit Blaulicht durch die Gegend fahren darf: »Oh, müssen wir schnell.«

Danke, Paul. Wieder ein paar Minuten weniger.

18

Der Taxifahrer hat Strafe verdient. Mindestens zwei Monate den Tourbus von »Pur« soll er fahren müssen. Oder in seinen kommenden Pauschalurlauben immer im Zustellbett schlafen müssen oder als Barkraft in einem Samba-Wagen der Deutschen Bahn enden. Filzläuse hat er wahrscheinlich schon oder andere Parasiten, der schmierige Löffel. Ich war kaum eingestiegen, da fängt er schon zu schnuffeln an.

»Na, da werden die im Freudenhaus ja wohl nichts mehr zum Einschmieren haben. Das hast du dir ja alles in den Schritt gekippt, Pilger.«

Mein Fehler ist, dass ich immer vorne einsteige. Das sieht nach Kumpanei aus, nach »Bring mich da mal eben rum«.

Echte Fahrgäste sitzen hinten, und da würde ich vielleicht auch gesiezt.

Dieser Duft ist fruchtig, sommerlich, aber unverwechselbar männlich. Hat die Frau in der Parfümerie gesagt. Gestern an diesem nervösen Zwischentag, an dem ich mich eigentlich auf nichts konzentrieren konnte. Vor allem nicht auf das Gesabbel einer Androidin, deren Körper zu 80 Prozent aus Schminksediment besteht. Selbst wenn ich froh war, die Parfüm-Tante wieder verlassen zu dürfen. Dieser Typ in seiner abgewetzten Lederweste und den gelb gequalmten Rinderzähnen ist heute nicht mein Style-Guru. Der bestimmt nicht. Mann, bin ich nervös.

Ich hatte schon sehr üble Pfählungsphantasien, als Ahasver um zwanzig vor sieben immer noch nicht aufge-

143

taucht war. Als sein Auto auf den Platz einbog, stand ich schon an der Tür. Das Ersterben seines Motors war mein Startschuss, immerhin habe ich mit einem »Und danke« die Form gewahrt.

Zwanzig Cent Trinkgeld für den Herrn Chauffeur. Denn ein 45-Euro-Duftwässerchen schmerzt noch mehr, wenn andere es nicht zu schätzen wissen.

Ich stehe vor einem Altbau. Bei Eingangstüren wie dieser wird mir das Herz warm. Weil ich an eine kleine Meister-Eder-Werkstatt denken muss, in der sich ein rundum sympathischer Traditionshandwerker ins Schreiner-Nirwana hobelt.

Ich stehe also vor dem Luxus-Altbau. In diesem Haus leben mehrere mir bisher noch unbekannte Feinde zusammen und wollen mich daran hindern, Melanies Herz zu gewinnen. Melanie wiederum ist eine Hotelmanagerin, die ich nicht wirklich kenne. Sie hat einen schweren familiären Schicksalsschlag hinter sich. Ich habe ihren Namen vom Totenschein ihrer Mutter und sie hält mich für einen Reisebusfahrer mit rätselhaften Toilettengewohnheiten. So weit die Ausgangslage.

Ich rauche noch eine vor der Tür. Ich sehe an mir runter. Alles so weit in Ordnung. Robuste schwarze Schuhe ohne Schnickschnack, wie Hafenarbeiterschuhe in Edelleder. Blank geputzt, ich kann nicht anders. Dunkelblaue Jeans, dunkelblaues Hemd, schwarze, leichte Lederjacke über dem Arm. Eigentlich würde ich sie gerne anziehen, aber es ist zu warm. Kaltes Wasser sollte hektische rote Flecken im Gesicht vermeiden. Glatt rasiert, hier gilt das Gleiche wie für die Schuhe. Wenn wir auch menschlich verkommen sind, die körperlichen Hygienevorschriften sind mir nach neun Jahren bei den Johannitern in Fleisch und Blut übergegangen. Die Wirbelsäule schmerzt, als ich mich näher an das Klingelschild beuge, aber das tut sie mittlerweile seit Jahren. Eigentlich bin ich topfit. Und im Moment gleichzeitig Bluthochdruckpatient. Bapumm, bapumm, pocht mein Herz scheinbar in meinem Kopf. Ich habe geklingelt und es würde mich jetzt sehr beruhigen, wenn jemand aus einem der oberen Stockwerke das Übliche rufen würde, so was wie »Kommen Sie hoch, vierter Stock, schnell«.

Stattdessen kommt offenbar aus dem zweiten Stock aus einer geöffneten Wohnungstür Musik, irgendein Chillout-Gemurmel. Ich gehe langsam die Treppen hoch, weil ich oben nicht außer Atem sein will. Jetzt hätte ich gerne Reinhold Messner ohne Sauerstoff neben mir und noch 8000 Meter zu steigen. Denn wir wären oben mit Sicherheit allein angekommen. Obwohl eine Mount-Everest-Gipfel-WG wohl nur noch eine Frage der Zeit ist.

»Mein Opa hat letzte Weihnachten zehn Minuten für die Treppe gebraucht, meinst du, du kannst ihn schlagen?«, höre ich ihre Stimme, als es nur noch ein Treppenabsatz ist.

Ich beschleunige und sehe Melanie in der Tür stehen. Grünliches Kleid, die Waden – die Waden! – nackt und Birkenstock, die vorne geschlossene Variante, zirka seit 67 Jahren getragen.

»Treppen machen nur einen knackigen Hintern, wenn man langsam geht. Hallo und danke für die Einladung.« Das war recht flüssig vorgetragen, der Arm schnellt vor und überreicht die CD. Dean Martin und Jerry Lewis bei einer Benefiz-Show. Sie singen Deans große Songs wie »That's amore« und »Buona sera, signorita« gemeinsam. Eine Aufnahme, die so selten ist, dass ich sie nie aus der Hand geben wollte. Hatte Bernie einfach so rumliegen und ich musste bei der Entdeckung hysterisches Kreischen unterdrücken, weil er sonst Unsummen verlangt hätte.

Ist mir im Moment völlig egal, ich bin dankbar, dass ich mit der rasanten Überreichung an der Entscheidung vorbeigekommen bin, ob ich Hand schütteln, Hand küssen oder umarmen soll. Sie lässt mich lächelnd vorbei und klopft mir auf die Schulter. Ich hoffe aus Unsicherheit, sonst gibt diese schweinebäuerliche Kameradschaftsbezeugung nämlich einen schweren Minuspunkt.

Der Flur ist hell, geschliffene Dielen hatte ich erwartet. Ein Jackenhaufen wie von Sandras Studienfreundinnen. Den Stahlhelm auf der Hutablage der Garderobe hatte ich nicht erwartet. Wehrmachtshelm, rosa lackiert, mit der Aufschrift »Mel« in mangelhaft ausgeführter Frakturschrift.

»Wehrsport?«, frage ich.

»Nein, Souvenir an meine Ausbildungsstation in Manchester, britischer Humor, du weißt schon.« Sie lächelt immer noch. »Die anderen sind schon alle da. Du musst da rechts.«

Ich komme in eine sehr warme Küche. Durch die geschlossene Tür hatte ich vorher laute Stimmen und Gelächter gehört. In der Küche höre ich das sphärische Gegreine, das zu der Chill-out-Musik gehört, und das Blubbern eines Topfes.

Eine Pinnwand, an der neben Konzertkarten, Passfotos und Restaurant-Visitenkarten auch eine Kondolenzkarte hängt. »Marianne Bicher«, den Namen kenne ich aus unserem Auftragsbuch. Schnell wegegucken, auf das Monstrum von Kühlschrank. Den wollte mal jemand lackieren, hatte aber nach der unteren Hälfte keine Lust mehr auf minzgrün. Viele Kerzen, funzelige Deckenlampe und im Dampf eine blonde Frau, die eine Cargohose trägt und eine Art Bikini-Oberteil. Schöne blaue Augen, denke ich und erfahre: »Das ist meine Mitbewohnerin Katja, sie macht das Hauptgericht.« – »Hallo, König der Landstraße«, sagt Katja mit einer sehr tiefen Stimme, aber freundlich. Clara ist die erwartete Hornbrille. Bemüht ungeordnete dunkle Locken, spöttischer Zug um die Mundwinkel und ein verhaltenes »Hallo«. Schwarze Klamotten, etwas teigige Figur. Handschütteln hatte sie wohl nicht erwartet, deswegen rückt sie ihre Hand recht spät raus, laffer Händedruck. »Und das ist Vince. Sag niemals Volker zu ihm, dafür hat er zu lange für die Entscheidung zwischen Vince und Dominique gebraucht.« »Hallo, Vince«, sage ich, halte die Hand zurück, weil diese Begrüßung mir hier doch unüblich erscheint. »Jetzt will ich aber auch, hat so was Eckkneipiges«, meint Vince, streckt seine Hand aus und lacht dabei etwas herablassend.

Auch wenn sein Lachen eher meckernd ist, er sieht dabei toll aus. Schwarze, dichte Haare, olivfarbener Teint, markantes Kinn, dunkelgrüne Augen und ein enges T-Shirt mit Camouflage-Muster. Gut trainiert, keine Muskelwürste. Eher definiert und definitiv Solarium.

Melanie stellt mir ein Glas Wein hin und sucht dabei den Augenkontakt. Ihr bin ich jedenfalls willkommen, so viel steht fest, und das entspannt ein bisschen. Leider packt sie jetzt in der etwas befangenen Stille die CD aus. »Oh, seht mal, was Gunnar mitgebracht hat, Dean Martin.«

Jetzt Vince: »Ach, das ist doch der Opa von Ricky Martin, der macht zwar Scheißmusik, aber den finde ich süß.«

Aha, so läuft der Hase, denke ich, muss aber naseweis werden, weil mir Schwester Vince an meinen Säulenheili-

147

gen gepinkelt hat. »Dino Crocetti, geboren und aufgewachsen in Steubenville, Ohio. Später als Dean Martin zuerst an der Seite von Jerry Lewis berühmt geworden, dann als Mitglied des Rat Pack viele Jahre mit Frank Sinatra und Sammy Davis junior sehr erfolgreich aufgetreten. Zum Glück nicht verwandt mit Ricky Martin.«

Ich bin zu hastig, das ist schwer uncool.

»Der ist doch blind und trägt immer eine Sonnenbrille«, wufft Bikini-Katja mit ihrem Hammer-Bass.

»Du meinst Ray Charles, Schätzchen«, zwitschert Vince.

»Ist schon Chauvi-Mucke, oder? Und dabei kannst du am Steuer die ganze Nacht wach bleiben?«, nuschelt Clara mit vipernhaft vorgetäuschter Neugier.

Mist. Wie soll ich bloß aus der Busfahrer-Nummer wieder rauskommen?

»Die kann ich ja jetzt nicht mehr hören, die ist ja jetzt bei euch.«

Eigentlich passabel abgefälscht, leider setzt Vince nach.

»Und du fährst echt diese Friseusenbomber nach Lloret de Mar? Wie viel verdient man denn da so?«

»Und du, Vince? Läuft's in der Beziehung? Schulden, ansteckende Krankheiten, sonstige Geheimnisse, vielleicht noch eben schnell vor dem Essen, hmmm?« Danke, Melanie. Auf der Linie gerettet.

Katja bringt das Essen und das entkrampft. Vor allem mich. Eigentlich nur Nudeln mit einer Thunfischsoße, aber weil es so simpel ist, sehr schwer hinzukriegen. Weil ich den ganzen Tag nichts runterbekommen habe, bin ich jetzt tatsächlich hungrig und kann mich auf das Essen konzentrieren. Zwischendurch suche ich Melanies Augen wie die rettenden Rücklichter eines vorausfahrenden

Autos bei starkem Regen auf der Autobahn bei Nacht. Vielleicht ein unromantisches Bild, aber ich bin schließlich heute Abend Busfahrer. Unsere Blicke treffen sich tatsächlich. Katja ist abgebrochene Sportstudentin und schlägt sich als Fitnesstrainerin durch. Das heißt, sie peinigt figurfrustrierte Männer und Frauen mit einer Mischung aus Aerobic und Kick-Boxen. Weil mir Melanies Blicke Auftrieb geben, bekenne ich mich als Bewegungslegastheniker, dem die Schrittfolgen in einem solchen Kurs zu viel waren. Tatsächlich war ich mir mit Thorsten damals einig, dass es sich um »schwules Gehopse« handelt und wir das ehrliche Eisenbiegen vorziehen. Das scheint hier fehl am Platz, zumal Vince moderner Jazztanz zuzutrauen ist.

»Siehst du diesen David noch?«, will Melanie wissen. Die anderen beiden offenbar auch, denn sie essen langsamer und fixieren Katja. Ihre Stimme wird noch ein bisschen tiefer.

»Und wenn ich tropfen würde wie ein Kieslaster, den übersehe ich«, kommt von Katja. Ich memoriere diesen Satz und bin noch ein bisschen entspannter, weil ich die Vertrautheit nicht mehr länger störe. Nach der üppigen, wenn auch etwas klumpigen Schokocreme zum Nachtisch gibt Clara bekannt, dass sie jetzt wohl auf einen Brechdurchfall hoffen muss, um in diesem Sommer nochmal einen Badeanzug tragen zu dürfen. Vince erzählt, dass er im nächsten Karneval als Hetero gehen will. »An was hattest du da genauer gedacht?«, will ich wissen. »Bisschen busfahrermäßig, dachte ich.« Mir fällt auf, dass er eine Augenbraue separat hochziehen kann. Dass er mittlerweile nur noch mild spöttelnd grinst, schmeichelt mir. »Also Schnauzbart, Tennissocken und weiße Slipper, vielleicht hast du ja was für mich.«

Clara arbeitet als Kunstlehrerin. Drei Jahre haben schon gereicht, um sie komplett zu demoralisieren. Weil sie den Rotwein trinkt wie andere Bier, geraten ihre Geschichten aus der Schule etwas länglich. Als sie sich aufs Klo verabschiedet, habe ich den Eindruck, dass sie jeden zweiten Tag heulend vor der Klasse zusammenbricht und ansonsten nur niederträchtige Erdkundelehrer als Kollegen aushalten muss. Schade, dass ich nicht von Satschewski erzählen kann. Melanie kann den müde gewordenen Vince und die sich professionell stretchende Katja noch einmal zu voller Konzentration bannen, als sie von einem Zimmermädchen erzählt, die es angeblich für Geld mit Gästen macht. »Kann ich nicht glauben«, sage ich. »Ich werde sie dir zeigen«, sagt sie mit einem keinen Widerspruch duldenden, vorgereckten Zeigefinger. Ich bin hellwach, weil das für mich ein bedeutender Brückenkopf in die Zukunft ist. Auch wenn ihr mittlerweile die Augen etwas glasig geworden sind.

Ich überlege, ob es nicht angezeigt wäre, als Erster zu gehen. Aber ehe ich zu Ende gedacht habe, liegen Katja und Clara in ihren Zimmern und Vinces Taxifahrer hat geklingelt. »Guck mal nach den weißen Slippern«, sagt er und verabschiedet sich mit einem Kniff in den Nacken.

Wir sind tatsächlich allein, ich fasse es nicht.

»Und?«, fragt Melanie und leckt den großen Löffel aus der Schokocremeschüssel ab.

»Nett«, sage ich.

»Sie sind nicht nett. Katja ist manchmal krass, Clara das Leiden Christi und Vince einfach nur schamlos.«

»Aber es ist okay.«

Sie nickt und guckt mich sehr intensiv an.

»Hat es geschmeckt?«, fragt sie.

Ich nicke. Mein kleiner Ekel vor den Schokoklümpchen ist Mädchenkram.

»Also dann: Woher kennst du mich?«

Nach einer Flasche Rotwein ist Autofahren verboten, aber das Gedächtnis scheint leider noch prima zu funktionieren, jedenfalls bei ihr.

»Ich bin kein Reisebusfahrer.«

»Aha.« Pokerface.

»Ich mag aber auch nicht über meinen Job reden.«

»Sehr geheimnisvoll.«

Kein verräterisches Mienenspiel, vielleicht ein besorgter Blick.

»Ist das wichtig?«

»Was?«

»Dass ich sage, was ich mache?«

»Nö, höchstens interessant.«

Wir schweigen. Haben wir jetzt eine Schramme? Oder einen richtigen Riss? War es das? Ich sag es dann wohl mal, das Nötige.

»Ist spät. Ich glaube, ich gehe dann auch.«

»Gleich. Ich will dir noch was zeigen. In meinem Zimmer.«

Oha. Jetzt dreht sich das Karussell beinahe wieder so schnell wie vor der Haustür. Ich höre Bernie heute Nachmittag lachen: »Es gibt noch was Schlimmeres als mit Mutti.« Aber er hat sich geirrt, ich merke was.

Sie scharrt mit den Füßen unter dem Tisch nach ihren Birkenstock-Schlappen und findet sie nicht. Geht also barfuß los. Ich folge und komme mir wieder vor wie ein hechelnder Rottweiler, der in übertriebener Vorfreude kaum an der Leine zu halten ist.

Ihr Zimmer ist recht nüchtern. Ich erkenne einen Kleiderschrank, ein großes Bett. Den Ikea-Container für

151

Schmutzwäsche, der wohl das wahre Symbol unserer Generation ist. Jetzt schaltet sie ein kleines Licht an und ich erkenne, was der größte Luxus in ihrem Zimmer ist.

»Na und, hast du Lust?«, fragt sie mit leicht spöttischer Miene und zeigt auf ihre Carrerabahn in einer Ausstattung für Fortgeschrittene. Das »Anfassenwollen« ist stärker als die Enttäuschung, dass wir so schnell nicht unsere Bauchnabel gegenseitig abtasten werden. Ich knie mich hin und versuche, das Mercedes-Modell losfahren zu lassen. Sie steht an ihren Kleiderschrank gelehnt. Der Mercedes will sich nicht bewegen. »Wo ist denn der Schalter, damit es losgeht?«, frage ich mit glucksender Vorfreude. Sie antwortet nicht. »Melanie, das muss man doch irgendwo einschalten können?«

»Du musst beruflich manchmal knien, stimmt's?« Ich mag mich jetzt nicht zu ihr hindrehen, denn ihre Stimme klingt jetzt ganz anders. Aber ich muss. Ihr Gesicht ist völlig verändert. Maskenhaft. Ich sehe in ihre feuchten Augen.

»Ich wusste doch, dass ich dich schon mal gesehen habe. Jetzt weiß ich, wann. Das ist fast nicht auszuhalten.« Ich schließe die Augen.

»Geh bitte. Geh sofort, und wenn du mir einen Gefallen tun willst, dann sag einfach nichts.« Sie verschwindet aus dem Zimmer.

Ich stehe auf und der Rücken schmerzt dabei plötzlich schwer erträglich. Kein Danke, keine Verabschiedung, denn wenn ich sie wäre, würde ich von mir auch nichts mehr hören wollen. Nie mehr.

19

»Willst du essen, Jungchen?«

Ich schüttele den Kopf.

»Bier?«

Ändert auch nichts mehr, also her damit. Ich nicke.

Zwei Armlängen rechts von mir schmatzt ein Dicker am »Taxiteller«. Zwei große Stücke paniertes Fleisch, drei Spiegeleier und Bratkartoffeln. Auf Lenas ganz spezielle Art zubereitet: Sie kocht oder brät ihre Gerichte scheinbar nicht, sie ölt alles ein. Ehe ich jemals eine Gallenspiegelung vornehmen lasse, werde ich Lenas »Taxiteller« bestellen. Denn den verarbeitet nur eine bestens funktionierende Gallenblase. Dem Schrecken des Essens steht die Einrichtung in nichts nach. Der Tresen in sargbraunem Holzimitat. Licht nur so viel, wie die gelben Scheiben in den gusseisernen Hängelampen freigeben. Ich setze mich niemals direkt unter eine dieser Lampen, weil ich fürchte, dass sie sich von der Decke löst und mein Schädel so wenig Chancen hätte wie das Ei gegen das Frühstücksmesser. Im Falle eines solchen Lampenunfalls würde zwar mein matschiger Kopf auf den Tresen klatschen. Das wäre aber wahrscheinlich für Lena immer noch kein Grund, aus der Ruhe zu geraten. »Die Frau hat viel gesehen«, sagen andere verschleiernd über Leute wie die Gastwirtin Lena. Was sie alles gesehen und gehört hat, möchte man besser gar nicht wissen. Jedem Polizisten, Feuerwehrmann und Sanitäter ist klar, dass man in den frühen Morgenstunden nicht wegen Notfällen zu Lena fährt, sondern wegen Schicksalsschlägen. Bei vielen, die nach ein, zwei Uhr noch bei Lena sitzen, ist im Leben so viel schief gelaufen, dass sie am liebsten über das Wetter reden. Oder Fußball. Ein paar Werbeheinis hatten »Bei Lena« kurzfristig zu einer so genannten »Kult-Kneipe« erklärt. Weil Fußball mal eine Zeit chic war, haben sich also die Werbefuzzis an einem Champions-League-Abend vor Lenas Großbildfernseher gepflanzt, dabei aber übersehen, dass der »Aschentonnen-Tiger« kein »Reserviert«-Schildchen aufstellt, aber dennoch einen festen Stammplatz hat. Es kam, in der Werbersprache ausgedrückt, zu einem kurzen »Meeting«. Der »Tiger« eröffnete das Gespräch mit dem knackigen Satz »Da sitz ich«. Die Kontroverse mit den anfänglich widerspenstigen Werbern entschied der ehemalige nordwestdeutsche Meister im Halbschwergewicht durch ein paar geschmeidige Ohrfeigen für sich. Als Souvenir dieses Abends liegt in Lenas Regal noch ein »Prada«-Brillenetui, das beim hastigen Abmarsch der »Kreativen« liegen geblieben ist. Lena genießt übrigens das Privileg, den »Aschentonnen-Tiger« mit seinem tatsächlichen Vornamen, Karl-Heinz, ansprechen zu dürfen. Seine Bilderbuchkarriere macht ihn zum Prototyp des menschlichen Inventars bei »Lena«. Erfolgloser, von Frauen ausgenommener Berufsboxer, als Boxen noch keinen Deutschen wirklich reich gemacht hat. Dann Tankstellenbesitzer. Anschließend Knast, weil er die Tankstelle für erhoffte Versicherungskohle selbst angesteckt hat. Danach Aufpasser im Puff. Aufmüpfigen Freier halb tot geschlagen, wieder Knast. Heute Fahrer von Dixi-Klos. Trinkt am liebsten Kakao, den ihm Lena liebevoll mit Sprühsahne verziert.

Wegen ihr bin ich in dieser Nacht hier. Sie strahlt aus, dass alles gut wird. Obwohl sie davon eigentlich nicht überzeugt sein kann, wenn sie sich selbst betrachtet.

Nacht für Nacht steht sie in ihrer dunklen Kaschemme. So lange, bis der Schwarzafrikaner kommt, der bei ihr sauber macht. Was bedeutet, dass er den »Schankraum« mit einem Schlauch ausspritzt. Ihr Deutsch hat sie von irgendwelchen Vorfahren mit dem unverwechselbaren Akzent ihrer kalten Heimat gelernt. Ist aber auch nicht wichtig. Denn Lenas milde Fürsorge gibt es nur für diejenigen, die sich an die Regel »Kein Gequatsche« halten. Unter Gequatsche fallen Lebenskrisen aller Art. Geldsorgen, Frau/Mann abgehauen, Job verloren, davon will sie nichts hören. Sie mag plaudern. Und zwar nicht mit dem Vokabular der Grobiane um sie herum. »Mann von Brauerei ist nicht nett« kann zum Beispiel die Eröffnung eines Gesprächs mit Lena sein. Eigentlich geht es dann um ein Riesenarschloch, der sie ständig unter Druck setzt, ihren Bierverkauf zu erhöhen. Wir haben eben unsere Erwartung ausgetauscht, dass der Sommer wohl warm wird. Das war es.

Mehr wüsste ich auch nicht zu erzählen. Klar, wir könnten darüber reden, dass das Bier gerade auf Schokocreme läuft, mit der meine Magensäure immer noch kämpft. Und wie prima alles war, als ich mich beinahe mit Vince mit der hochgezogenen Augenbraue befreundet habe. Mittlerweile glaube ich aber gar nicht mehr, dass es diese Stimmung gab. Den Blickkontakt, ihr selbstverständliches Warten, dass die anderen abhauen und wir alleine sein können. Die bunten Lichter, die sich bei mir sofort gedreht haben, als sie mich in ihr Zimmer gebeten hat. Das gibt es alles nicht mehr. Die einzige gültige Erinnerung ist die an ihren Ausdruck im Gesicht, als ich vor der doofen Carrerabahn kniete. Blankes Entsetzen, als sei ich der Teufel oder der Sensenmann, jedenfalls der Verantwortliche, der den finalen Propfen in eine

Herzader ihrer Mutter gestopft hat. Soll ich anrufen und mich entschuldigen? Für was? Dass ich sie belogen habe oder dass ich ihre Mutter nicht retten konnte? Soll ich ihr dann sagen, dass ich sowieso alleine niemanden retten kann und dass die Wiederbelebung allermeistens Show ist?

Dass wir das Herzmassagen-Spektakel und die Medikament-Artillerie nur abziehen, damit wir nicht tatenlos wirken? Und dass wir froh sind, den Moment rauszögern zu können, bis wir den Zuguckern die Wahrheit sagen? Ich möchte nicht nach Hause, weil da neben meiner Zahnbürste dieses teure Duftwasser steht, mit dem ich mir vor weniger als zwölf Stunden Hoffnung aufgesprüht habe. Auf was habe ich eigentlich gehofft?

Denke an Rockmusiker-Interviews. An die zwei Sorten von Rockmusikern. Die, die in ihrem eigenen Erbrochenen tot aufgefunden werden, und die, die das Auffinden in ihrem eigenen Erbrochenen überleben. Und dann Jahre später sagen, dass sie damals »ganz unten« waren. Ohne dieses »ganz unten« hätte es niemals den richtigen Höhepunkt ihrer Karriere geben können, versichern die dann. Weil sie nämlich irgendwann eine Frau getroffen haben, die ihnen Kinder geboren, sie von makrobiotischer Ernährung überzeugt und wahnsinnig viel Freiraum fürs Komponieren gelassen hat. Nehmen wir an, jetzt, 4.47 Uhr bei Lena, ist »ganz unten«, wohin könnte es denn dann raufgehen, wenn man beruflich nicht komponiert? Andererseits hilft es auch nichts, wenn ich mich jetzt zum Sterben in mein eigenes Erbrochenes lege. Merkt ja keiner.

20

Was hat die alte Frau gedacht, als sie sich diese Eulenfigur für den Balkon gekauft hat? Hat sie sich vorgestellt, dass sie es auf ihrem Balkon schön haben könnte? Oder war es ein Geschenk von lieben Verwandten, als die letztes Jahr Weihnachten in dieser schrecklichen Wohnung ihren Pflichtbesuch durchlitten haben? Jedenfalls hat sich irgendwann irgendwer die Mühe gemacht, dieses spüleimergroße Ton-Monster in den vierten Stock geschleppt und eine Pflanze in den Kopf der Eule gesetzt. Ein Liegestuhl hätte schon vor der Figur nicht komplett auf diesen Balkon gepasst. Aber es ist ja auch kein Vergnügen, über einer sechsspurigen Straße zu liegen. Die Blume in der Eule ist längst eingegangen und die alte Frau beneidet offensichtlich die tote Pflanze.

»Welcher Wochentag ist heute?« Bernie rattert die Routinefragen runter und hat sichtbar keinen Bock.

Die Frau schüttelt den Kopf. Sagt nichts, presst nur trotzig die Lippen aufeinander, als wolle sie sagen: Egal, wie lange ihr mich foltert, ich verrate nichts.

»Geht es Ihnen schlecht?«, fragt Bernie.

Die Frage erübrigt sich. Der Gerichtsvollzieher hat in der Wohnung gelassen, was er dalassen muss. Also das übliche Ensemble. Einen großen Fernseher. Ohne Ton sehen wir gerade, wie die SAT-1-Domina Sonja Zietlow mit einer Verbissenheit im Gesicht, dass eigentlich ihre Maske bröckeln müsste, ein Daily-Talk-Opfer verbal peitscht. Einen Couchtisch mit der obligatorischen Hülsenmaschine für Selbstmach-Zigaretten. Eine fleckige

157

Couch, auf der die alte Frau in einem siffigen rosa Frottee-Bademantel sitzt. Zwischen den nikotingelben Fingern hält sie ganz ruhig eine Zigarette. Die Ruhe verdankt sie der Flasche zu ihren Füßen. Ein Weinbrand, der selbst bei äußerer Anwendung vermutlich noch wehtut. Die Frau schwört auf diese Marke, wie die leeren Flaschen an den Seiten des Sofas beweisen.

»Warum haben Sie uns angerufen?«, frage ich.

»Hab dich nicht angerufen«, motzt sie.

»Nicht mich persönlich. Aber warum haben Sie 112 angerufen?« Sie schüttelt wieder den Kopf.

»Wenn Sie uns nicht sagen, was Ihnen fehlt, können wir Ihnen nicht helfen.« Mich nervt meine eigene Stimme bei solchen Sätzen. Der gleiche Nörgel-Tonfall, den Spät-Hippie-Väter anschlagen, wenn sie ihre missratenen Waldorf-Kinder zu bändigen versuchen: »Johannes, wenn du nicht aufhörst, mit dem Stein zu hauen, ist der Hamster gleich noch toter.« So ungefähr.

»Mein Kollege hat Recht. Wenn Sie uns nicht sagen, was Ihnen wehtut, dann müssen wir wieder fahren.« Bernie klingt entschlossener, mit einer Spur von »Raus mit der Sprache, Alte«.

»Mein Mann«, krächzt die Frau und nimmt einen tiefen Lungenzug.

»Was ist mit Ihrem Mann?«

»Der is' bekloppt.«

»Aha, wo ist denn Ihr Mann?«, will ich gerechtfertigterweise wissen und bete, dass der nicht schon ein paar Tage tot im Schlafzimmer liegt und wir da jetzt hingehen müssen.

»Der is' total bekloppt.«

Stimmt ja, dieser süßliche Gestank in der Bude, das müssen ja nicht die Achseln der Alten sein.

»Sagen Sie uns doch bitte, wo Ihr Mann ist.« Bernie würde am liebsten fahren.

»In der Küche, der kocht wieder Knochen aus, für die Hunde.«

Na, herzlichen Glückwunsch. Die Hunde. Zwei verlotterte Bestien, die sich schon freuen, dass sie uns gleich aus der signalroten Pelle knabbern dürfen.

»Wo sind denn die Hunde? Sind die bei Ihrem Mann in der Küche?«, will ich in ganz eigenem Interesse wissen.

»Haben doch gar keine Hunde«, zischt die Alte.

»Aber Ihr Mann macht denen doch was zu fressen ...«

»Der is' doch auch bekloppt, total bekloppt is' der«, schreit sie jetzt. »Stecken Se den inne Jacke und dann ab mit dem.«

Wir ziehen uns in den Flur zurück. Wir sehen drei geschlossene Türen. Von irgendwoher kommen Geräusche. Die sind allerdings nicht zuzuordnen, denn der Straßenlärm, der durch die geöffnete Balkontür hereinrauscht, dominiert alles. Bernie versucht trotzdem, an der Tür zu lauschen. Wahrscheinlich erinnert er sich auch an Schamhaar Schneiders Missgeschick mit dem Rottweiler. Schneider hatte in seinem üblichen Übereifer eine Wohnungstür eingetreten, weil die Nachbarn Seufzer und Ächzen aus der Wohnung gehört haben wollten. Hinter der Tür wartete aber kein schwer kranker Mensch, sondern ein ausgehungerter Rottweiler. Bilanz dieser Aktion: Rottweiler tot und Schneider drei Wochen im Krankenhaus. Er musste den Hund mit dem Medikamentenkoffer erschlagen, weil der sich in seinem Oberschenkel festgebissen hatte. »Dandy« hieß der Hund, wie wir später erfahren haben. Der Besitzer war in einen Kurzurlaub gefahren und hatte den Köter einfach zurückgelassen. Das hat ihn aber nicht abgehalten, unseren Laden auf Schadensersatz für »Dandy« zu verklagen und außerdem Schmerzensgeld zu verlangen, weil er doch seinen Hund so geliebt habe. Schneider ließ sich in seinem Krankenzimmer als Held feiern. »Der wollte mir an den Sack, die gehen dir immer gleich zwischen die Beine«, hat er sich hinterher als Hundekenner ausgegeben. Vielleicht ist es also auch Angst um seinen Schwanz, wenn Bernie jetzt so intensiv horcht, als seien wir ein Spezialkommando der Polizei, das eine Entführung unblutig zu Ende bringen möchte. Weil er es wahrscheinlich so ähnlich in Filmen gesehen hat, stößt Bernie die ausgewählte Tür hastig auf, geht aber nicht rein, sondern sucht Schutz hinter dem Türrahmen auf der Flurseite des Geschehens. Die Tür scheppert gegen einen Kühlschrank oder ein ähnliches Großgerät, aber keine Hunde. Auch keine Schüsse. Stattdessen schwadet uns süßlich-fieser Dampf entgegen. In der Küche steht ein älterer, sehr dünner Mann mit strähnigen Haaren. Besonders auffällig ist sein Vorbiss. Seine mächtige obere Zahnleiste ist beinahe auffälliger als die Riesenbrille, die den oberen Teil seines Gesichtes wie eine Skibrille bedeckt.

Der Stinkdampf kommt aus zwei großen Töpfen, in denen sich weich gekochtes faseriges Fleisch zu einem Brei entwickelt hat, aus dem weiße Knochen aufragen.

Der Mann reißt in regelmäßigen Abständen den Mund weit auf, als sei er außer Atem oder wolle schreien. Stattdessen sagt er mit speichelstarker Stimme:

»Hab ich schon bezahlt.«

»Was haben Sie bezahlt?« Bernies Gesicht ist wieder nicht zu lesen. Man könnte meinen, er sei wirklich hier, um für das Nachbarschaftsfest zu sammeln.

»Meinen Gewerkschaftsbeitrag, alles bezahlt, 38 Jahre – immer IG Metall.« Das Bekenntnis zu seiner Gewerkschaft schreit er.

»Dann ist ja gut«, sage ich und achte darauf, durch den Mund zu atmen. Denn auf dem Küchentisch stehen acht bunte Näpfe mit verwesendem Fleisch, die nicht unbedingt duften.

»Wie geht's dem Heinz-Werner, den muss ich mal anrufen?«, will der Mann wissen und rührt wieder in dem Brei.

»Och, gut geht's dem«, antwortet Bernie.

»Dann ist ja gut, mir geht's auch gut, kannst du ihm sagen.« Er hat sich jetzt ganz von uns abgewendet und will uns damit wohl klarmachen, dass er jetzt keine Zeit mehr hat, über Heinz-Werner zu plaudern, er hat zu tun.

»Dürfen wir mal Ihr Telefon benutzen?«, fragt Bernie.

»Ja, ja. Sag ihm, mir geht's gut, ist alles gut, ich ruf zurück, konnte nicht, wegen der Hunde«, gibt er zur Antwort.

Bernie nickt mit dem Kopf in die Richtung der beiden anderen Türen. Im Schlafzimmer noch mehr Näpfe. Weil das Fenster offen steht, stinkt das Fleisch nicht so stark wie auf dem Küchentisch. Im Badezimmer kein Licht. Menschlicher Gestank, das Licht funktioniert nicht und die beiden Alten finden im Dunkeln die Spülung nicht.

Bernie telefoniert mit dem Landeskrankenhaus für Psychiatrie. Die werden vorbeikommen und sich ein Bild machen, bevor sie die Zwangseinweisung für beide beantragen. Wird mindestens vier Wochen dauern. Wir stellen eine Nachttischlampe aus dem Schlafzimmer in das Badezimmer und spülen. Bernie atmet schwer und würgt zwischendurch ein wenig. Ich reibe mir in solchen Fällen immer ein bisschen Brustsalbe für Bronchitis unter die Nase und atme den Mentholdunst.

Wir verschwinden grußlos und sprechen auch auf der Rückfahrt zuerst nichts.

Dann Bernie: »War toll, oder?«

»Das Fleisch war hardcore.«

»Ich meine deinen Liebesabend bei der Supermaus-Angehörigen.«

Ich winke ab.

»Ach, so toll war's? Habt ihr ein bisschen über ihre Mutter gesprochen? Oder hat dir eine ihrer Mitbewohnerinnen letztlich besser gefallen?«

»Morgen, okay? Ich erzähle es dir morgen. Ich will jetzt duschen und abhauen.«

Korrekt wäre der komplette Satz: Ich will jetzt duschen, abhauen und zu Uta fahren. Meine Oma fand sie schließlich nett und ich brauche Ablenkung. Einen Abend zu Hause oder womöglich ein paar Bier mit Thorsten sind mir ein Gräuel. Entweder ich höre Sandra beim Vögeln zu oder Thorsten, wie er übers Viel-Vögeln spricht. Wenn es gut läuft, kann Uta ein echter Trost sein. Heute würde es mir auch gar nichts ausmachen, über mein Medizin-Studium zu reden oder über ein Eigenheim. Irgendwas hübsch Abwegiges, weit weg von der Realität. Utas Körper sollte allerdings heute Abend eine sehr reale Rolle spielen.

21

Uta ist schön, ohne jeden Zweifel. Unterschiedlich schön, zu den verschiedenen Tageszeiten. Wenn sie morgens aus dem Bad kommt, könnte man glauben, sie habe die Augen mitgeduscht. Noch frischer, noch dunkelbrauner als ohnehin schon. Morgens lächelt sie zart, mittags lacht sie laut, kraftvoll, mit dem ganzen Gesicht und vielen weißen Zähnen.

Abends braucht sie Luft. Schuhe und Strümpfe würde sie am liebsten schon im Hausflur von sich werfen, Hose aus und Bluse auf. Eine Haut wie warme Milch. Das französische Model Laetitia Casta hat die makellose Üppigkeit ihres Busens einmal mit der guten Butter ihrer Heimat, der Normandie, erklärt. Utas Brust muss sich auf ein noch besseres Milchprodukt zurückführen lassen. Wenn sie nach Hause kommt, muss sie zuerst etwas essen. Sie ist eine tolle Köchin, dennoch habe ich nie so viel Bestell-Pizza gegessen wie in meiner Zeit mit Uta. Denn wenn sie halb nackt anfing, Tomaten zu schneiden, konnte und wollte ich mich nicht mehr auf das Dressing konzentrieren.

Ihre Heißhungerattacken haben in ihrer Plötzlichkeit viel von der Durchschlagskraft einer ernst zu nehmenden Naturkatastrophe wie einer Windhose oder eines Erdbebens. Zum Glück entwickelt sich ihre Lust ähnlich rasant. Wir haben es deswegen oft schon in ihrer kleinen, fensterlosen Küchennische gemacht und erst wieder aufgehört, wenn der Pizzabote drei, vier Stunden später klingelte.

Uta ist nach dem Sex wieder schön, wieder auf eine

andere Weise. Sie liegt dann nicht auf dem Bett, sie ergießt sich darüber, als sei sie durch einen satten Höhepunkt gewachsen und könne ihre Arme und Beine viel länger strecken als sonst. Sie lacht dann heiser, denn sie war vorher längere Zeit sehr laut. In solchen Momenten habe ich anfangs den Schraubstock vergessen, in den sie eingezwängt ist. Auf der einen Seite drückt ihr behämmerter Vater, der penetrant vom »Ticken der biologischen Uhr« quatscht und fast gleichzeitig davon schwafelt, wie schnell sie ihr ganzes Leben wegschmeißen kann, wenn sie sich einen Verlierertypen aussucht. Verlierer oder Gewinner bestimmt er nach Zahlen, also dem Jahreseinkommen. Jeder unter 150 000 Euro muss schon einen aristokratischen Stammbaum vorzeigen können oder einen Golfclub-Präsidenten zum Papa haben, also irgendwann gut erben. Auf der anderen Seite pressen die Freundinnen. Die nach Utas Meinung mehr von der Welt mitbekommen, weil sie studiert haben und als erfolgreiche Trockenpflaumen mit wichtigen Gesichtern zu sehr wichtigen Gesprächen durch Deutschland oder sogar Europa reisen. Die mehr Sprachen sprechen als Uta, schickere Klamotten tragen können als die Krankenschwester Uta und die es in einigen Fällen sogar schaffen, ein hastig geborenes Kind zwischendurch bei einer Kinderfrau abzuwerfen.

Am Anfang war ich traurig, als ich mitbekommen habe, dass Uta tatsächlich einen Kredit aufnimmt, um ihren Geburtstag mit Champagner und Cateringservice so auszurichten, wie es diese Frauen gewohnt sind, die nicht von einem Krankenschwestertaschengeld leben müssen. Irgendwann war ich so ärgerlich, dass ich am liebsten meinen Kollegen Satschewski mit drei Dosen mexikanischem Feuertopf bestellt hätte.

Als ich einfach ohne sie nach Paris gefahren bin, waren wir im Großen und Ganzen schon durch mit unserer Geschichte. Die Reise hatte sich eigentlich schon erledigt, als sie an einem Sonntagvormittag fragte, ob man das Hotel nicht eventuell »upgraden« könne, eine »Freundin« habe ihr da so »einen süßen Tipp« gegeben.

Uta ist auch heute schön. Eigentlich schöner denn je. Sie ist von der Sonne angeknuspert. »Ein paar Tage auf Sylt«, sagt sie. Ich verkneife mir die Frage, ob sie für die paar Tage auf Sylt wieder nett zu Herrn Büge sein musste. Ihr Bank-Fredi, für den sie schon die schlimmsten Schicksalsschläge erfunden hat, damit sie ihren Dispo bis über jede Schmerzgrenze hinaus strapazieren darf. Herr Büge hat sich offenbar noch nie gewundert, dass privates Unglück in Utas Fall immer wahnsinnig teuer ist. Sie hat sich wohl aber noch nicht in ihrem Lügengespinst verheddert. Könnte ja passieren, dass Herr Büge fragt, wie es denn der Oma geht, für die Uta nur mit mehr Dispo den Umzug ins Altenheim bezahlen konnte. Oder der armen Tante in Kanada, die Uta gelegentlich besuchen fliegen muss, weil sie doch so krank ist. Natürlich nicht billig, diese Interkontinentalflüge. Ich erinnere mich an einen üblen Streit. Wir wollten ins Kino, sie fand aber meine Klamotten zu billig. Ich war unnötig gereizt und höre mich noch sagen: »Dafür muss ich nicht das Ding vom Sparkassenmann in den Mund nehmen.« War natürlich nichts mit Kino.

Heute Abend wird das hier auch nichts. Als ich reinkam, habe ich es nochmal ganz kurz gespürt. Ein kleiner Gruß der Geilheit aus der Vergangenheit. Ihr nussiger Geruch, die braune Haut, das makellose Dekolleté. Ihr Lachen, das immer so übermütig wirkt, als würde sie gleich den Kopf in den Nacken werfen, weil sie es vor lauter Heiterkeit gar nicht aushalten kann. Alles sehr schön. Aber total vorbei. Ich sehe die ausladenden Pastateller, die selbstverständlich luxuriös aussehen, nach wirklich edlem Porzellan. Aber ich kann nur an den Preis denken und an Uta, die sich krumm machen muss. Das Essen ist toll, aber sie schaufelt nicht wie früher. Damals habe ich überlegt, ob es für Uta nicht besser wäre, mit einer kleinen Schaufel zu essen, mit der Kinder am Strand Burgen bauen. Ihre Ankündigung »Ich habe wahnsinnig Hunger« war definitiv genau so gemeint, am Tisch spielte sich Wahnsinn ab. Besser als Kinderschaufel wäre noch, wenn sie gleich mit den Händen essen würde, habe ich früher gedacht. Die Phantasie, wie Uta mit ihren langen, schlanken Fingern im Essen wühlt und sich dabei wonnig beschmiert, hat mich dann restlos scharf gemacht. Heute eckige Bewegungen mit Messer und Gabel, perfekt einstudiert. Wer hat das wohl unterrichtet? Die kerzengerade Haltung, die Gabel zum Mund, nicht der Mund zur Gabel? Na klar, der Ekel-Papa.

Sie ist verkrampft, ich bin wahrscheinlich verkrampfter. Warum sitze ich hier? Der Rotwein, der mich an Melanies WG-Tisch lässig gemacht hat, zeigt überhaupt keine Wirkung. Eigentlich habe ich auch nichts zu erzählen. Sie weiß, was Rettungssanitäter tun, und sie kennt sich als voll ausgebildete und permanent weitergebildete Krankenschwester besser aus. Es gibt eigentlich nur eine Geschichte, die ich anzubieten habe. Aber ob Uta das hören will?

»Ich habe eine Frau kennen gelernt.«

»Glückwunsch.«

»Nein, ich hab's verbockt.«

»Kein Wunder. Soll ich sie anrufen und ihr erzählen,

dass sie aufpassen muss, wenn du mit ihr nach Paris möchtest?«

Ich erzähle ihr die Geschichte. Die Unterhosen-Episode lasse ich raus, den Reisebusfahrer auch. Ich erzähle von der WG, einem wirklich tollen Abend und dem Fiasko am Schluss. Sie sagt nichts. Trinkt einen so mächtigen Schluck Rotwein, dass ich darauf warte, wie sie anfängt zu husten, weil es einfach zu viel war. Sie hustet nicht, sagt nichts.

»Und?«, frage ich.

Sie zuckt mit den Achseln und ihre Augen werden feucht. Bitte nicht heulen. Warum denn heulen?

»Was du mir da erzählt hast, ist total geschmacklos«, sagt sie mit überraschend fester Stimme, aber etwas leise.

Jetzt rollt die befürchtete erste Träne ihre Wange hinunter, trotzdem wendet sie den Blick nicht von mir ab.

Ich will aufstehen und sie umarmen. Trösten, wenn ich auch nicht weiß, warum. Sie bedeutet mir, sitzen zu bleiben.

»Und es ist im Übrigen auch geschmacklos, dass du mir die ganze Sache erzählst. Warum muss ich das wissen, dass es dich echt aus den Socken gehauen hat? Oder dass du mittlerweile vielleicht sogar so wahllos, so schmerzfrei bist, dass du sogar eine Frau anbaggerst, die neben der Leiche ihrer Mutter steht?«

»Viele Leute lernen sich in unpassenden Momenten kennen.« Zugegebenermaßen eine sehr matte Erwiderung. Ich kann ihrem Blick nicht standhalten.

»Aber das ist nicht unpassend, das ist einfach widerlich. Und diese ganzen Lügen.« Sie schnauzt nicht, sie spricht beinahe einfühlsam. Weint immer noch und schüttelt ungläubig den Kopf.

»Aber das ist dein Bier, Gunnar. Mir geht's darum, was

du hier willst. Ich will nicht deine Beichtschwester sein. Dazu habe ich hier zu lange den Blues geschoben, nachdem du dich vom Acker gemacht hast.« Sie schneuzt sich und es macht den Eindruck eines finalen Schneuzens, so als sollten sie ihre Tränen nicht bei ihrer sachlich, aber scharf vorgetragenen Anklage stören.

»Wie ist das für dich? Einfach so in ein Leben reinmarschieren und dann, wenn es ein bisschen anstrengend wird, tschüss. So geht das doch, oder?«

Ich kratze durch meine Bartstoppeln am Kinn, weil ich mir einbilde, das würde mir eine nachdenkliche Note geben. Aber mir fällt zu Utas Frage nichts ein. So, wie sie es sagt, war es nicht, denn es klingt fies. Ich war nicht der, den sie wollte, wäre die taktische, die vorgeschobene Antwort. Habe ich schon in Filmen gehört und von Männerfreunden, die auch keinen Bock auf die jeweilige Frau mehr hatten.

»Du weißt fast nichts über diese Frau. Du weißt ganz sicher, dass ihre Mutter vor kurzem gestorben ist. Das hindert dich aber nicht, dir ordentlich was zusammenzuphantasieren. Was wahrscheinlich wenig damit zu tun hat, wie sie wirklich ist. Wenn du merkst, dass sie logischerweise anders ist, als du sie dir vorgestellt hast, bist du schon wieder auf dem Abmarsch. Und gehst dann, so wie heute Abend, zu irgendeiner ausgemusterten Alten, damit sie was tut?«

»Ich weiß nicht, warum ich es dir erzählt habe, war wohl falsch.« Ich sehe sie an, habe aber das Gefühl, dass meine Augen so komisch flackern.

»Du wolltest wohl auf den Arm oder vielleicht mit mir nochmal hübsch in die Kiste, weil das so schön tröstet.«

Ich sage nichts, sie macht weiter.

»Und wenn ich ehrlich bin, waren da sehr schöne Erinnerungen, als ich gekocht habe, das hat mich regelrecht angemacht, Gunnar. Aber ich glaube, dass ich selten so wenig Lust auf dich hatte wie jetzt in diesem Moment. Und wenn ich darüber nachdenke, warum du wohl gekommen bist, dann wird mir übel.«

Soll ich jetzt alles abstreiten? Wir schweigen. Sie rollt immer wieder ihre Stoffserviette um ihren Finger. Wahnsinnig zähflüssiges Schweigen. Ich stehe auf, greife nach meiner Jacke und gehe zur Tür. Sie geht mir nach. An der Tür treffen wir uns, stehen uns wortlos gegenüber. Eigentlich will ich sie nur auf die Wange küssen, treffe aber ihren Mund. Sie küsst mich heftig zurück, wunderschöner, bitterer Kuss.

Sie löst sich abrupt von mir, macht die Tür auf. Ich bin kaum raus, da fällt die Tür hinter mir zu. »Die will dich nicht wiedersehen und du willst sie nicht wiedersehen.« Bernies Lehrsatz für trauernde Angehörige passt schon wieder. Arme Uta und armseliges Arschloch, das zum Tröstenlassen vorbeigeht. Als wäre alles noch nicht ätzend genug, ist um Viertel nach zwei noch Licht in unserer Wohnung. Bitte keine bösen, aufdeckenden Fragen mehr, sonst koche ich auch bald für meine Hunde.

22

Das ist nicht mehr einfach nur Zugluft in unserer Wohnung, das ist Wind. Typisch für Sandra, wenn sie sich einen durchzieht. Sie rechnet dann geradezu hysterisch mit einer sofortigen Polizeirazzia in unserer Wohnung und reißt alle verfügbaren Fenster auf. Weil sie nach dem Kiffen gerne mal in einen Bärenschlaf fällt, verpennt sie dann auch heftigste Schauer. Seit ein von ihr gnädig hereingelassener Wolkenbruch meine Anlage geflutet hat, steht nichts Elektronisches mehr in der Nähe meines Fensters. Vermutlich hat sie sich mit dem Zopf-Penner ordentlich zugedröhnt und die beiden massieren sich mit diesem Öl, das so gerne harzige Flecken auf dem Sofa hinterlässt.

Jetzt nur rasch Tür zu und in mein Zimmer. Aber Pustekuchen. Sie ruft meinen Namen aus dem Wohnzimmer.

»Ich bin echt müde, ich muss ins Bett, Nacht«, rufe ich zurück.

»Kannst du mal kommen?« Sie klingt so kläglich. Bitte nicht. Jetzt kein ermüdendes, selbstmitleidiges Referat über Basti und seine charakterlichen Schwächen, von denen ich auch ohne weitere Erwähnung total überzeugt bin. Er ist ein egoistischer, schmarotzender Heckenpenner und ich gewinne nichts, wenn Sandra das mit ihrer psychologischen Halbbildung als »soziale Insuffizienz mit bindungsschwachem Vereinzelungsdefekt« benennt. Diese Vokabeln fallen ihr zugekifft verblüffenderweise immer besser ein, als wenn sie vor einer Prüfungskommission sitzt. Mit Joint in die Prüfung, heißt das für mich.

Offenbar hat sie aber gar nichts geraucht. Denn vor ihr steht eine Kanne Tee auf dem Stövchen, und von Tee und Gras in Kombination muss sie nach eigener Aussage brechen. Aber sie hat geweint.

»Was denn?«, frage ich, denn jede sanfte Formulierung würde bedeuten, dass ich mich neben sie setzen, sie in den Arm nehmen und mir den ganzen Müll anhören muss.

»Ich ... ich ...«, stammelt sie. Offenbar ist Zopf-Basti HIV-positiv, denn so dramatisch war sie selten. Also doch besser setzen, wenn dieses Stottern andauert, muss ich mich gar nicht mehr hinlegen. Probieren wir es mal wachsweich. So sanft wie möglich, sie labert ihren Kram runter, ein kräftiges »Du hast völlig Recht, er ist ein Arsch« von mir, kleiner Gute-Nacht-Kuss und das vage Versprechen »Lass uns morgen nochmal reden«. Zwei Minuten später liege ich im Bett.

»Es ist was mit deiner Oma passiert.«

Kolbenfresser. Wenn sich ein Kolbenfresser bemerkbar macht, gibt es ein sehr hässliches Geräusch und der Motor steht still, die Fahrt ist unmittelbar beendet. So habe ich das jedenfalls erlebt und so ist es jetzt. Das innere Zittern setzt ein. Kenne ich. Will aber nicht wissen, woher. Jetzt nicht. Wenn ich jetzt den Mund aufmache, kann ich dann was sagen? Kommt dann ein Geräusch oder kommt dann wieder nichts? Es ist ganz kalt. Aber ich zittere nicht. Sie spricht ganz leise weiter.

»Sie wussten noch nicht genau, was es ist. Aber wahrscheinlich ein Herzinfarkt, sie haben unsere Nummer in ihrem Portemonnaie gefunden ...«

»Ist ... ist ...«, sage ich. Krächzend, als müsste ich

171

nach einer Mandeloperation sprechen. Sie sieht mich ängstlich an und ihr rollt eine Träne die Wange herunter. Sie schüttelt den Kopf und beißt sich auf die Unterlippe.

»Sie ist nicht tot. Aber sie ist wohl bewusstlos. Sie liegt im Thomas-Morus-Krankenhaus auf der Intensivstation.« Jetzt nimmt sie mich in den Arm und drückt mich an sich. Sie riecht gut und es ist warm in ihren Armen. »Ich komme mit, wenn du möchtest«, sagt sie leise. Ich möchte, ich möchte unbedingt.

Herzinfarkt. Atemnot, blaue Lippen, Sauerstoffunterversorgung, absterbendes Gewebe am Herzmuskel. Ausstrahlender Schmerz in die Schulter, Vernichtungsangst mit Schreien oder Stille. Dann schwerer Herzinfarkt, hochkonzentrierter Arztblick auf das EKG, bitte keinen Dauerton, bitte kein gleichmäßiges Fiepen. Herzstillstand. Dann nicht »Auf Wiedersehen« sagen. Einfach gehen. Ohne der Frau »Auf Wiedersehen« gesagt zu haben? Die immer so meckernd lacht, wenn sie in einen Loseimer greift? Die nach Kokosmilch riecht, weil die Lotion oft für 4.99 im Angebot ist, aber auf ihrer Haut einen teuren, nur für sie hergestellten Eindruck macht? Nicht »Auf Wiedersehen« zu den kleinen Härchen auf der Wange, die mich immer an einen gut geratenen Pfirsich denken lassen?

Bitte nicht wieder vor dieser Kiste sitzen. Wie der 15-Jährige, der stocksteif in der ersten Reihe der Trauerhalle vor diesen zwei Kisten gesessen hat. Ich bin nicht mehr dieser 15-Jährige und meine Oma raucht doch nicht. Gefäßverengung vor allem durch Nikotin oder fettreiche Ernährung verursachen Herzinfarkt oder Schlaganfall. Jeden Morgen Möhrensaft, jeden Morgen trinkt meine Oma den, und keine Butter, schon seit Jahren nicht. Die Frau mit dem verrückten Fleischkoch, die will doch nicht mehr, warum nicht die?

Ich nehme die falsche Einfahrt, aber wir sind kein Liegendtransport. Vor dem Krankenhaus nimmt Sandra meine Hand. Das lässt mich sicher gehen, warum macht die plötzlich alles richtig?

Blau, natürlich Blau. Intensivstation, blaues Hemd, blaue Hosen.

Beate, steht auf dem Clowngesicht aus Holz, das sie an ihrem blauen Hemd trägt. Zweimal nachts kurz gesehen. Danke, Beate, dass du nicht sagst: »Dich kenne ich doch« oder irgendwas ganz Lässiges. Beate sagt nur: »Morgen.« Ringe unter den Augen, scheißhelles Krankenhauslicht, Rauchatem, ganz frisch, gerade ausgedrückt.

Ich: »Zu Frau Büttner, Elfriede Büttner.«

Sandra lässt meine Hand nicht los, weiter festhalten, bitte.

Beate: »Bist du Angehöriger?«

Ich nicke. Sie guckt flüchtig prüfend zu Sandra. »Meine Freundin«, sage ich.

Ich bin jetzt Angehöriger. Und ich möchte auf die Knie. Zum Betteln.

Es ist zehn vor fünf am frühen Morgen, wir sitzen auf der Besucherbank vor der Intensivstation und warten darauf, dass die Behandlungen abgeschlossen werden. Dann können wir meine Oma sehen, hat der Schnösel-Doktor versprochen, der sich für seine Nachtdienste tatsächlich die Haare gelt. Jede Wette, dass dieser Typ Schwestern schikaniert, wo er nur kann, er ist bei »Trivial Pursuit« ein extrem schlechter Verlierer und er tut sich beim Essen immer als Erster auf. Aber ich liebe ihn. Denn er hat uns vor etwa einer Stunde erklärt, was einen leichteren Herzinfarkt von einem schweren unterscheidet und warum meine Großmutter höchstwahrscheinlich aus diesem

Krankenhaus in eine Kur, aber eben nicht in die Kühlraumschublade im Keller der Klinik kommt.

»Mehr als ein Warnschuss, aber sie wird noch Zeit haben, sich darüber viele Gedanken zu machen«, hat er gesagt.

Natürlich hatte er mit dem Verlauf des Herzinfarkts wenig zu tun, aber ich sah am Ende seiner Durchsage meine rechte Hand auf seine Schulter klopfen. Sein Blick war schwer zuzuordnen, allerdings deutlich genug, um von einer Umarmung abzusehen, die ich zwischenzeitlich durchaus auch erwogen hatte.

Sandra wollte sich umarmen lassen. Bestimmt zehn Minuten lang. Sie zerstörte das Schweigen. »Dein Glied ist steif geworden, du Sau.«

Sandra und ich sagen immer nur »Glied«, seit wir mit 16 gemeinsam in dem DDR-Aufklärungs-Klassiker »Denkst du schon an Liebe?« gelesen haben, ein Geburtstagsgeschenk von Sandras Zonen-Tante. Dort war von »Vatis Glied« die Rede. Wir kannten für das Ding nur Sammelumkleide-Vokabeln, längst nicht so drollig wie »Glied«. Allerdings hatten wir in dem Buch nach »griechisch« gesucht. Obwohl die DDR ja eine Vögelvolksrepublik gewesen sein soll, kein Wort über dieses Vorgehen.

Damals war mir nichts, heute eigentlich alles peinlich, wenn zwischen uns das Thema Sex aufkam. Überraschenderweise löste sie die Umarmung aber nicht.

»Das ist mein Dank«, murmelte ich.

»Dann sollte ich wohl ganz schnell ›Keine Ursache‹ sagen, damit du dich nicht in das Bedanken reinsteigerst, Burschi.«

»Aber ich sehne mich nach Liebe …«

Sie lag sehr entspannt in meinen Armen, den Kopf so

auf der Schulter abgelegt, dass sie mir direkt ins Ohr sprechen konnte.

»Du spielst nur mit meinen Gefühlen.« Wieder einer unserer Klassiker. Standard, seit wir zusammen »Denver-Clan« geguckt und versucht haben, die nächste Dialogzeile zu raten.

»Außerdem wird Vatis Glied nicht auf einem Krankenhausflur in Mutti eindringen«, sagt sie und pustet mir sachte ins Ohr, weil sie wahrscheinlich ahnt, dass meine Ohrinnenhaare schwerste erogene Zonen sind. Oder weil es bei Zopf-Basti ganz ähnlich ist.

»Selber Sau«, sage ich, ohne loslassen zu wollen.

»Wir setzen uns da drüben auf die Bank und ich erzähle dir, warum ich wirklich ein Schwein bin.«

»Musst du nicht, Sandra, musst du wirklich nicht beweisen, weiß ich alles schon.«

Ich versuche, alle ihre Liebhaber aufzuzählen, die ich durch die Nachbarwand so genau mitbekommen habe, als wäre ich mit im Spiel. Die Harmloseren waren die, die ich nicht auch noch persönlich begrüßen musste. Den Hechler, der mehr nach Asthma als nach allem anderen klang. Den Flucher. Ein Typ, der mit einer sehr hellen Stimme immer Sachen rief wie: »Ach, du heilige Scheiße«, oder »O verdammt, ist das geil.«

Sandra zuckt nur gelegentlich genießerisch mit der Augenbraue. So wie Klaus Fischer, wenn man ihn an sein legendäres Fallrückziehertor erinnert. Das ärgert mich. Etwas Schamesröte wäre mir sehr recht. Also hole ich den schwarzen Schweiger raus. Von dem Mann habe ich in der ganzen Nacht keinen Mucks gehört. Aber dass Sandra Besuch hatte, war unverkennbar. Denn sie war schockierend laut. Am liebsten wäre ich geflohen, wenn nicht dieser Brechdurchfall gewesen wäre. Wir begegneten uns,

175

als ich gerade aus dem Bad kam. Was habe ich den Typ um seine definierte Muskulatur beneidet. Fast schon scharfkantig, als sei er aus dunklen Legosteinen zusammengebaut.

»Zwischendurch hatte ich Angst um dich, meine Liebe, so laut warst du. Aber wie peinlich klischeehaft, dass es gerade ein schwarzer Mann sein musste. Warum hast du den denn eigentlich mitgenommen, wo du doch so viel Wert auf gute Gespräche legst?«

Teilerfolg, sie wird ein bisschen rot und spricht jetzt mehr mit sich.

»Christoph aus Köln. Bankkaufmann, habe ich bei einem Messejob getroffen. Hatte beim Essen ungefähr zehn Sätze, davon acht über sein neues Auto. Außerdem hat er einen großen Salat gegessen, dabei aber die Zwiebeln und die Tomaten auf zwei separate Haufen geschichtet, weil er sie nicht mochte. Trotzdem war … irgendwie war … es war einfach geil.« Zweifellos, denn sie gackert beinahe beim Nachschmecken dieser Kölner Köstlichkeit.

»Es ist mir nicht direkt peinlich, dass du so viel gehört hast, zumal ich Gestöhne gehört habe, als du gar keinen Besuch hattest …«

Teufel. Dabei hatte ich die Filme immer so leise laufen lassen, dass ich selbst fast nichts mehr verstanden habe. Mit Kopfhörer solche Dinger zu gucken, wäre mir dann aber nicht behandelbar gestört vorgekommen.

»… aber was mich stört, ist …«

»Dass ich dich nicht auch dabei sehen konnte? Weil du bestimmt toll ausgesehen hast?«

»Schwachsinn. Was mich jetzt stört, ist, dass ich manchmal wollte, dass du es hörst.«

Ist das jetzt eine totale Frechheit oder am Ende ein

Kompliment oder eine Art von Liebeserklärung? Ich habe keinen Schimmer, wie ich reagieren soll. Würde schon gerne fragen, aber es scheint dann kompliziert zu werden. Also nehmen wir die Umfahrung, zum Glück habe ich um diese Uhrzeit kein Problem, eine einfältige Frage zu stellen.

»Bist du am Wochenende zu Hause?«

»Weiß ich nicht. Aber ich wollte, dass du mich hörst, während ich mit den Typen schlafe, und ich frage mich gerade, warum.«

»Weil es dich angemacht hat. Viele Leute finden es noch schärfer, wenn es Zeugen gibt.«

»Nein, glaub mir, wenn du diesem Kölner an den Hintern fasst, dann macht das genug an. Mann, was für ein Knackarsch.«

Ich zucke die Achseln und bin mit meinem Hintern zufrieden, auch wenn der hier gerade kein Thema ist.

»Ich glaube, es war Rache oder Eifersucht oder Frust über dich«, setzt sie nach.

»Verstehe ich nicht.« Aber ich ahne dies und das.

»Glaubst du nicht, wir hätten vielleicht eine Chance gehabt? Wir gemeinsam, als Dings, meine ich.«

»Als Dings vielleicht, als Paar nicht, wenn du das meinst. Wir dingsen doch schon ein paar Jahre ganz gut zusammen.« Immerhin schmunzelt sie über das Wahnsinns-Wortspiel.

»Ich war mal richtig in dich verliebt«, sagt sie und guckt mir dabei direkt in die Augen. Ihr Gesicht ist ganz weich, sie sieht rosig aus, als wäre sie gerade von einem Winterspaziergang wieder ins Haus gekommen.

Wenn das anatomisch möglich ist, vibriert meine obere Magenwand und macht es dadurch sehr warm. Als würde ich innen gestreichelt. Mörder-Achterbahn in ein paar

177

Stunden. Zuerst Uta, die mich für einen verkorksten Ego-manen hält, der in Sachen Einfühlungsvermögen mittler-weile total bankrott ist. Jetzt Charme von Sandra. An sich schon überraschend genug, aber vor allem überra-schend wirkunsgvoll.

»Wann und warum?« Zu leise meine Frage, aber we-nigstens nicht gekiekst. Ich will es nochmal lauter versu-chen und sage: »Wieso denn?«

Sie erzählt von der Rom-Reise: Hatte ich eigentlich als mittelschwere Katastrophe abgebucht. Zuerst eine elend lange Zugfahrt in einem Liegewagen, der mir wie eine Fritteuse vorgekommen ist. Dann das Hotel »Europa« hinter dem Bahnhof Roma termini. Auf den Schirm der Nachttischlampe, die wahrscheinlich die Geburt Musso-linis bezeugt hat, habe ich meinen Namen gekratzt. In den harzigen Schmutz auf dem Lampenschirm. Durchge-schimmelter Duschvorhang, ein moosiger Pelz unten über der gekachelten Fußleiste, den wir nur deswegen nicht genau sehen konnten, weil das Fenster kaum Licht reingelassen hat. Ging zu einem Hinterhof raus, in dem Ratten gerne Tanzabende veranstalten. Mit kaltem Buf-fet für die Tanzenden wegen der überquellenden Müll-tonnen.

Mit Beginn des dritten Tages hat Sandra das Bett nicht mehr verlassen. Windpocken. Weil ich mich an eine ähn-liche Geschichte aus der Zeitung erinnern konnte, habe ich ihr erzählt, eine Ratte sei womöglich reingehuscht und habe durch einen kleinen Biss die Pest übertragen. Sie hat geheult wie ein Schlosshund, obwohl ich sie ei-gentlich aufheitern wollte. An welcher Stelle konnte sie sich da in mich verlieben?

Die Reise war tatsächlich eine Schnapsidee. Wir hat-ten fast ein Jahr nichts voneinander gehört. Auf dem fünfjährigen Abi-Jubiläum haben wir uns wiedergetroffen und uns dann gemeinsam den Kopf abgeschraubt. Mit schwerer Zunge erzählte sie, dass ihr Freund in zwei Wochen von einem Auslandssemester in San Diego zurückkommen würde, und bis dahin müsse sie entschieden haben, ob sie mit ihm zusammenziehen will oder nicht. Sie könne aber keine Entscheidung treffen, ehe sie Gianluca nicht gesehen habe. Gianluca war ein Spieler des AS Rom. Den Nachnamen habe ich vergessen, Sandra sprach aber auch nur von Gianluca. An der Theke habe ich dann verlangsamt, aber pathetisch gemeint, die Hand zum Schwur gehoben: Ich würde dafür sorgen, dass sie ihren Gianluca zu sehen bekäme, und deswegen müssten wir uns gemeinsam auf den Weg nach Rom machen.

»Wie hieß dieser Gianluca nochmal mit Nachnamen, Sandra?«

»Welcher Gianluca?«

»Der Fußballspieler, wegen dem wir nach Rom gefahren sind.«

»Wovon redest du?«

»An was erinnerst du dich denn, wenn du an Rom denkst, außer dass du vier Tage mit Pusteln im Bett gelegen und dein Blut gekocht hast?«

»An den Hügel, von dem man über die Stadt gucken kann. Dass wir da bestimmt zwei Stunden standen, ohne ein Wort zu sagen, bis das Licht weg war. Dass du plötzlich verschwunden warst. Dann bist du wieder aufgetaucht und hast mir total schüchtern eine Schneekugel hingehalten, in der der Papst mit ausgebreiteten Armen steht. Und dann hast du gesagt, dass ich mich vor Männern mit Mützen in Acht nehmen soll. In dem Moment habe ich mich in dich verliebt, daran erinnere ich mich.«

Sie sieht mir wieder ganz direkt in die Augen, sodass ich dem Blick nicht standhalten kann.

An den Moment kann ich mich allerdings auch erinnern. Sie hatte die ganze Zeit nichts gesagt und ich war sicher, sie sei gefrustet, weil sie nicht mit ihrem Freund in dieser sauromantischen Stimmung auf diesem Berg stehen kann. Oder mit Gianluca, der aber wohl doch nicht so wichtig war.

»Warum hast du denn nichts gesagt?«

Sie schüttelt den Kopf. »Das fragst du jetzt nicht wirklich? Weil es Momente gibt, in denen man einfach nichts sagt, da ist die Sache entweder klar oder nicht.«

Ich überlege, was sie hätte sagen sollen oder können. Was wäre ihr Text gewesen?

»Ich kenne keinen Film, jedenfalls keine große Heulschnulze, in der sich Frau und Mann darüber unterhalten, dass es gerade ganz schwer knistert, bevor sie sich küssen. Oder hast du meinetwegen in ›Vom Winde verweht‹ so eine Stelle schon mal mitbekommen? Dass Scarlett zu Rhett sagt: ›Hey, Rhett, wir stehen hier gerade so prächtig vor einer geilen Südstaatenvilla, lass uns mal ordentlich die Zungen zusammenstecken‹?«

Nein, habe ich nicht mitbekommen.

Ich sehe die Bilder unseres gemeinsamen Films vor mir ablaufen. Das erste Klingeln an der Tür des schicken Bungalows ihrer Architekteneltern. Ich mit Lederschlips, sie mit viel zu viel Wimperntusche und einer verunglückten New-Wave-Frisur. Gemeinsames Referat über den Zustand der Nordsee. Sie heulend auf ihrer Couch in ihrem riesigen Jugendzimmer, Liebeskummer. Ich in rotem Pullover und dunkelblauer Hose, weil sie mal irgendwann gesagt hat, sie würde diese Kombination mögen. Sie mit den Spickzetteln auf dem Männerklo während des schriftlichen Bio-Abis, in dem ich ohne diese Hilfe chancenlos geblieben wäre. Silvester nach dem Abi in dem Haus ihrer Eltern. Akkordeon-Gabi stützt sich im Arbeitszimmer ihres Vaters auf der Schreibtischkante ab, ich stehe mit runtergelassener Hose hinter ihr, und es ist klar, was wir machen, als Sandra reinkommt. Sie will Schauspielerin werden, ich begleite sie zur Aufnahmeprüfung nach Berlin, wir wohnen bei meiner Tante Inge und stürzen mit ihr gemeinsam mit Wodka so sehr ab, dass Sandra die Prüfung verpennt. Sie im dritten Semester, arbeitet in einer Cocktail-Bar und wird von einer Hure wegen eines Missverständnisses total verprügelt. Ich besuche sie jeden Tag im Krankenhaus. Ihr Vater stirbt, sie sagt: »Er war ein Arsch«, und ich bin entsetzt. Bei der Beerdigung krallt sie sich in meine Hand, dass es wehtut. Und immer wieder Typen. Tim, Sebastian, Hauke, ein Andreas löst tatsächlich einen anderen Gleichnamigen ab. Ein Simon sagt mir bei einem Konzert, sie habe erzählt, ich sei für sie nur ein kleiner, doofer Bruder. Deswegen hatten wir vor dem fünfjährigen Abi-Treffen diese Sendepause. Ich besuche sie in Nizza während ihres Auslandssemesters. Finde ihren Jerome ausnahmsweise mal nett, weil der für mich deutsch radebrecht. Sie will bei ihm bleiben, er gesteht, er sei bi, sie probiert es mit Toleranz. Nach sechs Wochen hole ich sie mit dem Auto ab, weil sie nicht weiß, wie sie die zusammengekauften Kleinmöbel nach Hause bringen soll. Wir brauchen vier Tage, weil uns die Achse bricht, und beschließen, dass wir eigentlich auch zusammenwohnen können. Der Einzug war so anstrengend, dass abends zwei Bier ausgereicht haben, um uns zum Torkeln zu bringen. Wir haben vor dem Haus in dieser Nacht ausprobiert, wie kalt sich Straßenasphalt anfühlt, wenn man nur in der Unterhose draupliegt.

»Ich habe mich noch nie vor dir geekelt, weißt du das?«

»Wow, Gunnar. Das ist das Schönste, was mir jemals ein Mann gesagt hat, könntest du mir das in ein Kissen sticken?«

»Das finde ich wichtig. Ich stand dabei, als du in einen Tunnel gekotzt hast, ich habe dir beim Pinkeln zusehen müssen, weil du Angst hattest, irgendjemand würde auf diesem dunklen belgischen Rastplatz aus dem Gebüsch springen, ich habe dich auch schon gewaschen, als du dir in deinem Kleidchen eine Lungenentzündung geholt hattest ...«

»Du hast nur deinen Job gemacht, es muss ja auch Vorteile haben, wenn man mit einer Krankenschwester zusammenlebt, die im Stehen pinkelt.«

Sie hat ihre Bluse einen Knopf weiter aufgemacht, um mit der Hand ihre Schulter direkt massieren zu können. Ich würde das gerne machen. Sie kann perfekt leise lächeln, die Mundwinkel gehen nur ein kleines Stück nach oben.

»Denkst du auch ans Dingsen?«, fragt sie. Prickelhitze auf den Armen, am Hals, vor allem im Gesicht, wie mit Rheumasalbe eingeschmiert.

Die Tür der Station geht auf. Der gegelte Arzt kommt raus und zeigt auf mich. »Sie können jetzt zu Ihrer Großmutter.«

Manche Situationen sind in Fernsehserien oder im Film gut getroffen. Zum Beispiel die Szene »Angehörige vor dem Krankenhausbett eines geliebten Verwandten«. Piepsende Geräte, die ich nach meinem Intensivstation-Praktikum alle erklären könnte, aber mir ist jetzt nicht nach Schlaumeierei. Das große Sprossenfenster hinter dem Bett stammt aus der Zeit, als es noch Krankensäle gab. Draußen ist es schon fast ganz hell. Wie immer an solchen Tagen ist es logischerweise bewölkt, als wäre das Wetter die Bühnenbildabteilung für Schicksalstage.

In dem Technikbett wirkt meine kleine, schlafende Oma unvollkommen. Nach den verschiedenen Fernbedienungen zu urteilen, kann das Bett tolle Sachen, sehr viel mehr als nur rauf und runter. Ich stelle mir den Ingenieur vor, der klagend mault: »Ich habe ein perfektes Bett gebaut, ein total raffiniertes Krankenhausbett, das so viel kostet wie ein Porsche, und ihr legt mir eine alte Frau rein, die noch nicht mal ihre Zähne drin hat.«

Durch die Infusionsschläuche werden Beruhigungsmittel laufen, hochwirksame Herzmedikamente und Schmerzmittel. Das Aufwachen wird sich dreimal so schlimm anfühlen wie ein ganz böser Kater. Ich möchte mich sofort neben sie legen. Der Rausschmiss bei Melanie ist Jahre her. Sandras kühle, feste Hand greift nach meiner. In diesem fahlen, gedimmten Licht sehen ihre Augenringe aus wie eingegraben. Ich gebe meiner Oma einen Kuss, nicke Sandra zu und wir fahren in unsere gemeinsame Wohnung.

Verkrustetes Blut. Die ganze Zimmerdecke ist voll davon. Nein, das stimmt nicht. Diese Decke ist rot gestrichen und ich kenne diesen Anblick. Ich war nämlich gegen dieses Rot. Aber Sandra ließ sich nicht beirren. Sie wollte Rot. Es sei schließlich ihr Zimmer, und Farbenpsychologie sei in ihrem Fall Quatsch, es mache sie nicht aggressiv. Es ist zu meiner Verblüffung angenehm, nackt zu schlafen, ich wäre jetzt aber aus anderen Gründen gerne nicht nackt. Neben mir liegt Sandra und sie ist auch nackt. Von ihr geht ein ganz leicht blumiger Duft aus. Neben ihrem offenen Mund ist ein kleiner nasser Fleck auf dem Kissen zu sehen. Zum Glück schläft sie noch. Wir haben schon häufiger in einem Bett übernachtet, allerdings noch nie in unserer gemeinsamen Wohnung. Und das andere haben wir auch noch nie gemacht. Was wir da gemacht haben, hieß in der Jugendzeitschrift, die ich nur als Phantasiebeschleuniger gekauft habe, immer Petting. Ein selten dämlicher Begriff. Klingt nach einem Ort in Oberbayern, wie Penzing oder Obereiglfing, und ist ähnlich sexy. Sandra und ich haben auch noch schlechtes Petting gemacht, weil keiner von uns beiden auch nur ansatzweise den Spaß hatte, den wir vorgetäuscht haben. Krampf war das, nur Krampf zwischen zwei Routiniers.

Mal abgesehen davon, dass sich Sandras feste Brüste gigantisch anfühlen und sie nackt noch schöner ist, als ich in Erinnerung hatte.

Im Krankenhaus hätte ich über sie herfallen mögen. Weil da alles richtig war, vor allem richtig aufregend. Am Ende der Fahrt war dann nur ganz wenig falsch, aber dennoch alles kaputt.

»Da passt du rein«, kam ziemlich scharf von ihr, als ich an einer Parklücke vorbeifuhr. Lächerlich eigentlich, eine Kleinigkeit. Aber die plötzliche Schärfe in ihrem Ton, das Schulmeisternde. Hier die Frau, die alles Lebenspraktische im Griff hat, da der dumme Junge, der selbst bei Parklücken Hilfe braucht. Ihre entsetzlich klare Ordnung in den Dingen. Wenn es schicksalhaft wird, also Oma fast tot, Mutter krank oder Freund weggelaufen, dann lehnt sie sich an, wird schmusig, schmachtet und albert durch Dirty-Talk. Im Alltag zieht sie die klare Kante. Kein Wort zu viel, stramme Ansagen, sanft ist überflüssig.

Mir gruselt, weil das wohl Szenen einer Ehe oder schlimmer: Szenen aller Ehen sind. Heute Morgen kam aber dann der alles zerstörende Gedanke: Melanie wäre nicht so. Keine Ahnung, wie die sich in der Nähe viel versprechender Parklücken verhalten würde. Aber allein die Tatsache, dass ich nicht weiß, was sie machen würde, lässt sie in diesem Moment wieder Lichtjahre attraktiver erscheinen als Sandra. Kein Zweifel, die Nacht hat bewiesen, dass sie eine gute, eine sehr gute Freundin ist. Aber eben nicht mehr. Der Rest war Geilheit und weil davon noch etwas übrig war, sind wir ins Bett gegangen. Ich lasse auch nicht gerne ein halb volles Bier stehen, selbst wenn beim Öffnen schon viel danebengegangen ist.

Auf dem Weg zur Dusche bedaure ich, dass ich noch nachts in der Wache angerufen habe, um mir frei zu nehmen. Jetzt komme ich an dem gemeinsamen Frühstück nicht vorbei. Ein »Wir müssen reden«-Frühstück. Eigentlich Quatsch. Wenn ich ehrlich wäre, würde ich über die Parklücke reden, nicht über das übermüdete Gefummel.

Ich nehme die Kaffeekanne aus der Maschine und schrecke plötzlich zusammen, der Kaffee schwappt über die Arbeitsplatte. Sie hat mich in den Nacken geküsst.

Ich drehe mich abrupt zu ihr um.

»Haust du mir jetzt eine rein?«, fragt sie lächelnd.

»Entschuldige, ich hatte nicht damit gerechnet, ich habe dich nicht gehört, deswegen ... Guten Morgen.«

»Wenn du deine Nerven jetzt im Griff hast, würde ich dir jetzt langsam näher kommen und würde dir ...« Sie küsst mich auf den Mund, ich stütze mich auf der Arbeitsplatte ab. Sie schmeckt nach ihrer Zahncreme aus dem Biomarkt. Also letztendlich wie die Schrumpelmöhren aus dem Regal im selben Laden, mit etwas Minze.

»Das hatten wir heute schon mal besser, aber du bist vielleicht nicht der Schnellste, wir können das gleich ja noch einmal probieren.«

Au weia, ein mächtiges Problem bahnt sich an. Das kann ihr doch nicht wirklich gefallen haben.

»Seit wann schnarchst du eigentlich, Gunnar?«

»Ich schnarche nicht.«

»Vielleicht nur, wenn es dir vor dem Einschlafen recht gut ging, ein befriedigtes Schnarchen vielleicht.«

»Keine Ahnung. Konntest du denn trotzdem gut schlafen?«

»Danke, bestens. Ist bei dir alles in Ordnung?«

»Klar, wieso nicht, alles bestens.«

»Weil du da hockst, als müsstest du Mutti gleich beichten, dass es mit der Versetzung mal wieder gar nichts wird.«

»Nein, nein. Ich denk nur viel an meine Oma.« Scheiß-Lüge, obwohl ich heute Morgen durchaus schon an sie gedacht habe. Sandra rutscht näher ran, zieht meinen Kopf auf ihre Schulter. »Wenn du willst, können wir heute den Tag zusammen verbringen. Ich kann den Uni-Kram echt liegen lassen.« Nein, bitte nicht. Ich löse mich von ihr.

»Das geht bei mir nicht. Ich muss nach dem Krankenhaus nochmal bei der Arbeit vorbei.« Undurchsichtiger Blick von ihr. Jetzt muss was kommen von mir, sonst haben wir hier in null Komma nix ein Beziehungsgespräch nach zwölf Stunden Beziehung, die ich so nie wollte.

»Aber ich könnte für dich heute Abend kochen, wenn du magst.«

Sofortiges Aufhellen der gegnerischen Miene, Ziel vorerst erreicht.

»Das ist auch gut.« Sie lehnt sich auf dem Stuhl zurück, streckt die Arme nach oben aus. »Mir ist so komisch zumute. Meinst du, wir können uns noch kurz im Bett weiter unterhalten, oder musst du sofort los?«

Unter keinen Umständen wieder ins Bett. Jetzt küsse ich sie auf den Mund. »Tut mir Leid, ich muss leider gehen. Wir sehen uns heute Abend.«

Sie küsst heftig zurück und ich habe jetzt schon einen Klumpen im Bauch. Keinen Schimmer, wie ich das glatt ziehen soll. Erst einmal raus hier.

23

»Der wollte sich echt den Kopf absägen.«

»Was wollte der?«

Ich stehe an der überdachten Einfahrt für Liegendkranke. Meine Oma darf gerade die Visite erleben und ich nutze die Gelegenheit, um zu gucken, ob Kollegen da sind. Nur zwei Feuerwehrleute, die ich mal bei einem Brand in der Ballerburg getroffen habe. Beide eher unangenehm, Typen, die eine halbe Stunde mit der »Praline« oder »Coupé« auf dem Klo verschwinden. Feuerwehrleute hassen den Rettungsdienst. Viel zu viel Schlepperei, zig Einsätze in ihren 24-Stunden-Schichten. Auf dem Löschzug verlassen sie höchstens drei-, viermal das Gelände, brennt halt nicht so oft. Eine Katze auf dem Baum bringt oft immerhin ein Bild in der Zeitung. Ansonsten bleibt viel Zeit für Tischtennis oder das Geschraube am eigenen Auto auf den komfortablen Hebebühnen der Feuerwehrgarage. Und abends einen gepflegten Porno in der ungewaschenen Gruppe.

Sie stehen vor ihrem Auto, haben gerade abgeliefert. Beide von oben bis unten mit Blut verschmiert.

»Der wollte sich mit seiner Tischkreissäge den Kopf absägen. Hat sich aber so doof dem Sägeblatt genähert, dass sich die Schulter zuerst in dem Ding verfangen hat. Hat natürlich geschrien wie die Sau auf dem Spieß. Das hat dann seine Alte gehört«, erzählt der Schnauzbärtige der beiden.

»Eine Sauerei, mir ist die Suppe in die Schuhe gelaufen. Zu allem fähig, zu nix zu gebrauchen, der Vogel«, ergänzt der andere. Sieht sehr alt aus und riecht vor allem alles andere als abstinent. Angeblich laufen sehr wirkungsvolle Programme gegen die traditionelle Feuerwehr-Sauferei im Dienst.

»Du musst hier gut auf deine Oma aufpassen. Der doofe Uli arbeitet jetzt hier.«

»Im Ernst? Welche Station?«

»Angeblich Gynäkologie. Kann aber auch Stuss sein. Wär ihm ja zu wünschen, damit er mal eine Frau genauer angucken darf. Nichts für ungut, ich wünsch Hals- und Hodenbruch, bis die Tage.«

Der doofe Uli ist Legende unter allen, die in den letzten fünf Jahren in unserer Stadt gerettet haben. War in unserem Laden und hat uns ein schwer zu tilgendes Deppen-Image eingebracht. Er ist beim Rauchen in einem Krankenhaus von einem Balkon gefallen und wollte an einem Proteststand der »Falun Gong Sekte« chinesisches Essen kaufen. Was er Patienten durch Unbeholfenheit angetan hat, ist zum Glück unter der Decke geblieben.

Auf der Station meiner Oma ist er jedenfalls weit und breit nicht zu sehen. Und darüber bin ich sehr froh.

»Hast du meine Creme mitgebracht, Junge?«

»Ja, habe ich dir vorhin doch schon gesagt.«

»Das Essen hier ist schrecklich und dieser junge Satan, der die Tabletts bringt, hat entsetzliche Fingernägel.«

Der Zivi auf der Station trägt mehrere Piercing-Ringe in der Nase und hat sich die Haare schwarz gefärbt. Da meine Oma sich durch verschiedene reißerische Reportagen im Privatfernsehen als Expertin für Teufelskulte betrachtet, glaubt sie in dem Mann einen Teufelsjünger erkannt zu haben.

»Die Nonnen hier in diesem Krankenhaus hatten früher keine Ringe in der Nase«, motzt sie.

»Dafür bestimmt in den Brustwarzen«, antworte ich.

»Du solltest dich was schämen, Junge. Von wem du das nur hast?«

»Hast du jemals die Brüste der Nonnen gesehen?«

»Du hältst jetzt sofort den Mund. Wo ist denn nur ein solcher Flegel aus dir geworden?« Sie weiß selbst, dass sie für eine Herzinfarkt-Patientin viel zu laut ist.

Ich freue mich über den Erfolg meiner Strategie. Wenn ich sie auf die Palme kriegen kann, sind die Lebensgeister sehr wach. Eigentlich finde ich Krankenhausbesuche schrecklich. Die warme, trockene Luft macht müde. An den Nachtschränken wähne ich entweder eine Seuche oder eine hautschädigende Chemikalie, die die Krankenhausputztruppe gegen den Hospitalismus einsetzt.

Die Aufwallung hat meine Oma mehr Kraft gekostet als sonst. Es reicht nur noch fürs Fernsehen. Diese Vorabendserien sind ein Segen. Leben so echt wie in Legoland. Beim »Landarzt« fasst der böse Bauer in den Häcksler, der Onkel Doktor hilft mit einem Dreieckstuch und keine dreißig Minuten später ist aus dem bösen Bauern ein zutiefst sympathischer Einhändiger geworden. Da ich sowieso nichts zu verlieren habe, könnte ich heute Abend die Sätze aus dem Privatleben des Landarztes auf Sandra anwenden. Ich habe die Wahl zwischen »Das geht mir alles viel zu schnell« oder »Das ist so kein Leben für mich«. Das Tollste an den Serien ist, dass mit dem Einsetzen der auf dem Kinderklavier gespielten Abspannmusik alle Protagonisten sorgenfrei sind. Ich ziehe hier weg, ich will nach Deekelsen.

Ich gehe eigentlich gern zur Arbeit, wenn ich nicht arbeiten muss.

Rumsitzen ohne diesen Vorbehalt, also ohne möglichen Alarm. Wenn das Licht aufblinkt und die Sirene tutet, ist es garantiert nicht für mich. Heute mag ich es nicht. Dabei fehlt nichts. Permanenter Kaffeeduft in der Luft, weil ein Sanitäter letztlich nichts anderes ist als ein koffeinbetriebenes Trage-Aggregat. Diese leicht käsige Muffnote von Bestellpizza. Deswegen bin ich ja hier. Weil hier alles ist wie immer. Unsere Wache ist das ewige »Alles wie immer«. Gleichgültig, wie schmutzig, hässlich und dunkel alles war, was wir draußen gesehen haben, wir haben die Rückkehrgarantie und es wird zumindest nach Kaffee riechen. Heute funktioniert das aber nicht richtig. Weil ich hier wieder weg muss. Hier interessiert selbstverständlich keinen, dass zu Hause eine Frau auf mich wartet, die es jetzt mal mit ihrem langjährigen besten Freund probieren will. Wahrscheinlich total ernst gemeint.

Meine Oma ist seit der vergangenen Nacht auch ein Name in einem dieser Auftragsbücher. Die knallt der Beifahrer jeder Besatzung in den Pausen auf den Schreibtisch, weil ich keinen kenne, der Lust hat, diese nervigen Berichtsbögen zu schreiben. In diesen Bögen wird der Patient zum krankenversicherten Transportgut, also zu Geld. Ich habe in den Auftragsbüchern schon häufiger ein kleines Kreuz hinter dem Namen gemacht, ohne dass mich das groß interessiert hätte. Jetzt denke ich flau an ein kleines Kreuz, wenn ich mir vorstelle, dass irgendeine Intensivschwester bei mir anruft, weil es bei meiner Oma »zu einem sehr problematischen Therapieverlauf« gekommen ist.

Es ist vor allem aber nicht alles wie immer, weil ich diesen Notizzettel in der Hand halte. Den hat mir unser Telefonist Ede vorhin gegeben. Ede soll ein Legionärskumpel von unserem Chef sein. Hinlänglich tätowiert, knittriges Ledergesicht, sein Mund ist eigentlich nur ein Kaminloch, aus dem es ständig qualmt. Er spricht nur am Telefon. Wer an seinen Telefontisch tritt, bekommt nur Sprachstanzen serviert, die bei Ede in der Dauerschleife laufen. »Alles Scheiße, schrie der Fürst und das Volk jubelte und jauchzte« ist ein solcher Standard. Bei Privatanrufen von Frauen, die Ede nicht kennt, kommt der Slogan, den ich heute zu hören bekam: »Für Weiber gilt: Rauf, rein, runter, raus.«

Das Schönste an Ede ist seine Handschrift. Wie gestochen, gleichmäßig, ein bisschen altmodisch geschwungen. Auf meinem Zettel steht also in Schönschrift der Name »Melanie« und ihre Telefonnummer. Warum ruft die noch an? Vor allem: Warum hier? Vielleicht hat sie den Eindruck, sie habe mir vorgestern Abend nicht präzise genug klargemacht, in welch globalem Ausmaß ich ein Arschloch bin.

In der Tat, so ähnlich ist es wohl, wenn ich ihre Tonlage richtig deute.

»Ich wollte nur sagen, dass es mir Leid tut«, sagt sie.

»Mir auch«, meine hastige Reaktion.

»Nein, ich wollte sagen, dass es mir Leid tut, dich überhaupt eingeladen zu haben. Sag mir nur eins: Was genau wolltest du hier, sag es mir bitte, was wolltest du von mir, was?«

Was wollte ich? Mit ihr immer zusammen sein, die Morgenszene aus der Nescafé-au-lait-Werbung nachspielen, fest daran glauben, dass sie DIE Frau ist. Die Frau, nach der man sich keine Gedanken mehr machen muss, weil das Unaussprechliche so stark ist. Sie dafür feiern, dass sie eine Carrerabahn besitzt und dass abgetragene Birkenstock-Sandalen für sie gemacht sind, auch wenn sie manchmal rosa Stahlhelme trägt. Wollte ich das vielleicht?

»Dich kennen lernen.«

»Aha, mich kennen lernen. Weil du schon so wahnsinnig viel über mich wusstest, was dein Interesse wach gerüttelt hat. Was wusstest du denn von mir, außer dass du mir vielleicht unter den Rock gucken konntest, als du neben meiner toten Mutter gekniet hast, was wusstest du? Macht dich das an, wenn du Frauen mit verheulten Augen siehst, bringt dich das so richtig auf Touren, wie krank ist das, Mann, wie krank bist du denn?«

»Ich bin nicht schuld, dass deine Mutter gestorben ist.«

Sie sagt nichts. Ich bin nicht sicher, ob ich tatsächlich höre, dass sie die Nase hochzieht.

»Es macht mich auch nicht an, wenn ich heulende Frauen sehe.«

»Aber es ist dir egal, warum sie heulen. Hauptsache, es gibt ein paar ordentliche Titten.«

»Darum ging es nicht.«

»Worum dann?«

Wenn ich jetzt sage, dass ich etwas gespürt habe, ein besonderes Gefühl hatte, von dem ich selber nicht weiß, ob es nur Einbildung war, was bringt das? Soll ich ihr jetzt sagen, dass ich ihre Stimme sogar gerade in diesem Moment klasse finde. Obwohl sie diesen Guillotine-Tonfall hat. Soll ich sagen, dass es eine romantische Phantasie war, dass ich im Großen und Ganzen keinen Schimmer habe, worum es eigentlich geht? Ich will nicht, dass sie mich weiter auseinander schraubt. Also Kapitulation.

»Ich weiß es nicht.«

»Ist auch egal.« Sie ist jetzt recht leise, beinahe schon irritierend defensiv, nach der Attacke am Anfang. Vielleicht doch nochmal was erklären. Sie kommt mir zuvor.

»Ich kann dir nur sagen, dass ich schon viele Typen mit

193

einem echten Sockenschuss getroffen habe. Aber du bist in dieser Reihe der absolute Gipfel. Übrigens viele Grüße an deine Freundin, wenn du nach Hause kommst. Die hat mir netterweise diese Nummer gegeben.«

»Das ist nicht …« Schon aufgelegt.

Ich sitze vor dem Telefon und mir ist klar, dass ich wohl keine Chance hatte. Was macht sie jetzt, nachdem sie den Hörer aufgeknallt hat? Ede ist vorne sehr laut. Sehr laut sogar für seine Verhältnisse. Jetzt kommt er ins Zimmer und sieht schlechter gelaunt aus als sonst. »Onanieren macht schwerhörig«, bölkt er und ich habe auch diese Weisheit schon häufig aus seinem Mund gehört.

»Ja und?«

»Was glaubst, warum ich deinen Namen rufe? Da ist Telefon.«

Kleine Hoffnung. Sie fand sich zu rüde, wir sollten noch einmal unter vier Augen sprechen, sie hat gleich Zeit, wir treffen uns in einem Café in ihrer Nähe, ich weiß auch schon eins.

»Hallo, Thorsten hier, Alter, sitzt du?«

»Ja.«

»Die schicken mich nach London.«

»Wer ist die?«

»Die Chefs hier von meiner Kanzlei.«

»Ich dachte, du steigst da aus, weil die Ossis bescheißen?«

»Ja, aber wie du vielleicht weißt, liegt London im Westen.«

»Freut mich für dich, gratuliere.«

»Du musst aufpassen, dass du nicht zu hysterisch wirst beim Freuen, sonst fällt dir noch ein Bein ab.«

»Nein, freut mich echt. Wann geht's denn los?«

»Schon Mitte nächsten Monat.«

»Und was machst du da?«

»Weiß ich noch nicht genau, irgendwas Handelsrecht-mäßiges. Aber weißt du, wie das da abgeht? Feinstes Apartment mit Blick auf die Themse und der Chef zahlt fast drei Viertel der Miete. Nachtleben ohne Ende. Ein Kollege, den sie vor einem halben Jahr geschickt haben, ist jetzt mit einer Superbraut zusammen, die mal bei den Spice Girls getanzt hat. Ich fliege da Jumbo, mein Alter, und zwar im täglichen Liniendienst.«

»Kennst du dich denn mit britischem Recht aus?«

»Weißt du denn, was man gegen Monatsbeschwerden macht, weil du hast doch wohl definitiv deine Tage, oder? Kannst du dich nicht mal ein bisschen mit mir freu-en? Kann ich doch nichts dafür, dass du Jura nicht ge-packt hast. Bist doch immer so stolz drauf gewesen, dass du der Action-Profi unter den Krankenschwestern bist. Ruf mich wieder an, wenn du nicht mehr blutest, okay?«

Zweiter Aufleger in wenigen Minuten. Und ihm hätte ich ohne zu lügen sagen können, dass mich seine Brüste noch nie interessiert haben. Vielleicht lässt er mir wenigs-tens seine Dauerkarte hier.

Auch wenn wenig ist, wie immer: Ede singt. Sein Kurz-vor-Feierabend-Ritual. Seinen Lieblingsschlager, der noch nie gewechselt hat. »Die Liebe ist ein seltsames Spiel«, mit der gleichen brummigen Zufriedenheit wie früher wahrscheinlich beim Schuheputzen vor dem Le-gionärszelt in der Wüste.

Ich muss nach Hause. Als ich mich verabschiede, stoppt er für einen Moment das Singen.

»Tschüss, Ede.«

»Tschüss, Blödmann. Und nicht vergessen: Oben Hüt-chen, unten Tütchen, schönen Abend.«

24

Warum kann das Auto nicht einfach kaputtgehen?

Eine Autopanne würde bedeuten, dass ich den ADAC anrufe. Dann passiert lange nichts. Irgendwann erscheint dann einer dieser »gelben Engel«. Also ein Mann in einem schmutzigen gelben Overall, der wahrscheinlich zu wenig Geld für seine Arbeit bekommt. Diese Tatsache macht sein Gesicht grimmig. Der ADAC-Schrauber hat aber vor allem kein Verständnis für junge Männer, die die Panne nicht selbst beheben können. Das macht das Gesicht noch grimmiger. Wer mit zu vielen Wörtern beschreibt, warum es dem Auto nicht gut geht, kann an den Augen des »gelben Engels« die deutliche Botschaft »du Laberbacke« ablesen. Schließlich beugt sich der Schlechtgelaunte über den Motorblock, fummelt ein wenig, dann befiehlt er mehrmals »Zünden«. Wenn nichts zündet, flucht er. Springt das Auto wieder an, wirft er zu laut die Kühlerhaube zu und zeigt zwischen seinen schmierigen Fingern ein rätselhaftes Kleinteil. Dann kommen meistens Sätze wie »War nur die Ventilklappe«. Der unausgesprochene Subtext lautet: »Du kennst keine Ventilklappe? Hast du denn deine Freundin schon mal nackt gesehen, du Waldorfschüler?«

Begegnungen mit »gelben Engeln« sind also eigentlich nicht schön. Trotzdem bedaure ich, dass mein Auto tadellos funktioniert. Denn es wird jetzt einfach nach Hause fahren. Da wartet Sandra. Ob sie wohl wirklich glaubt, dass wir jetzt richtig loslegen? Also dass alles, was heute Abend beginnt, mit unausweichlicher Zwangsläu-

figkeit auf das hinausläuft, was ich nur aus dem Werbefernsehen kenne? Eine Familie, die in einem reetgedeck-
ten Haus auf dem Land wohnt. Ich mache mich, schlank
geblieben und schlecht rasiert, mit unseren wohlgeratenen Kindern auf den Weg zum Drachensteigen, vorher
kommt Sandra mit einer Schachtel Toffifee vorbei und
denkt: Ach ja, meine Rasselbande. Nein, bitte nicht. Niemals Rasselbande. Dann lieber ewig allein stehender Sanitäter. Bitte kein aufgehübschtes Glück, wo der lei-
denschaftlichste Ausbruch der neu gekaufte Van ist. Mit
verheimlichten, angestrengt unterdrückten Sehnsüchten.
Ansonsten unter den Menschen, die so vernünftig sind
wie die »Süddeutsche Zeitung«. Für die Grenzüber-
schreitung bedeutet, eine Gehässigkeit von Harald
Schmidt nachzuerzählen. Männer und Frauen, die die
wüstesten Erlebnisse im Kopf haben, wenn sie wach und
schweigend abends neben ihrem Partner liegen. Vielleicht
noch einmal ein hastiges Herfallen über die Kinderfrau
oder schmierige Annäherungen an das Au-pair-Mädchen. Ein nettes Essen mit anderen Paaren in immer wieder behaglichen Wohnungen, ein netter Ausflug an die
Küste, ein netter kleiner Absturz, wenn es die Konven-
tion erlaubt, also beim Kegeln oder beim Après-Ski.
Nett, nett, nett, der reine Horror. Mein reiner Horror.

Eventuell schon wieder drei Schritte zu weit. Will sich
Sandra ihr kleines Glück gerne so basteln, wie es die pie-
figen Modellbausätze der »Brigitte« vorgeben? Mit mir,
nur weil wir uns heute am frühen Morgen unbeholfen an
unseren Geschlechtsteilen angefasst haben? Ist es tatsächlich ihr größter Wunsch, in einem Pullover mit drol-
ligen Mustern und dem obligatorischen Klecks Kinder-
kotze auf die Auszahlung der Lebensversicherung zu
warten? Glaubt meine Mitbewohnerin, meine langjähri-

ge Freundin, wirklich, dass alles in Butter ist, wenn sie es endlich schafft, die Wohnung immer jahreszeitgemäß zu dekorieren? Wenn sie ihre Freunde mit »pfiffigen Geschenkideen« überrascht? Sie ist chaotisch, sie ist launisch, sie hat kaum Disziplin, aber sie ist eigentlich keine verpuppte Spießerin. Aber »Brigitte«-Abonnentin, also letztlich doch gefährdet. Ich kenne Glück aus dem Werbefernsehen und Sandra aus Frauenzeitschriften. Wenn wir da zusammenwerfen, kann nur was ganz Tolles rauskommen.

Sie wartet in unserer Wohnung. Ich warte auch. Auf einen Einfall, was ich jetzt machen soll. An meinem magischen Dreieck stehe ich in einer Parkbucht. Noch zwei Kilometer bis zu unserer Wohnung. Hier verbringe ich viel Zeit, hier fallen wichtige Entscheidungen. Rechts neben meiner Parkbucht die »Hollywood«-Videothek, in der sich schon mancher Abend zum Besseren gewendet hat, wenn ich hier den dritten Teil des »Paten« oder »Ronin« rausgeschleppt habe. Klar, manchmal habe ich mir eine Plastiktüte geben lassen, weil Leihfilme nicht nach lebendig verbrachter Freizeit aussehen. Aber in der Rolle eines sparsam gestikulierenden Don Corleone bin ich höchst lebendig. Kann man nur nicht dazusagen, wenn ein Passant, oder schlimmer: ein richtiger Passantinnen-Braten despektierlich die Filme taxiert. Vor mir auf der gegenüberliegenden Straßenseite der »Schwedler-Grill«. Schöne Momente der Vorfreude, wenn ich auf diese Tür zugegangen bin. Mit diesem selbst gemalten Schnäppchen-Hinweis hinter dem schlierigen Fenster: »Pommes mit beides – nur 1,50«.

Heute ist mir der Gedanke an das Frittierfett eklig, Hunger habe ich ohnehin keinen. Wenn ich da links durch dieses Tor gehe, komme ich auf den Hinterhof, in dem mein Fitness-Studio liegt. An trüben Tagen hat da mein »So tun als ob ...«-Spiel immer funktioniert. Wenn mir die Adern an den Armen heraustraten, war ich Prätorianer eines römischen Cäsaren. Wortloser, imposanter Recke mit einem Auftrag, der die eigene Sterblichkeit überragte: den Kaiser beschützen. Kompromisslos mit dem Schwert, der eigene Körper nicht weniger eisern als die Waffe. Einzige Schwäche: Alle Prätorianer haben diese schwulen Riemchensandalen getragen. Jedenfalls sagt das mein Fachwissen über die Antike, das sich hauptsächlich aus »Quo vadis« und »Gladiator« speist, aber diese Filme heißen ja nicht ohne Grund Sandalenfilme.

Im Moment kommt mir das alles nur albern vor. Drei Frauen haben mir in den zurückliegenden Tagen mehrere Alternativen zur Auswahl gestellt, wer oder was ich denn nun bin. Prätorianer oder eine andere Heldenfigur war nicht dabei. Ein selbstmitleidiger Egomane, der nur zur Enttäuschung werden kann, wenn es nach Uta geht. Ein Mann, der nicht wirklich Mann geworden ist, weil er das Leben ambitionslos an sich vorbeiplätschern lässt. Sandras oft wiederholte Analyse, mit der neuen Ergänzung, dass ich in Rom vor ein paar Jahren liebenswert war. Oder ein Kranker, ein linkischer Geiler, ein mitleidloser Spanner und Lügner, wie Melanie das wohl sagen würde.

In diesem Auto werden mir die Füße kalt. Ich fahre jetzt nach Hause.

»Komm nur und sieh, was du angerichtet hast.« Sandra ruft aus der Küche. Ich hänge die Jacke auf. Meine Hoffnung, sie könne einfach ausgegangen sein, weil ich mehr als eine Stunde über der verabredeten Zeit bin, zerschlägt sich damit.

Sie sitzt in der Küche. Bei dem Partnerschaftsquiz, an

dem wir selbstverständlich sehr bald teilnehmen werden, weiß ich schon die Antwort auf die Frage: »Was trägt Ihre Ehefrau Sandra am liebsten, wenn sie aus der Badewanne kommt?«

Antwort: »Ihre graue Jogginghose, bei der wahrscheinlich im Jahr der Wiedervereinigung die Hüftkordel verloren gegangen ist. Ihr fadenscheiniges T-Shirt mit kyrillischer Aufschrift, das sie an ihre Gutmenschen-Völkerfreundschafts-Ferien in einer ukrainischen Kolchose erinnert. Skisocken unbekannter Herkunft, aber auch nicht mehr jung.« Eventuell würde ich in dieser Partnerschaftssendung weglassen, dass sie von der Kolchosen-Zeit mit einer lästigen und langwierigen allergischen Hautreizung wiedergekommen ist und ich einen gefühlskalten »Selber schuld«-Standpunkt eingenommen habe.

»Du bist an allem schuld«, lacht sie mich an. Mit einem sehr rosigen Gesicht und einer dramatischen Geste weist sie auf eine 250-Gramm-Tafel »Milka mit Keks«, von der noch etwa anderthalb Riegel übrig sind. Daneben steht das aufgeschraubte Senfglas, wahrscheinlich Wiener Würstchen, kalt gegessen.

»Bist du aus der vegetarischen Phase wieder raus?«

»Schokolade ist erlaubt.«

»Und die Würstchen?«

»Wie ich schon sagte, du bist schuld. Du hast mir heute Morgen mit großer Geste ein Wahnsinns-Drei-Gänge-Menü versprochen. Jetzt sitze ich hier und erwarte minütlich die ersten Schokopickel. Satt bin ich übrigens immer noch nicht, was gibt es denn?«

Ohne die Antwort abzuwarten, winkt sie mich heran und küsst mich intensiv auf den Hals.

»Ich habe gar nichts eingekauft ...« Ich habe ein schlechtes Gewissen, weil ich sie mir vorhin schon wieder zu einem vereinnahmenden Monster hingegrübelt habe. Deswegen gerät mir mein Tonfall deutlich zu weinerlich.

»Dann solltest du dich in dem Schrank da nach Konserven umgucken oder ich probiere dich mit Senf.« Sie guckt mich frech an und greift zu meiner Gürtelschnalle. Ich wende mich ab.

»Dann gucke ich mal nach, für Nudeln müsste es noch reichen.«

Ich stehe vor dem Schrank.

»Aber beeil dich bitte, ich habe wirklich Hunger.«

»Du bist wahrscheinlich schwanger.«

»Von dem bisschen Gefummel? Soll ich unser Buch holen, damit du das nochmal genauer nachlesen kannst, Gunnar?«

Zwei Blitzerkenntnisse. Erstens: Sie fand das heute Morgen auch nicht wirklich toll. Zweitens: Sie ist alles andere als auf Krawall gebürstet, sonst hätte sie nicht mit süßer Nostalgie auf »Denkst du schon an Liebe?« angespielt. Bedeutet unter dem Strich: Ich muss hier das Problemgespräch aufbringen, wenn es eins geben soll. Oder besser einfach laufen lassen?

Ich öffne die Dosentomaten, sie zerreißt Küchenrollenpapier.

Im Hintergrund leider ihre Weltmusik, aber deswegen jetzt bitte kein Streit. Über dem bedeutungslosen Sitar-Gezupfe höre ich plötzlich ein eigenartiges Gemurmel und Geschmatze. Ist gar nicht auf der CD, das kommt von Sandra. Ich drehe mich um. Sie hat prall gefüllte Wangen und mumpfelt mir irgendetwas entgegen. Bei Epileptikern hören sich Sprechversuche so ähnlich an. Was ist bloß los mit dieser Frau?

Ich schüttele den Kopf. »Was hast du, Sandra?«

Sie klaubt sich Küchenpapierklumpen aus dem Mund.

»Welcher Film?«

»Wie bitte?«

»Welchen Film habe ich dir gerade vorgemacht?«

»Du bist verrückt geworden, aber du hast keinen Film vorgemacht.«

»Du hast nicht wirklich Ahnung von großen Filmen, das ist dein Problem, Gunnar-Hasi. Also: Welcher Film?« Sie stopft einen Klumpen wieder in den Mund.

Ich verstehe nur »du hast mir ...«, mehr nicht. Ich rate: »›Die Erbrechenden von Pont-Neuf‹, so heißt dieser Film.«

Sie schüttelt ärgerlich den Kopf.

»›Der Exorzist‹, du bist das Dämon-Mädchen und wirst gleich grünen Schleim spucken.«

Sie nimmt den Klumpen raus.

»Schade, Gunnar. Marlon Brando hat sich im ›Paten‹ Watte in den Mund gesteckt, um diese besondere Spreche hinzubekommen. ›Du hast mir einen Gefallen getan, jetzt werde ich dir einen Gefallen tun‹, habe ich gesagt und du bist und bleibst ein Loser. Aber ich gebe dir noch eine Chance.«

Sie steht auf und stellt sich mit dem Rücken vor mich.

»Binde mir das Geschirrtuch um die Augen, Gunnar.«

Ich mache, was sie angeordnet hat. Und beginne zu raten.

»›Der Frosch mit der Maske‹.«

»Du hast nicht nur keine Ahnung, du bist obendrein auch noch ein Arsch.«

»Warte, ich hab's gleich. Du hast eine Augenbinde, du wirst gleich hingerichtet und du bist eine Frau, du könntest Mata Hari ...«

»Vergiss es, du Trottel, völlig falscher Dampfer. Ich muss deutlicher werden.«

Sie zieht ihre Socken aus, die Hose und das T-Shirt. Jetzt trägt sie noch ihre Unterhose und das Geschirrtuch. Ich muss schlucken, weil sie nun mal einfach schön ist. Ich spüre was. Problemgespräch ist ausgeschlossen. Aber wir können doch nicht schon wieder ins Bett, was ist denn nur los mit ihr? Oder mit mir.

Sie öffnet die Kühlschranktür und setzt sich davor auf den Boden.

»Und?«

»Du mochtest diesen Film nicht, Sandra. Plump, Scheiß-Frauenbild, Yuppie-Mist, habe ich dich doch wohl sagen hören damals.«

Sie schiebt das Küchentuch hoch und lächelt mich zärtlich an.

»Daran erinnerst du dich?«

Ich stehe eher salzsäulig vor der geöffneten Tomatendose. Ich bin aber nicht gelähmt, denn ich kann mit dem Kopf nicken.

»›Neuneinhalb Wochen‹, aber Kim Basinger hat andere, hat nicht so schöne … sie hat halt nicht … hat sie eben nicht.«

Jetzt grinst sie.

»Wenn du so weitermachst, kannst du irgendwann Komplimente. Danke.«

»Nichts zu danken.«

Ich stehe, sie sitzt in der geöffneten Kühlschranktür und sieht mich einfach nur an.

»Ich möchte wirklich nicht wissen, was du gerade denkst. Weil da wieder so viel Müll dabei ist. Hör auf damit, Gunnar. Lass es einfach einen Abend sein, okay?«

»Was heißt das?« Doofe Frage, aber ich hoffe, dass irgendwo zwischen meine raumgreifende Lust noch ein klarer Gedanke passt, wenn ich etwas Zeit gewinne.

»Das heißt auf Deutsch: Zieh dich aus, leg dich hin, stell dich nicht so an, du Blödmann.«

Jetzt bewege ich mich auf sie zu, beuge mich runter. Ein kurzes Reißen im Rücken, aber dann ein toller Kuss. Kribbeln überall. Ich spüre alles auf einmal. Enge in der Hose, Gier und Erleichterung. Morgen ist egal. Jetzt muss ich aus den Klamotten raus. Mein Zimmer, mein Bett. Zwischendurch versuche ich mich noch zu erinnern, was ich durch diese Wand schon gehört habe. Wie sah er noch aus, dieser Mr. Superbody aus Köln? Aber unter Sandras Regie verliere ich das Gedächtnis. Sie ist oben, sie ist unten und ich bin in einem kitzelnden Nichts. Wenn ich was sagen müsste, fürchte ich zu lallen. Wir haben zwischendurch den China-Mann angerufen, das habe ich kurz danach auch wieder vergessen. Ich höre ihn zuerst nicht klingeln, sie aber auch nicht. Erst als er Sturm schellt. Wir essen im Bett. Das heißt, ich verschlinge zwei Stücke Ente und möchte mich dann nicht mehr mit Essen aufhalten. Weil ich fürchte, nicht satt zu werden, wenn wir Zeit verschwenden.

25

Telefon. Bernie ist dran.

»Hallo, mein Hase. Wie fühlst du dich?«

Das will er natürlich nicht wirklich wissen. Er baut nur gerade die Rampe für einen Anschiss mit Anlauf.

»Entschuldige, Gundel. Lass mich zuerst fragen, ob du gut geschlafen hast?«

Ich habe große Schwierigkeiten, mich zu sortieren. Was könnte er von mir wollen und – viel wichtiger – warum liege ich hier alleine, wo ist Sandra? Also entscheide ich: Nur die gestellte Frage beantworten.

»Danke, gut, sehr gut sogar.«

»Ich kann dir nicht sagen, wie mich das freut, mein Bester.« Oh-oh, da scheine ich irgendwas schwer verschwitzt zu haben. Vielleicht erst einmal ein bisschen recherchieren, um mir ein Bild zu machen. Was für ein Tag hat vor vielen Stunden begonnen, wäre interessant zu wissen.

»Heute ist Freitag, richtig?«

»Ja, super, Gunnar. Heute ist Freitag. Möchtest du noch was Spezielles zu diesem wichtigen Wochentag wissen, vielleicht interessierst du dich ja für die Wetterlage, oder soll ich dir sagen, was für ein Tag morgen ist?«

»Mann, ich bin total durcheinander, also, was ist es?«

»Heute ist Freitag. Es ist 15.34 Uhr, wenn meine Uhr richtig geht. Nicht irgendein Freitag, sondern Superscheiß-Freitag. Ich darf nämlich bis morgen früh auf etwa 5000 Kinder aufpassen, die sich zu Idiotenmucke total zudröhnen. Genauer gesagt, bin ich schon seit zwei-

205

einhalb Stunden hier in der ›Arena‹. Für mich ist jetzt total spannend, wann du denn dachtest, deinen Hintern hierhin zu bewegen und was ich dann mit dir mache, wenn ich deine Hackfresse sehe. Glaubst du, dass du es heute noch einrichten kannst, oder ist dir nicht so danach?«

»Sorry, Bernie, tut mir echt Leid.«

»Sorry, sorry – du kannst mich mal. Ich erwarte dich in einer halben Stunde. Solltest du dann nicht hier sein, vergess ich mich, du Penner. Weißt du, wie lange ich dir schon hinterhertelefoniere und mir Ausreden ausdenken muss, damit Satsche nicht schnallt, dass du immer noch in der Kiste liegst? Halbe Stunde, Gunnar, halbe Stunde, das sind nach meinen Berechnungen dreißig Minuten, also hau rein, Mann.«

Wenn es noch Telefone mit einer soliden Gabel geben würde, hätte er aufgeknallt. Es ist wunderbar, wenn er so vor sich hin brodelt und man eigentlich erwarten darf, dass er gleich Magma spuckt. Sandra hat nichts hinterlassen, keinen Zettel. Auch keinen Lippenstifttext auf dem Spiegel. Das würde gut passen, denn ich komme mir vor, als würde ich einen Werbespot bewohnen. Als sei ich ein attraktiv zerwühlter Mann, der begehrenswert grinsend zum Rasierschaum greift. Im Radio »I'm every woman« von Chaka Khan, ich tanze elastisch, obwohl die säurefesten Sicherheitsstiefel mit Stahlkappe eigentlich keine Geschmeidigkeit zulassen. Jetzt also zum »Mega-Monster-Mastership«, einem etwa 24-stündigen Rave. Also die Love-Parade inhäusig. Wir werden in einem Sanitätsraum sitzen und diejenigen wegfahren, die sich so abgeschossen haben, dass es Zeit fürs Krankenhaus wird. Dafür gibt es anderthalb freie Tage, eine Nachtzulage und wir machen uns nicht kaputt. Denn die meisten sind nach einer, höchstens zwei Stunden auf einer Liege in der so genannten »Verletztensammelstelle« wieder so weit, dass sie den Weg zu Mama und Papa finden. Schattenseiten sind eher die sämige Langeweile, der Geruch von zu viel Teenieschweiß und natürlich Satschewskis dummes Gequatsche. Andererseits gönne ich ihm, dass er sich als Einsatzleiter mit den ehrenamtlichen Sanitätshelfern rumschlagen muss. Die sind mit altertümlichen braunen Täschchen und in der viel gefürchteten forstgrünen Einsatzkleidung in den verschiedenen Hallen unterwegs, um sich von kleinen Wehwehchen der Raver überfordern zu lassen.

Zu meiner großen Freude komme ich auch gerade noch rechtzeitig an, um Satschewskis ersten Ausbruch mitzubekommen. Er sitzt in dem neonbeleuchteten Sanitätsraum vor einer Funkapparatur, die schwer nach zweitem Weltkrieg aussieht, und schreit in das Riesen-Mikrophon.

»Zum letzten Mal: Halten Sie Funkdisziplin und geben Sie Ihren Standort durch. Wo stehen Sie, Matthäus 4–14?«

Als christlicher Verein sind uns Johannitern bei Großveranstaltungen Evangelisten als Funkrufnamen vorgegeben. Auch wenn wir das Gefühl haben, in einem neonbeleuchteten Kartoffelkeller zu sitzen, sind wir die Zentrale und heißen, Satschewskis Laune durchaus entsprechend, nach dem Kreuzigungshügel, also »Golgatha«.

Es knackt aus Satschewskis Lautsprecher, dann das Fiepen, das eigentlich die kommende Durchsage ankündigen soll. Der Spaßvogel fiept dann aber weiter, geht offenbar den Rhythmus mit, den er gerade in einer Halle hört. Jetzt aber eine Durchsage:

»Selber schwul, selber schwul.« Das aufbrandende Lachen des Sanitätshelfers reißt ab, denn er hat den Finger von der Sprechtaste seines Funkgeräts genommen.

»Das halte ich nicht aus, das halt ich einfach nicht aus mit diesen Strichern«, schreit Satschewski und tritt vor eine Aluminiumkiste, in der laut Aufschrift Verbandsmaterial lagert. Sein Tritt hinterlässt eine sehenswerte Delle. Wie immer, wenn er in Stress gerät, lässt Satsche einen seiner berüchtigten Fürze donnern. Es scheint heute nicht zu helfen, er schreit weiter:

»Bernie, Gundel, haut ab und holt mir diesen Spaßvogel. Wenn was passiert, geht das alles auf meine Kappe, der spinnt doch wohl!«

Bernie wendet sich an Satsche. Wenn er so spricht, versucht er sonst, irgendeine hysterische Oma zu beruhigen.

»Wenn du uns sagst, wo der Mann eigentlich sein soll, dann sehen wir mal nach.«

Satsche, mehr zu sich selbst: »Halle 1, Aufgang 21, zweiter Rang, dem dreh ich die Rosette nach draußen.«

Bernie nickt mir mit aufeinander gepressten Lippen zu und wir verlassen den Raum. In sicherer Entfernung lässt er das Lachen raus. »Der Mann ist ein Wrack. Seit zwei Stunden tickt der nur noch rum. Er ist zwangsverpflichtet worden und das, wo sein Köter heute bei einer Hundeschau vorgestellt wird.« Bernie muss wieder lachen.

»Und er hat ein Interview gegeben.«

»Was für ein Interview?«

»So eine Frau vom Fernsehen macht eine lange Reportage über die ganze Kacke hier und dementsprechend kommt auch Einsatzleiter Satschewski zu Wort. Zuerst wollte er nicht, dann hat der Boss angerufen und ihn gezwungen. Also durfte ich schon viele große Satsche-Sätze hören, zum Beispiel ›So ein Großeinsatz ist ein zweigleisiges Schwert‹.«

Ich hatte gehofft, dass meine Verspätung sich in seiner allgemeinen Heiterkeit verflüchtigt. Aber er hakt dann doch nach: »Welche Geschäfte haben dich von unserem Freizeitvergnügen hier abgehalten? Habe ich die Dame vielleicht im Zusammenhang mit einem tragischen Todesfall betreut?«

Ich will nicht antworten. Klar, ich würde ihm gerne beschreiben, wie verblüffend diese Nacht war und dass ich mir keinen Reim auf diese Sache machen kann und dass ich jetzt gar nicht mehr weiß, wer Sandra eigentlich ist, außer dass ich eine Gänsehaut bekomme, wenn ich an sie denke. An ihren Geruch, an die Sachen, die sie dann gesagt hat und die ich von ihr noch nie gehört hatte. Aber nachdem ich ihn erst kürzlich in die Melanie-Geschichte eingeweiht habe, würde er vielleicht die Übersicht verlieren oder mich für orientierungslos halten. Ich einige mich mit mir selbst, dass ich nichts sagen will, weil es zu intim ist. Schließlich kennt er Sandra.

»Wenn du deinem alten Freund nicht eine kleine Portion Schweinkram gönnst, dann sag mir wenigstens, wo ich dir wehtun muss, damit du dieses selbstzufriedene Grinsen ablegst.«

Eine höchstens 17-jährige Südländerin tippt Bernie auf die Schulter. Wahrscheinlich will sie darum bitten, dass ihr Bernie die Brüste wieder in das viel zu kleine T-Shirt sortiert, weil die ihr durch einen dummen Zufall rausgerutscht sind.

»Hast du mal was gegen Kopfschmerzen?«, nuschelt sie dumpf.

Bernie taxiert die barsche junge Frau und zeigt dann in Richtung Ausgang.

»Frische Luft hilft am besten.«

Ihr »Wichser« ist nur der Versuch eines Rufens, besoffen wie sie ist verschluckt sie sich dabei. Mir fällt auf, dass sie barfuß unterwegs ist, also schon ordentlich Hallenmüll an ihren Füßen klebt. Wir gehen den Rundgang hinter der Haupthalle entlang. Die wummernden Bässe von drinnen lassen die Auslagen der Imbissstände vibrieren. Auf den Treppen zu den Aufgängen knutschen Paare. Ich denke daran, dass die sich später vielleicht an diesen Abend oder diese Nacht ganz romantisch erinnern werden, und bin im nächsten Moment schockiert über meinen eigenen Kitschkopf.

Drei Typen tragen Röcke aus blauem Kunstfell und eine Art Stutzen aus demselben Material. Sie lassen eine Liter-Flasche Billig-Wodka rumgehen und brüllen irgendwas mit »Ole, ole, ole«. Ein Typ mit grünen Haaren hat immerhin das Loch an seinem Latexoverall gefunden und pinkelt an einen Zigarettenautomaten.

Bevor wir die Eingangstür zur Halle an der Stelle öffnen, wo wir Matthäus 4–14 vermuten, stecken wir uns Ohropax in die Ohren. Es kann gut sein, dass unser Mann ganz woanders unterwegs ist. Die Helfer sind in der Halle oft ohne jede Orientierung. Sprechen können wir in dem infernalischen Lärm nicht mehr, der uns entgegenschlägt. Bernie schließt die Augen und tatsächlich lässt der Dampf aus Schweiß, Gras und Kunstnebel sofort die Augen tränen. Vor mir steht ein stark geschminktes dickes Mädchen in einer Bikinihose und Flip-Flops und schreit in das Funkgerät, das Matthäus 4–14 eigentlich bei sich tragen sollte. Eine Frau mit einer Kuhfellweste hält sich mit ausgestreckten Armen an den Seitenstreben der provisorischen Tribüne fest. Das zieht die Weste so weit auseinander, dass ihre nackten Brüste vor sich hin baumeln. Ihre großen glasigen Augen starren stumpf auf Matthäus 4–14, der an seinem Hosenstall nestelt. Deswegen trifft ihn Bernies Schlag vor den Hinterkopf vollkommen unvermittelt, er torkelt zur Seite und fängt sich eine weitere Ohrfeige von Bernie. Ich ziehe ihm die Jacke über den Kopf und Bernie dreht ihm den Arm auf den Rücken. Ich reiße der Dicken das Funkgerät aus der Hand, Bernie stößt unseren Mann vor sich her in Richtung Ausgang.

Während wir ihn zum Haupteingang der Halle bringen, wimmert er die ganze Zeit vor sich hin. Bevor wir ihn aus der Halle werfen, nehmen wir ihm die Jacke und seine Verbandstasche ab. Sein Namensaufnäher in der Jacke sagt uns, dass es sich bei dem Milchgesicht um A. Strunz handelt. Die sechs Kondome aus seiner Tasche behält Bernie, das Marihuana-Tütchen bewahre ich für uns auf, weil wir das Ende dieser Höllenveranstaltung ja irgendwann feiern wollen.

»Er ist raus, ich schreibe nächste Woche ein paar Zeilen, Satsche.« Bernie wird irgendeinen belanglosen Kram schreiben, damit A. Strunz Sanitätshelfer bleiben kann. Der hat gewiss gelernt, was geht und was nicht geht.

Satschewskis Ärger ist offenbar wieder verflogen, denn er grunzt nur und wendet sich wieder dem Kreuzworträtsel in seiner Hundezeitschrift zu. Wir entspannen auf den beiden Liegen.

»Jetzt erzähl doch mal«, drängelt Bernie.

»Später vielleicht«, sage ich und nicke in Richtung Satschewski, der sich schließlich nicht nur für Hunde interessiert.

Vier Uhr morgens. Bei unserer letzten Runde durch die Wandelgänge neben der Halle waren fast ausschließlich Zombies unterwegs. Unser Rettungswagen vor der Lie-

211

feranfahrt ist mit Glassplittern übersät, weil ein paar »Partygäste« einen Heizkörper durch die gläserne Front der Arena geworfen haben. Für einen offenen Unterschenkelbruch haben wir einen Feuerwehr-Krankenwagen kommen lassen, weil der stinkende Typ im England-Trikot das komplette Auto eingedreckt hätte. Und er war nicht »vital gefährdet«, wie Paul Wokallek glücklicherweise befunden hat. Der wirre Pole ist der einzige Arzt, den unser Chef zum Dienst bei dieser Veranstaltung überreden konnte. Er legt den ausgepumpten Ravern in der »Verletztensammelstelle« eine Infusion nach der nächsten. Er betrachtet das Ganze als Trainingslager, um seine Fertigkeiten an der Kanüle zu vervollkommnen.

Sandra nimmt nicht ab oder hat das Telefon abgestellt, weil sie sich ausschlafen muss. Würde am liebsten schon wieder anrufen. Aber auch, wenn es letzte Nacht toll war, wahrscheinlich ist ihr um diese Tageszeit nicht nach Säuseln zumute.

Einsatzleiter Satschewski schläft seit mehreren Stunden, seit er erfahren hat, dass sein Hund den zweiten Platz in der Gruppe »Kurzhaar, unter 20 cm Schulterhöhe« gemacht hat. Dabei sieht Satsche aus wie das Pausenbrot eines Riesen. Denn er hat sich in eine Rettungsdecke gewickelt, die mit ihrer Spezialbeschichtung durchaus auch als ordinäre Alufolie durchgehen könnte.

»Gundel, ein Döner mit roter Soße.«

»Geh selbst, Essen vor dem Schlafen setzt übrigens dreifach an.«

»Du kannst mich mal. Außerdem kann ich ja leider nicht schlafen gehen, die machen noch sechs Stunden weiter. Mindestens.«

»Ich mach neuen Kaffee. Den kann ich dann der Dame vom Fernsehen bei ihrem nächsten Besuch anbieten. Und du kannst kluge Sachen sagen, weil deine Rübe nicht durch intensive Verdauungsprozesse mangeldurchblutet ist.«

Er winkt ab und starrt ratlos auf seinen Dienststundennachweis.

Nach mehreren Stunden Nichtstun kommt immer diese Taubheit. Lesen ist nicht mehr drin, weil nach ein paar Zeilen die Konzentration flöten geht. Nach zwei Stunden Mühle, Dame oder »17 und 4« ist auch die Leidenschaft für Spiele aller Art weg. Musik wird zur reinen Folter. Die arrogante, schwer überschminkte Tussi vom Fernsehen war da schon eine amüsantere Ablenkung. War übernächtigt und wohl auch in ihrem Glauben an die Menschheit erschüttert, weil ihr ein junger Raver auf die Camper-Schuhe gekotzt hatte. Christiane Mestmacher wird sie von ihrer schicken Visitenkarte genannt. Sie wollte von uns hören, dass uns die Tanzkinder genauso auf den Wecker gehen wie ihr. Weil unser Verein mit einer solchen Veranstaltung letztlich ordentlich verdient, haben wir die toleranten Menschenfreunde von der christlichen Rettung raushängen lassen. Wir haben die Ärmel aufgekrempelt, Bernie hat sogar das Hemd einen Knopf weiter aufgemacht. Bei seiner eigenartig gekräuselten Brustbehaarung hätte ich ihm davon eher abraten müssen. Andererseits günstig für mich. Die Fernsehzuschauer werden denken, dass hier sowohl von behaarten Zauseln mit viel Seele als auch von knallhart zupackenden, gut aussehenden Jungs die Sache im Griff gehalten wird. Wir hätten natürlich lieber ein paar Action-Bilder geliefert. Strenge Ermahnung von allzu Betrunkenen wenigstens oder mal ohne sichtbare Anstrengung ein hyperventilierendes Ravemädchen wegtragen. Jeder von uns hat die spektakulären Reportagen über Paramedics aus New

York oder L.A. im Kopf, die wir selbstverständlich als unsere engsten Kollegen betrachten. Weil wir aber nur in einem Raum ohne Fenster doof rumgesessen und noch dazu nichts gesagt haben, was sie hören wollte, ist die Fernseheule genervt abgedampft. Hat sich aber vorher für sechs Uhr angekündigt, damit wir ihr den Rettungswagen »für ein paar Zwischenbilder« aufschließen. Ich weiß nicht, ob ich schon Wasser in die Maschine gefüllt habe oder nicht. Ist eine Art Langweile-Alzheimer. Nachgucken geht nicht, weil es zweimal flackert und unser kuscheliges Neonlicht ist weg. Nur beleuchtet von den Funkgerätarmaturen kommt richtige Bunker-Atmosphäre auf.

»Was ist das für eine Scheiße?«, flucht Bernie matt.

»Hallo, hallo, hört mich einer?«, kommt es atemlos aus dem Lautsprecher des Funkgeräts. Der Mann hält den Finger auf der Sprechtaste, wir hören Schreie.

»Hallo, Scheiße, warum hört mich denn …« Abgerissen.

Bernie nimmt das Mikro in die Hand.

»Hier ist Golgatha. Wer hat da gesprochen? Wer hat da für Golgatha gesprochen?«

»Golgatha, bitte schnell für Lukas 3–13. Golgatha, bitte schnell nochmal ansprechen.«

Licht ist wieder da. Lukas 3–13 ist eine Sanitätshelferin, die Stimme klingt sehr jung.

»Kommen Sie bitte für Golgatha, Lukas 3–13.« Bernie krampft sich regelrecht über das Funkmonster, so angespannt ist er plötzlich.

»Die sind alle … hier sind ganz viele … das ist ganz schrecklich, o lieber Gott, das ist ganz fürchterlich, das brennt hier …«

Ich wecke Satschewski und ziehe mir die Jacke an.

Bernie deutet mit einem Kopfnicken auf unsere Medikamentenrucksäcke. »Und die Helme, Gunnar.«

Jetzt spricht er wieder ins Mikrophon. »Lukas 3–13, wo sind Sie und was ist passiert?«

»Ich bin in der Halle.« Lukas 3–13 schluchzt herzerweichend, versucht etwas zu sagen, bleibt aber unverständlich.

Satschewski starrt mit einer Mischung von Verpenntheit und Schock leer in den Raum.

Bernie winkt ihn zu sich.

»Hier ist Lukas 2–12. Golgatha, bitte für Lukas 2–12.« Wieder Schreie im Hintergrund, mir wird übel vor Nervosität. Ich mache das schon mehr als acht Jahre, was bin ich für eine Lusche, wenn ich gleich wieder das große Händezittern kriege.

»Lukas 2–12 für Golgatha.«

»Der Doc steht neben mir ... hier ist ... da ist was mit dem Dach ...«

»Lukas 2–12, geben Sie mir den Doktor, Lukas 2–12, geben Sie mir sofort Dr. Wokallek, verdammt!« Das Mikrophon zittert in Bernies Hand.

Bernie zu Satschewski: »Ruf sofort die Feuerwehr an. Wir wissen nicht, was los ist, aber die sollen sofort kommen.«

»Wokallek, hallo, hallo.« Die Stimme unseres Notarztes klingt noch viel hastiger als sonst.

»Hier Wokallek. Müssen sofort kommen. Mit viele. Müssen sofort kommen. Brauchen Trage und viel Infusion. Müssen geben Großalarm und bitte ganz schnell kommen, sofort.«

Die Tür springt auf und zwei Helfer schleifen einen jungen Mann rein. Wie ein Schweißkranz sammelt sich Blut im oberen Teil seines T-Shirts. Der eine Helfer schreit mit Fistelstimme: »Da ist ein ganzer Träger mit Scheinwerfern runtergefallen, der ist einfach so runtergefallen.« Der andere Helfer lässt den Mann auf eine Liege fallen und erbricht sich in den Mülleimer.

Bernie und ich laufen los. Vor der Tür Knäuel von Menschen, die zu den Türen rennen. Heulen, Hilferufe. Ein Mädchen mit starrem Blick geht zwei Armeslängen von mir entfernt zu Boden, ein Nachdrängender kann nicht mehr stoppen und tritt ihr in den Rücken, sie röchelt heiser auf. Wir versuchen uns einen Weg durch die Flüchtenden zu bahnen, drücken den EKG-Koffer wie ein Schild vor uns. Wir drängeln und schieben uns in die Halle. Leiser als vorhin, obwohl viele schreien. Der giftige Geruch von verbrannten Kabeln liegt in der Luft, ich habe kurz Probleme mit dem Atmen. Es ist eigenartig dunkel. Licht kommt nur von der Notbeleuchtung und von Feuern. Wie mehrere abgezirkelte Lagerfeuer nebeneinander. »Hilfe, Hilfe, helft mir doch. Helft mir doch, meine Freundin sagt nichts mehr, Hilfe.« Der Rufer hört sich in dem allgemeinen Schreien recht nahe an. Ich habe vergessen, dass ich die Stabtaschenlampe am Gürtel habe, Bernie hat daran gedacht und sieht den jungen rufenden Mann. Er kniet neben einem Körper. Sein Arm blutet, er fasst sich immer wieder mit den Händen durch die Haare und reckt die Arme in die Luft, als solle vom Himmel Hilfe kommen. Zwischendurch britzelt es und aus irgendeiner Ecke sprühen Funken. Wir laufen zu dem Jungen. Bernie strahlt den Körper an. Am Rock und den zarten Beinen erkennen wir, dass es ein Mädchen war. Der Oberkörper ist total verbrannt. In meinem Kopf brauselt es, als hätte mir jemand einen Stoß Kohlensäure reingepumpt. Wir hasten weiter. Mir fällt der böse Satz aus unserer »Fortbildung für Großschadenslagen« ein:

»Lebensrettende Maßnahmen zuerst bei Verletzten mit hoher Überlebenswahrscheinlichkeit«. Bernie stürzt, rappelt sich wieder auf und strahlt mit der Taschenlampe umher. Der Kegel fällt auf zwei unserer Helfer, die versteinert dastehen und in apathischer Langsamkeit den Kopf hin und her drehen. »Holt Tragen und Infusionen, ihr verdammten Volltrottel, los jetzt.« Bernie tritt dem Kleineren der beiden recht wirksam in den Hintern, denn sie setzen sich in Bewegung. Ich werfe dem Getretenen meine Taschenlampe zu. Nach ein paar Schritten sehen wir Notarzt Paul, der versucht, einen etwa 25-jährigen Mann wiederzubeleben. Ein Helfer mit einer großen Schramme auf der Wange assistiert, kann den Beatmungsbeutel kaum stillhalten, sieht beinahe aus wie Schüttelfrost. Pauls Stimme überschlägt sich, als er uns anbrüllt:

»Träger muss hoch. Ihr müsst Träger hoch, müsst schnell, da ist rechts.« Wir sehen, was er meint. Der Träger ist vielleicht zehn Meter lang. Die Lagerfeuer sind in Brand geratene Scheinwerfer. Unter dem Träger erkenne ich drei, nein, vier Körper. Und einen fünften, in dem ein Scheinwerfer verbrennt. Ich versuche den Blick abzuwenden, kann aber nicht, höre keine Geräusche mehr. Das nächste, was ich spüre, ist die stramme Ohrfeige von Bernie. »Du sollst funken, Mann. Sag Satsche, er soll Leute schicken, so viele wie möglich.« Ich ziehe das Funkgerät aus der Brusttasche und gebe Satsche unseren ungefähren Standort durch. »Wir brauchen Leute, Satsche, und Tragen und vermutlich Werkzeug.« Ob er verstanden hat, kann ich nicht hören. Bernie: »Geh ein Stück runter und versuch diesen Scheißträger anzuheben, Gunnar, geh, Mann.« Er brüllt »zugleich«, der Träger bewegt sich ein Stück, aber meine Arme wirken wie

217

Ästchen gegen das Gewicht des Stahlträgers. Keine Chance. Bernie rutscht auf Knien, um unterscheiden zu können, was nur verbrannte Kleidung ist und wo ein Mensch liegt. »Komm hierhin, Gunnar, komm schnell.« Er kniet neben einer jungen Frau. Sie trägt nur einen BH, ihre Beine sind unter dem Träger grotesk verdreht. Ihr Gesicht ist im Scheinwerferkegel total blass, die Lippen blau, schwerer Schock, zum Glück röchelt sie noch und hat die Augen auf. »Wie heißt du?«, schreie ich. Ich darf nicht schreien, das macht sie nur nervöser. »Sag uns doch, wie du heißt.« Ich bin jetzt leiser. Ich möchte, dass sie weiterlebt, sie soll nicht sterben. »Sag uns deinen Namen, du hast doch bestimmt einen ganz schönen Namen«, flehe ich sie an.

»Infusion, Gunnar, mach so viele Flaschen fertig, wie wir haben.«

Das Mädchen röchelt, ich sehe ihr an, dass sie antworten will. Ich gehe mit meinem Gesicht ganz nah an ihren Mund. »Anita«, flüstert sie. »Hallo, Anita, ich bin Gunnar und wir helfen dir jetzt und bringen dich ins Krankenhaus, okay?« Sie nickt nicht und sie röchelt nicht mehr. Sie guckt starr an die Decke, ich kenne diesen Scheißblick. Bernie tastet mit zitternden Fingern an ihrem Hals nach dem Puls. »Ambu, Mann, Ambubeutel«, schreit er. Er presst ihr die Maske aufs Gesicht und drückt den Beutel zusammen. Ich suche den Druckpunkt auf ihrer Brust und zähle laut bis fünf. »Luft«, brülle ich und Bernie pustet Luft. Seine Tränen tropfen auf ihr Gesicht. Ich drücke wieder fünfmal und er beatmet. »Scheiße, Scheiße«, ruft Bernie. Ich sehe zu ihm rüber und er schüttelt mit geschlossenen Augen den Kopf. Bernie steht so langsam und knirschend auf wie ein alter Mann. Wir gehen mit der Taschenlampe weiter an dem Träger vorbei. Taschen, Jacken, angekokelte Schuhe. Ein starkes Ziehen an meinem Ärmel. Eine junge Frau mit angesengten Haaren hockt neben einem Jungen mit einem Engelsgesicht. Höchstens 17, der Junge. »Bernie«, rufe ich heiser. Nochmal lauter »Bernie, hier«. Er dreht sich um, sieht, was ich sehe. Der Träger ist auf die linke Körperhälfte des Jungen gefallen. Die Frau versucht zu sprechen, es kommt nur ein Jammern. Ich ziehe sie so sanft ich kann hoch, denn ich muss an den Teil des Brustkorbs kommen, den der Träger freilässt. Beim Aufstehen schreit sie kurz auf. In ihrer Wade steckt die lange Scherbe einer Flasche. »Geh etwas auf die Seite, geh bitte auf die Seite.« Ich nehme sie kurz in den Arm, auch um sie wegdrehen zu können. »Mein Bruder, mein Brüderchen, mein kleiner Jakob«, schluchzt die Frau. Auf den oberen Rängen springen Türen auf. Ich sehe Feuerwehrleute mit großen Scheinwerfern reinkommen. Ein paar Wimpernschläge später schlagen Flutlichter helle Schneisen in die Dunkelheit. Ich höre gebrüllte Kommandos, alte Namen »Horst, Dieter, Heinz-Jürgen hierhin«. Ein paar Meter neben uns ein lauter Stoß aus einem Pulver-Feuerlöscher. Das Scheinwerfer-Lagerfeuer erstirbt sofort. »Los, Gunnar, fang an zu drücken.« Bernie hat die Atemmaske schon auf das Gesicht gedrückt. Ich reiße dem Jungen mit dem Engelsgesicht das T-Shirt auseinander. Wieder den Druckpunkt suchen. Ich fange an zu zählen, bei »Drei« würgt es im Körper des Jungen und an den Seiten der Atemmaske tritt Blut aus. Hinter mir ein gellendes »Nein« von seiner Schwester. Ich höre ein Rauschen in den Ohren und alles dreht sich. Ich muss mich hinlegen, ES ist da.

Ich rieche den Duft von feuchtem Gras. In meinem Gesicht ist es warm. Aber es ist nicht die Sonne. Es ist der kleine Scheinwerfer auf einer Fernsehkamera. Neben mir hat sich eine Frau auf die Wiese vor der Halle gehockt. Es ist die Fernseheule, mir fällt sogar ihr Name ein. Sie heißt Christiane Mestmacher. Warum fällt mir dieser Scheißname jetzt ein, warum darf ich nicht einfach liegen bleiben? Die Frau streichelt mir über die Stirn. Ich setze mich auf. Jetzt streicht sie mir über die Schulter und den Oberarm.

Sie dreht sich zu dem bärtigen Mann an der Kamera um. »Können wir?«, fragt sie und er nickt.

Sie sieht mich mitleidig an:

»Gunnar, sagen Sie«, woher kennt die meinen Vornamen, »Gunnar, vielleicht sagen Sie einfach, was Sie gesehen haben«, und hält mir ein Mikrophon mit dem Aufdruck ihres Senders hin.

Ich möchte nichts sagen, aber vielleicht geht sie schnell weg, wenn ich was sage. Der Qualm der verbrannten Kabel ist zu einem Pelz in meinem Mund geworden, ich kann ihn schmecken. Vielleicht geht es weg, wenn ich schlucke.

»Beschreiben Sie nur, was Sie gesehen haben, als Sie in die Halle kamen.«

Lässt sich nicht runterschlucken, der Pelz. Sprechen ist schwer, aber ich will es kontrollieren. So wie sich das Lallen kontrollieren lässt, wenn ich schwer getrunken habe.

»Als wir in die Halle kamen …« Mein schöner Name ist Anita und ich gucke ganz starr in den Himmel. Wenn du nach oben guckst, kannst du auch den Himmel sehen. Ich sehe nach oben. Nochmal ansetzen. »Als wir in die Halle kamen, da war da … da konnte man fast nichts … nichts sehen, nur mit der Taschenlampe … man konnte fast nichts sehen.« Nochmal Pelz runterschlucken. Anita, wie ist dein Name? Anita, und das da ist ein Engel.

»Als man dann was sehen konnte, was haben Sie dann gesehen?«

»Dann habe ich gesehen ... dann haben wir ... dann waren da Körper«, und die Körper hießen Anita und Jakob und der eine Körper hieß nicht mehr, weil der ja nur noch zur Hälfte da war. Warum hat Bernie die Maske nicht vom Gesicht des Jungen genommen, ich hätte ihm sagen müssen, dass er die Maske runternehmen muss, warum habe ich das nicht gesagt?

»Sie haben also Körper gesehen ...«

»Ja, Körper ... von Leuten ... junge Leute ... ein Mädchen, die heißt ...«

Pelz runterschlucken. Geht nicht weg, wie hieß das Mädchen und warum hast du so früh aufgehört? Bei alten Omas drückst du eine dreiviertel Stunde und warum hast du da aufgehört?

»Wie hieß das Mädchen, das Sie gefunden haben, Gunnar?«

»Das Mädchen hieß ... der Name des Mädchens war ...« Die Tränen machen Furchen in irgendwas, was auf meinem Gesicht ist. Dreck oder Schmiere. Mir läuft die Nase und mein Brustkorb bebt. Aber es wird leichter, ich werde leichter. Eine Klemme geht auf. Ich will nicht mehr, dass mich das Objektiv anguckt. Der Scheinwerfer brennt in den Augen, ich drücke mir die Hände aufs Gesicht.

»Der Name des Mädchens war Anita.« Ich schluchze. Schluchzen ist super. An dem Pelz kommt viel Luft vorbei. Die Lunge tut nicht mehr so weh, ich möchte immer weiter schluchzen oder schreien.

Der Kameramann nimmt abrupt die Kamera von der

Schulter, dreht sich um und geht weg. Die Fernseheule springt auf, ruft irgendwas und läuft ihm hinterher. Ein Glück, ich kann mich wieder hinlegen. Hier bleibe ich, gucke hoch, in den bunten Himmel.

26

»Infektionskrankheiten?«

»Nein.«

»Operationen?«

»Blinddarm mit fünf, Arm gebrochen vor vier Jahren.«

»Nehmen Sie ständig Medikamente?«

»Nein.«

»Drogen?«

»Nein.« Na ja.

»Alkohol, Rauchen?«

»Beides. In Maßen.«

»Heißt?«

»Gelegentlich, Bier, Wein, drei Schachteln in der Woche, bei Partys mehr.«

»Homosexuelle Kontakte?«

»Wie bitte?«

»Ja, was denn. Ich muss alle gesundheitlichen Risiken wissen. Sie kennen doch eine Anamnese, oder? Sie sind doch vom Fach.«

»Und inwiefern ist Schwulsein gesundheitlich bedenklich?«

Er stöhnt auf. »Weil gewisse sexuell übertragbare Krankheiten häufiger vorkommen. Also?«

»Nein, keine homosexuellen Kontakte.«

Nerviges Assistenzarztstreberwürstchen. Kaum heult man mal im Fernsehen, wird man gleich für schwul gehalten. Gestern haben sie mich den ganzen Tag schlafen lassen. Hätte nicht gedacht, dass ich es mal angenehm

finden könnte, von recht grob zupackenden Pflegern gewaschen zu werden.

Bin nur noch zur Beobachtung hier. Meine Lunge sei
durch den Qualm angegriffen, hat der kühle Oberarzt gesagt. Und zwei Schnitte am Bein vom Rumrutschen in
den Scherben, die mit ein paar Stichen genäht werden
mussten. Die zwei Feuerwehrleute, die letztens den Sä-
genselbstmord gefahren haben, haben mich gebracht.
Sehr nett, die beiden. Haben mir sogar den Wunsch erfüllt, mich im Krankenhaus meiner Oma abzuladen. Und
ich weiß, wie toll wir solche Extrawünsche finden. Heute
Morgen war ich um fünf wach. Zwei Stunden habe ich
auf dem Flur an einem dieser großen Fenster gestanden.
War total froh über die Baustelle gegenüber. Da geht um
diese Uhrzeit schon die Post ab. Wirkt alles so aufgeräumt. Stahlmatten hier, Steine säuberlich aufgeschichtet
in einer anderen Ecke, dazwischen die Jungs mit ihren
Helmen, die aus dem vierten Stock auch nicht mehr viel
größer sind als meine anonymen Playmobil-Helden damals im Kinderzimmer. Bernie liegt zwei Stockwerke tiefer. Orthopädie. Als er versucht hat, mich aufzuheben, ist
ihm eine Bandscheibe rausgesprungen. War aber noch
nicht da. Hat mir unser Chef erzählt. Der war gestern
Abend kurz da und hat unnötigen Kram runtergelabert.
Wir hätten »gute Arbeit geleistet« und es sei »für den
weiteren Erfolg des Einsatzes von entscheidender Bedeu-
tung gewesen, dass Profis sofort vor Ort waren.« Klar,
Profis. Keinem haben wir da drin noch geholfen. Keinem. Schön an Sommers Besuch waren nur seine Schluss-
worte: »Nehmen Sie sich Zeit, Drost. So viel Zeit, wie Sie
brauchen, und dann melden Sie sich.« Wer bei Grippe
länger als drei Tage wegbleibt, wird normalerweise von
ihm persönlich angerufen, eher herbeikommandiert.

Sandra war immer noch nicht zu Hause. Wo ist die nur? Eigenartigerweise bin ich froh, dass sie hier im Moment nicht vorbeikommt. Das ganze Krankenhaus kommt mir vor wie mein großes Kinderzimmer. Meine Oma ist in der Nähe, der sichere Rückzugsort ist das Bett, solange ich mich an ein paar kleine Spielregeln halte, muss ich mich um nichts kümmern. Zum Glück hat mir Thorsten vernünftige Klamotten vorbeigebracht. Schlafanzüge sind Krankenhausfolklore. In irgendwelchen Klinik-Cafés kann man schon deswegen keinen Kuchen essen, weil da immer Opas in Pyjamas sitzen und permanent ausstrahlen: Hier ist nichts mit Zivilisation, hier ist ein Ort des Siechtums und eine normale Hose kriege ich nicht über meine schwärende OP-Narbe gezogen.

Thorstens Auftritt war erwartungsgemäß und damit bestens. Jägerblick auf die Schwesternschülerin Shona, dann die präzise Frage: »War scheiße, oder?«

»Ja, war total scheiße.«

»Und jetzt?«

»Keine Ahnung.«

Damit war das Thema abgehakt. Das Frauenthema haben wir auch nicht vertieft. Ich wollte nur kurz wissen, was denn aus seinen aktuellen Liebschaften wird, wenn er sich nach London verflüchtigt. »Keine Sorge, das habe ich glatt gezogen«, war seine Antwort und ich kann mir vorstellen, was das bedeutet. Er fährt als Single nach England. Weil er nett sein wollte, hat er von dem Gästezimmer geschwärmt, das es in seinem Luxus-Apartment geben wird. Und von Arsenal-Spielen, die wir gemeinsam sehen könnten.

»Thorsten geht nach London, Oma.«

»Ach, tatsächlich, ich liebe London.« Sie war einmal mit irgendeinem ihrer Seniorinnenkreise dort. Den Fotos nach zu urteilen haben sich die Damen 72 Stunden bei Madame Tussaud's aufgehalten. Ich hatte mich zuerst gewundert, dass sie sich alle gegenseitig neben Britney Spears fotografiert haben. Der erklärende Kommentar meiner Oma war, dass die ja auch viel zu früh gestorben sei, die Grace Kelly.

Wir sitzen in der Raucherecke neben dem Krankenhauskiosk. Meine Oma hat Lust auf ein »Likörchen«, wie sie das nennt.

»Du bist Infarktpatientin. Oder anders gesagt: Du spinnst wohl.«

»Nicht dieser Ton, Gunnar, nicht dieser Ton. Ich bin eine erwachsene Frau und wenn mir nach einer Erfrischung zumute ist, werde ich dich nicht um Erlaubnis bitten. Steter Tropfen schönt das Bein, hat dein Opa immer gesagt.« Eine der Spruchweisheiten, die mein Opa mit ins Grab genommen hat, ehe er in die Verlegenheit kam, erklären zu müssen, was er eigentlich meint.

»Genießt den Krieg, der Frieden wird grausam, hat er auch immer gesagt«, trage ich bei.

»Ach ja, das Großmaul.« Sie winkt ab.

»Wieso?«

»Weil er vor Angst drei Tage fast nichts mehr gesagt hat, bevor er wieder losmusste. Und wenn er wiederkam, war er so komisch. Weil er dachte, ich kriege es nicht mit, hat er nachts geweint. Stundenlang manchmal.«

»Im Ernst?«

Ich hatte meinen Großvater noch nicht mal beim Zwiebelnschälen weinen sehen.

»Was dachtest du denn? Dein Opa war ein ganz zartes Pflänzchen. Wenn ich den zum Bahnhof gebracht habe, wenn er nach Russland musste, wollte er mich gar nicht loslassen.«

»Sprechen wir von demselben Mann, dein Gatte Paul Max Erich?«

Mir war mein Opa immer wie ein Fels erschienen. Egal, was kommt, alles kein Grund, die Ruhe zu verlieren, und schon gar nicht, irgendeine Angst zu haben. Mein absolutes Vorbild in Unerschütterlichkeit.

»Gunnar, ich kannte deinen Opa 42 Jahre, war 39 Jahre mit ihm verheiratet, glaube mir, ich kannte diesen Mann.«

»Ja, ja, ich glaub es ja.«

»Und noch was, mein Junge. Du bist genauso faul und behäbig wie er. Ansonsten erinnert mich ganz viel an dir an die schönen Seiten von deinem Opa und das freut mich mehr, als du dir vorstellen kannst. Auch dass du so ein Angsthase bist wie er. Und jetzt hole ich mir ein Likörchen.«

Sie lässt mich sitzen und eilt an den Kiosk. Allein die Vorfreude weckt ihre Entertainer-Qualitäten, jedenfalls hat sie gemeinsam mit dem Kioskbesitzer eine Menge zu lachen.

Ich werde heute vor dem Einschlafen an Arsenal-Spiele denken, an ein Gästezimmer mit Themseblick und meine Likör-Oma. Nicht daran, warum ich vielleicht Ängstlichkeit geerbt habe, also nicht an Anita.

Warum gibt es in diesen Krankenhauszimmern immer nur kaltes Wasser aus dem Hahn?

Rasieren mit kaltem Wasser ist ein Horror.

Schwester Gabi kommt rein. Grußlos, wir haben uns schon beim Frühstück um 6.30 Uhr gesehen. Warum haben Krankenschwestern diesen Hang zu »lustigen« Socken, mit Mickymaus-Motiv oder mit Woodstock, Snoopys Vogelfreund? Vermutlich Geschenke von einem hilflosen Verlobten, der damit vorgetäuschte Freude auslöst: »Die kann ich ja prima zur Arbeit tragen.«

»Fiebermessen hatten wir schon, Gabi.« Ich möchte ein möglichst aufmerksamer, pflegeleichter Patient sein.

»Danke, Gunnar. Vielen herzlichen Dank. Wir tragen das ein, wir haben da so Listen, weißt du, das ist tägliche Routine. Ich komme nur gucken, ob du vielleicht schon ein Höschen anhast, denn da ist Besuch.«

»Danke, Gabi.« Sie geht, ich wische mir den Schaum ab und wünsche mir auch außerhalb des Krankenhauses Personal, das Besuch ankündigt. Leider hat Gabi kein Tablett mit der Visitenkarte dabei.

Auf der Karte, die sie gebracht hätte, würde »Melanie Bicher, Hotelmanager« stehen.

Erst mal aufs Bett setzen. »Hallo!«

»Hallo, Gunnar«, sagt sie, schließt die Tür und geht auf mein Bett zu. Vermutlich ein Besuch vor der Arbeit. Sie trägt einen grauen Anzug, der ihre Superfigur betont, der Duft ihres Parfüms liegt augenblicklich total lebendig in der toten Krankenhausluft. Ihr Gang ist resolut und lässig-spazierend zugleich.

Na hoppla, sie küsst mich zur Begrüßung auf die Stirn. Ich muss irgendwas machen und entfalte unnötige Hektik, um ihr einen Stuhl heranzuschleifen.

»Und wie geht's dir?« Ich sitze ihr gegenüber auf meiner Bettkante und weiß nicht, wie ich klarmachen kann, dass ich mich total über ihren Besuch freue. Allein schon sie zu sehen, ist ein Vergnügen.

»Gut, gut, bestens, ich darf wahrscheinlich übermorgen raus. Woher weißt du, dass ich hier bin?«

»Ich habe dich im Fernsehen gesehen. Dann habe ich nachgedacht und habe bei deiner ... ja, deiner Arbeit angerufen, bei eurem Büro, oder wie nennt ihr das?«

»Wir nennen es Wache.« Ich komme mir bei dieser Antwort vor, als würde ich Mutti erklären, wie ich mein Baumhaus getauft habe.

Zum Glück wirkt sie auch ein wenig unsicher, denn sie greift sich unter ihr Jackett an die Schulter und massiert sich selbst ein bisschen ungelenk. Wie Sandra, als wir vor der Intensivstation gewartet haben.

»Ich habe diesen Bericht sogar zweimal gesehen, weil ich nicht glauben konnte, dass du das wirklich bist.«

»Wie geht das, ich dachte, das war in irgendeinem aktuellen Magazin?«

»Wir hatten einen Politiker zu Gast in unserem Hotel und der hat in der Lobby ein Interview gegeben. Damit wir das in einen Imagefilm einbauen können, habe ich das Magazin durch Zufall aufgenommen.«

»Aha.«

»Du hast mir sehr Leid getan.«

»Habe ich ja wohl auch ordentlich herbeigeheult, das Mitleid. Ich habe den Bericht selbst nicht gesehen.«

»Schämst du dich?«

Keine Ahnung, schäme ich mich? Ich zucke mit den Achseln.

»Ich weiß nicht. Es hat gut getan.«

»Das kenne ich.« Was hat sie vor sich gesehen, als ich vor ihrer Carrera-Bahn gekniet habe?

Ich drehe den Kopf zur Seite, sehe wieder den Himmel. Jakob, mein Brüderchen. Nein. Ganz laut »Nein«.

»Bekommt ihr Supervision?«

»Du meinst Psychiater? Gespräche, alles nochmal hochkochen?«

»Das muss nicht schlecht sein.«

»Wir bekommen wahrscheinlich eine Medaille unseres Ordens und dann geht's weiter wie vorher.«

»Und willst du das?«

Was will ich? Wollte ich fast neun Jahre lang Sanitäter sein? Wie lange kann ich das überhaupt noch wollen? Bernie hat zum Glück schon gekündigt, nach seiner Bandscheibensache wäre jetzt ohnehin bald Feierabend gewesen.

»Mit einer ähnlichen Frage hast du mich schon vor ein paar Tagen schachmatt gesetzt. Da sollte ich sagen, was ich von dir wollte.«

»Weißt du denn mittlerweile eine Antwort?« Sie lächelt und ich bin froh, dass wir uns von der ganz dunklen Geschichte etwas entfernen. Ihre großen braunen Augen leuchten.

»Mir von dir Schokocreme machen lassen und dann mehrere Stunden die kleinen Klumpen lutschen.« Ihr Lachen kommt ganz spontan, sie prustet sogar ein bisschen, jedenfalls kommt in meinem Gesicht ein bisschen Melanie-Sprühregen an.

»Und du Schleimer hast behauptet, dass es dir geschmeckt hat.«

»Nichts habe ich gesagt. Ich habe gelächelt und das war die Freude darüber, dass ich es geschafft hatte.«

»Bist du überall verletzt oder kann ich noch irgendwohin schlagen und es tut ganz neu weh?«

Wir lachen uns an.

»Ich wundere mich, dass du hier bist. Wenn ich alles richtig in Erinnerung habe, bin ich in deinen Augen ein sehr, sehr kranker Freak.«

»Stimmt.«

»Und warum bist du dann hier?«

»Ich habe an unseren gemeinsamen Abend gedacht. Und dass es eigentlich schön war, ich habe mich wohl gefühlt, obwohl ich wusste, dass ich am nächsten Tag mit meinem Vater die Sachen meiner Mutter sortieren muss, und eine fürchterliche Angst davor hatte. Aber mit dir habe ich das sogar zwischenzeitlich vergessen. Bisher habe ich es nicht für möglich gehalten, dass ein fremder Mann zwischen meine ... meine schwierigen Freunde passt. Ein fremder Mann, der ... na ja, der ...«

»Der super aussieht, kultiviert ist ...«

»... und dementsprechend als Reisebusfahrer arbeitet, genau. Nachdem ich wusste, dass du bei ... dass du auch da warst, als meine Mutter gestorben ist, habe ich mich nur noch gegruselt. Was für ein Schwein. Flachlegen wollte der dich, ohne irgendeine Rücksicht, habe ich mir gedacht. Beuteschema passt, also ran und ordentlich um den Bart gehen, der Alten ...«

»Okay. Das habe ich am Telefon verstanden.«

»Am Telefon hast du gesagt, dass du nicht schuld am Tod meiner Mutter bist. Zuerst war mir das egal. Aber der Satz ist trotzdem haften geblieben.«

»Und dann?«

»Dann die Szene im Fernsehen. Vielleicht fühlt der doch manchmal was Richtiges, habe ich mir gedacht. Dann habe ich gedacht, der ist wunderschön, wenn er so heult. Und so was zu denken, kam mir dann beinahe genauso krank vor wie das, was du mit mir gemacht hast.«

»Und jetzt?«

»Jetzt möchte ich wissen, woher du meinen Namen wirklich hast?«

Wie oft dieser Krankenhausboden wohl schon gewischt wurde und was da wohl alles schon draufgekleckert ist? Ich bin zu schlapp, um mir eine neue Lügengeschichte auszudenken.

»Ich habe den Namen ... ich habe ihn vom Totenschein deiner Mutter.«

Sie sieht mich ausdruckslos an. Dreht dann den Kopf zur Seite und sieht aus dem Fenster. Wahrscheinlich steht sie jetzt gleich auf und geht. Ich weiß nicht, was ich noch ergänzend sagen soll. Was Geschmackvolles wie: War ja zum Glück nur der Totenschein und nicht der Obduktionsbericht.

Sie sieht mich wieder an.

»Ist schon ein bisschen hardcore, findest du nicht?«

Ich nicke.

»Was stand da genau?«

»Die persönlichen Daten deiner Mutter, die Adresse ...«

»Nein, ich will wissen, ob ich da meinen zweiten Vornamen eingetragen habe.«

»Nicht, dass ich wüsste, wie ist denn dein zweiter Vorname?«

Sie grinst. »Denkste, Freundchen, du weißt schon viel zu viel.«

»Waltraud, Martha, Samantha? Sag schon.«

»Nix. Ich habe dir was mitgebracht. Es ist ein Gutschein.«

»Für was?«

»Hat dir schon mal jemand gesagt, dass du manchmal eine sehr dümmliche Art hast, Sachverhalte zu erfragen?«

»Nein, aber habe ich geahnt.«

»Unser Hotel gehört zu einer Kette. Zu dieser Kette gehört auch ein Haus mit einer neuen Schwimmbad- und Saunalandschaft. Deswegen wird das jetzt in unserer Sprache ›Wellness-Resort‹ genannt. Was darüber hinwegtäuscht, dass das ein hässlicher 70er-Jahre-Kasten ist, in dem hauptsächlich sehr alte Leute sehr ausdauernd über das Essen meckern. Aber die Landschaft drumherum ist sehr schön, wenn man Deiche und weite grüne Wiesen mit Schafen mag.«

»Hat dir schon mal jemand gesagt, dass du nicht gerade eine Top-Verkäuferin bist? Ich könnte das Krankenhaus verlassen und mich dann direkt in ein Nordsee-Altenheim begeben. Ganz lieb von dir, oder nennen wir es lieber Rache.«

»Ich bin eine Top-Verkäuferin, denn ich bewahre mir den Trumpf bis zum Schluss auf.«

»Und der wäre?«

»Du wirst betreut. Und du wirst hingefahren. Und ich serviere dir alle 50 Kilometer einen neuen Becher selbst gemachter Schokocreme. Im Wechsel mit hart gekochten Eiern.«

Seit dieser Nacht in der »Arena« ploppen mir unvermittelt immer Gefühle auf. So wie aus einem nichts sagenden Maiskorn plötzlich eine fette Popcornflocke wird. Nicht schon wieder heulen, auch nicht aus Rührung, und auch wenn sie es wirklich schön findet.

»Das hört sich für mich nach zweiter Chance an.« Ich hoffe, dass sie meinen Blick möglichst zudringlich findet.

»Ich finde, du solltest deinen Übermut unter Kontrolle halten. Die machen dich hier körperlich fit und ich will wissen, ob du länger als drei Stunden einen Vertrauen erweckenden Eindruck machen kannst. Nachts nicht. Da schlafe ich in meinem Zimmer und du in deinem.«

»Das könnte mir unter Umständen missfallen.«

»Du musst ja auch nicht fahren.«

»Doch, doch. Ich spreche morgen mit den Ärzten und dann melde ich mich, wenn das für dich okay ist.«

»Sehr okay. Du siehst sehr rosig aus. Entweder ist das Fieber oder ich wirke genesend.«

»Nein, nein. Starkes Fieber.«

»Dann schicke ich dir wohl besser jemanden, der mal zärtlich misst.«

»Schön, dass du gekommen bist. Sehr schön sogar.«

Ein Kuss auf die Wange, der regelrecht blitzt. Kann an dem eigenartigen Boden gelegen haben, aber wahrscheinlich nicht.

Ich muss mit den Ärzten reden. Aber nicht nur mit denen.

»Du warst echt bei diesem Unglück dabei? Ich habe irgendwas im Radio gehört, aber nicht mit dir in Verbindung gebracht. Das ist ja schrecklich.«

»Leider ja.«

»Ich kann sofort losfahren, wenn du willst.«

»Das ist nicht nötig. Die lassen mich morgen schon raus. Was machst du schon wieder da oben, ich dachte du findest das Haus spießig und die Ostsee langweilig?«

Ich bin sehr nervös. Den ganzen Nachmittag habe ich probiert, sie zu erreichen. Alles von diesem Telefon in der Krankenhaushalle, wo der Hörer ganz schmierig ist von den fettigen Haaren wahrscheinlich schwerst Seuchenkranker. Dann habe ich es auf gut Glück in dem Ferienhaus von Sandras Mutter versucht.

»Meine Mutter hat mich gebeten, ob ich hier nach dem Rechten sehen kann. Es waren wohl so merkwürdige Gäste im Haus. Meine gute Mutter hat aber wieder nur zu viel Theater gemacht, ist alles wunderbärchen hier oben.«

»Du hast ›wunderbärchen‹ neu.«

»Stimmt. Auf dem Nachbargrundstück wohnt neuerdings ein hübscher unseriöser Musiker, der ›wunderbärchen‹ sagt und dass man mal ›Neger mit Zöpfen‹ machen muss.«

»Gab es schon die Gelegenheit, dass ihr ›Neger mit Zöpfen‹ machen musstet?«

»Ach Quatsch. Ich spiele doch nicht mit deinen Gefühlen.«

»Ja, dazu wollte ich …«

»Mann, Gunnar, ist dir da in der Halle was auf den Kopf gefallen oder was ist los? Der Dialog geht: ›Du spielst nur mit meinen Gefühlen, Blake.‹ Die einzig mögliche Erwiderung ist: ›Aber ich bitte dich, Krystle, ich liebe dich.‹«

Mit ihr habe ich eine eigene Sprache. Ich kann sofort die Farben der Plastikeierbecher sagen, in denen sie ihre Kontaktlinsen aufbewahrt, wenn sie wieder mal die Linsenflüssigkeit nicht findet, blau und rot. Ich weiß, wie der Junge hieß, der ihr das Herz gebrochen hat, als sie in Textilgestaltung den entsetzlich hässlichen Makramee-Lampenschirm geflochten hat – Mario. Und ich weiß, warum sie ihn immer noch in ihrem Zimmer hängen hat. Ich weiß, dass ich ihr vertrauen kann. Ich weiß, dass es in ihrer Nähe warm ist, und mittlerweile weiß ich auch, wie aufregend es sein kann, ihr ganz nahe zu sein. Ich weiß nicht, ob ich es wirklich hinkriegen kann, etwas ganz anderes, etwas Neues mit Melanie anzufangen, aber ich will es im Moment glauben.

»Würdest du meine Freundin bleiben, wenn ich morgen mit einer anderen Frau verreise, weil ich mit der vielleicht sehr lange zusammen sein möchte?«

Früher haben die Leitungen lauter geknistert.

»Große Gefühle?«, fragt sie.

»Vielleicht ja.«

»Nett?«

»Ich hoffe.«

»Mir ist wieder aufgefallen, dass du doch älter bist als ich, Gunnar.«

»Ach ja?« Dümmlich, stimmt.

235

»Das bedeutet, du bist eigentlich mein großer, doofer Bruder.«

»Ich liebe dich, Sandra.«

»Ich liebe dich auch. Pass auf dich auf.«

Klick. Aufgelegt.

Dank an viele Retter

Nicht alles in dieser Geschichte ist frei erfunden.

Viele der Notfälle könnten wie beschrieben passiert sein.
Ich habe etwa 26 Monate als Rettungssanitäter bei der Johanniter Unfallhilfe in Dortmund gearbeitet. Auch wenn ich mich bei der Arbeit an diesem Buch an viele schreckliche Momente erinnert habe, bin ich sehr froh über diese erfüllte und vor allem auch lustige Zeit.

Ich halte mit großem Brimborium überreichte Auszeichnungen für lächerlichen Schnickschnack und bin mir da mit meinen ehemaligen Kollegen sicherlich einig. Aber wenn es eine Tapferkeitsmedaille für Helden des Alltags gäbe, die gleichzeitig vor den schlimmsten Albträumen schützt, dann weiß ich, wen ich vorzuschlagen hätte:

Dirk Torzewski, Detlef Leibold, Wolfgang Baumbach, Udo Schönfeld, Heinz Sadowski und mehrere andere, die ich nur wegen der richtigen Schreibweise genauer recherchieren müsste. Ich glaube, ich erkenne auch nach den vergangenen zwölf Jahren jeden wieder, vor allem, wenn er eine rote Jacke trägt.

Mein allererster Anwärter ist allerdings mein Kollege Willi Döring. Dem ich aus Mutlosigkeit nie gesagt habe, wie lange mir die Gespräche mit ihm noch gefehlt haben, als ich nicht mehr dabei war.

Auch anderen Männern, mit denen ich außerhalb der Blaulicht-Welt zu tun habe, gilt mein Dank:

Meinem Bruder Frank, der leider schon Rettungswagen-Passagier war und zu meiner Verblüffung selbst aus dieser dunklen Nacht noch eine sehr heitere Geschichte mitgebracht hat. Der mir damit bewiesen hat, dass Humor bei außergewöhnlichen Menschen wie ihm tatsächlich eine Haltung ist und keine Attitüde für bestimmte Momente.

Dave Hänsel, für Langhantel-Erlebnisse und Zuflucht vor grimmigen Erfahrungen mit Frauen, die nur mit dem Trinken von Möbelpolitur zu überleben sind.

Mike Litt, der mein Interesse für die zivile Luftfahrt teilt und es vor vielen anderen zum »Don« geschafft hat.

Heiner Heller, der ein Anlass wäre, wieder in die Rettungsbranche zu wechseln, wenn er nur mitzieht.

Christoph von Sonnenburg, der niemals ein Spielzeugtelefon schicken würde, weil er in einer Baugrube gewissermaßen mit Drachenblut getauft wurde und eine Vanillecreme kann, die bei beiden Geschlechtern einen sofortigen Heiratswunsch auslöst.

Mark Scheibe, weil er den alkoholfreien Rausch kennt, der Lallen auslöst. Weil er der lebende Beweis dafür ist, dass alle Frauenzeitungen an den Themen Romantik und Liebe vorbeischreiben, und weil nur er weiß, wie sich der Soundtrack zu diesem Buch anhören muss.

Fritz Eckenga, der mit wenigen Worten die Sonne wieder aufgehen lassen kann. Der oft den Titel »King of Cool« verdient, jedenfalls solange es nicht um Fußball geht.

Eigentlich sind diese Seiten allerdings ein reines Frauenbuch. Denn Frauen haben es möglich gemacht:

Birgit Schmitz, die mit Drahtseil-Nerven überstand, dass der Autor sich immer wieder Aufschub erbettelt hat. Die zwischenzeitlich zu dem Ergebnis gekommen ist, dass es in der Geschichte nur dann nicht stinkt, wenn geduscht wird, und trotzdem noch Mut gemacht hat. Die darüber hinaus mit einem Spaziergang körperlich gefoltert worden ist, aber weiterhin große Ideen gespendet hat.

Helga Resch, die unerschütterliches Zutrauen verströmt hat, obwohl sie einem nervösen Mann gegenübersitzen musste, der von zu viel Wein ganz rot im Gesicht war.

Anna Engelke, die sich erst alles anhören und dann beim Fernsehen wieder Kopfhörer tragen musste. Die zwar Heinz reingelassen, aber sich zum Glück keinen anderen gesucht hat.

Dank an alle. Auch an diejenigen, die sich in der ein oder anderen Episode wiedererkennen und sich hoffentlich liebevoll getroffen fühlen.

Jörg Thadeusz
Alles schön
Roman

KiWi 841
Originalausgabe

Lukas, Kapitän eines Airbus', ist die Strecke Frankfurt – Nairobi schon hunderte Male geflogen und auch an diesem Tag scheint alles normal. Doch kurz vor Start, als der Tower sich meldet, zögert er. Erst nach endlosen Minuten hat er sich erholt und kann starten – Lukas hat Flugangst.
Sarah ist Berufspolitikerin. Nach zwei Legislaturperioden bedeutet Berlin für sie kaum mehr als sämig lange Tage in der trockenen Luft der Ausschussräume.
Auf einem Rückflug nach Berlin begegnen sich Lukas und Sarah, und es entwickelt sich eine unwegsame Liebesgeschichte. Gnadenlos komisch und doch lebensklug beobachtet.

www.kiwi-koeln.de